Brigitte Bialojahn

ARTEMIS

Brigitte Bialojahn *arbeitet als Diplom-Heilpädagogin mit dem Schwerpunkt Tiefenpsychologie in einer Fachberatungsstelle gegen sexuellen Missbrauch an Mädchen und Jungen. Neben dieser Arbeit, ihren Vorträgen und Beratungstätigkeiten schreibt sie Kriminalromane. Sie lebt gemeinsam mit ihrer Frau und einem Windhund in der Nähe von Köln.*

Brigitte Bialojahn

Artemis

Kriminalroman

Ulrike **HELMER** Verlag

Bibliografische Information der Deutschen Nationalbibliothek
Die Deutsche Nationalbibliothek verzeichnet diese Publikation in der Deutschen Nationalbibliografie; detaillierte bibliografische Daten sind im Internet über http://dnb.d-nb.de abrufbar.

Gedruckt auf säurefreiem, alterungsbeständigem Werkdruckpapier.

ISBN 978-3-89741-367-2

Covergestaltung: Atelier KatarinaS / NL
unter Verwendung des Fotos »Yoga at the top of mountain meteora!«
© *Periklisgr* – Fotolia.com

Ulrike Helmer Verlag
Neugartenstraße 36c, D-65843 Sulzbach/Taunus
E-Mail: info@ulrike-helmer-verlag.de

www.ulrike-helmer-verlag.de

PROLOG

Lucca Bork langweilte sich. Dumpf brütend starrte sie vor sich hin. In ihr und um sie herum knietiefe Leere.

Dieser Zustand ereilte sie nur ganz selten. Wenn er sie aber doch erwischte, dann umso heftiger.

Sie hatte alle Fotoaufträge abgearbeitet, jetzt tat sich das Sommerloch in voller epischer Breite vor ihr auf. Lucca seufzte und fixierte den Bildschirm ihres Laptops. Was tun? Alanas Emails waren doppelt und dreifach gelesen und ordentlich abgelegt, alle angehängten Bilder mehrfach angesehen und einige von ihnen bereits frisch ausgedruckt: fotografische Wiedergaben der gigantischen Sandburgen, die Sophia mit Mama Alana, dem französischem Papa und dem kleinen Halbbruder am Strand von Juist errichtet hatte.

Alana war mit dem achtzehn Monate alten Töchterchen ins Ferienhaus der rundum begeisterten Oma gefahren, um dort nicht nur Mutter und Schwester wiederzutreffen, sondern auch Kindsvater Thierry. Ihr einstiger Urlaubsflirt mit Folgen war zu einer Art Familienzusammenführung angereist und hatte dazu seinen fünfjährigen Sohn mitgebracht.

Wenn dieses Ferientreffen mal so schlau war! Beim bloßen Gedanken daran zogen sich Luccas Eingeweide zusammen. »Ich hätte doch mitfahren sollen, statt auf diesen idyllischen Familienurlaub zu verzichten und einsam und allein das Haus zu hüten«, erläuterte sie Amy, die ihr zu Füßen lag und sie geduldig ansah. Aber um nichts in der Welt gäbe sie jetzt dem Impuls nach, sich in den Wagen zu setzen und Alana und Sophia einfach hinterherzufahren!

»Zu allem Überfluss sind auch die anderen weg!«, fuhr Lucca voller Selbstmitleid fort. »Ich weiß wirklich nicht, warum alle gleichzeitig Urlaub machen müssen! Und eine blödsinnige Expedition mit ein paar durchgeknallten Frauen zu Fuß durch die kanadischen Rocky Mountains muss doch keinen Monat dauern … nur um sich von Pumas, Bären und anderem wilden Getier in Stücke reißen zu lassen.« In ihrer Stimme schwang eine vorwurfsvolle Note. »Wenigstens Anna und Susanne hätten sich mit ihrem blöden Kurztrip Zeit lassen können. Warum wollen sie gerade jetzt in Ruhe ihre Beziehung reflektieren? Das hätte Anna von Anfang an klar sein können: Wenn ich mich mit einer Kriminalbeamtin einlasse, weiß ich doch wohl, dass die ihre Überstunden nicht in zwei Leben abfeiern kann!« Langsam redete sie sich in Rage.

Amy blickte ihr Frauchen weiterhin unverwandt an. Rüde Siggi, Annas Windspiel, das sie während ihrer Abwesenheit bei Lucca gelassen hatte, öffnete ein braunes Auge und kuschelte sich enger an Luccas Greyhound-Hündin.

»Ich bin eine traurige langweilige Strohwitwe«, jammerte Lucca Mitleid erheischend. Als Antwort schlug Amy mit der Rute vernehmlich auf die Decke, so dass Siggi auch sein zweites Auge öffnete und augenblicklich in die Sympathiebekundung mit einstimmte.

Fehlte noch der Rüdler. Amys sensibler Hundesohn war mit in die Sommerfrische gefahren, wie Lucca Alanas Urlaub leicht abfällig nannte. Selbst Alana war klar gewesen, dass sich der Hund nicht freiwillig von Sophia trennen würde. Die Erfahrung, dass das Tier (als Sophia bei der Großmutter geparkt worden war, damit Alana und Lucca endlich mal wieder ungestört Zeit für sich haben konnten) ein ganzes Wochenende Nahrung und Wasser verweigert hatte, reichte aus, um eine Wiederholung zu vermeiden und Sophia nur noch mit dem Rüdler gemeinsam unterzubringen.

»Und was tun wir jetzt, Schönheit?«

Amy schwieg sich darüber aus.

Bevor sich Lucca endgültig und total dem Trübsinn hingeben konnte, wurde ihre Aufmerksamkeit von Motorengeräusch absorbiert. Sie stand auf und öffnete die Ateliertür.

Draußen entstieg einem schnitten Sportcabrio eine mindestens ebenso schnittige Karina und kam strahlend auf sie zu. »Ciao, Bella ... wie siehst du denn aus?« Karina küsste Lucca auf die Wange und schlängelte sich an ihr vorbei ins Atelier. »Haben wir das falsche Model oder einen kreativen Durchhänger?« Sie sah sich neugierig um.

»Ich weiß nicht, was wir haben. Du jedenfalls hast offensichtlich ein neues Auto«, brummelte Lucca zurück.

»Und du? Einfach nur schlechte Laune oder ist es etwas Ernstes?« Karina blieb direkt vor ihr stehen.

»Alle sind weg und ich bin alleine.« Luccas Stimme klang sogar in ihren eigenen Ohren so jämmerlich, als sei sie soeben im Tierheim abgegeben worden.

»Meine Güte, und deswegen setzt du so eine Dackelmiene auf?« Karina lachte laut heraus. »Sei doch froh, dass du sturmfreie Bude hast, und nutz deine befristete Unabhängigkeit.« Sie fächerte sich mit der Hand Luft zu. »Ich habe damals ja wirklich einen mittleren Schock erlitten, als du dich auf eine feste Beziehung mit Alana eingelassen hast! Und als dann noch Sophia zur Welt kam ... Übrigens bin ich nicht die Einzige, die dir das niemals zugetraut hätte und mit Wonne an die guten alten Zeiten voll wildem Sex und schmutzigen Spielen zurückdenkt!«

Karina strich sich anspielungsreich die langen dunklen Haare nach hinten und legte dabei den Kopf leicht in den Nacken. Eine Geste, die ihre Wirkung auf Lucca in der Vergangenheit nie verfehlt hatte und ihr auch jetzt ein Leuchten in die Augen zauberte.

»Du brauchst mich gar nicht so triumphierend anzusehen!«, protestierte sie brummend.

»Ganz schön heiß hier drin! Wollen wir uns nicht lieber draußen etwas abkühlen?«

Karinas funkelnde Augen ließ ein leichtes Schmunzeln in den Mundwinkeln ihrer alten Freundin aufflackern.

»Für dieses Lächeln würde ich dich am liebsten küssen«, traute sich Karina einen weiteren Schritt vor.

»Was hältst du von einer Spritztour mit dem neuen Cabrio?« In Lucca erwachten die Lebensgeister.

»Alles was du willst.« Karina klimperte mit dem Autoschlüssel.

Das Lächeln ging in ein breites Grinsen über. »Na dann, lass uns keine Zeit vertrödeln.«

Nachdem sie die Hunde in die Küche gebracht und ihnen frisches Wasser hingestellt hatte, sprang Lucca gekonnt auf den Beifahrersitz, ohne die Autotür zu öffnen. »Dann wollen wir uns mal den Wind um die Nase wehen lassen!«

Karina ließ den Motor aufröhren und der Wagen schoss zum Tor hinaus.

Die Fahrt ging über geschwungene Straßen durch die hügelige Sommerlandschaft zu einem Restaurant am Rhein, auf dessen Terrasse sie bei einem Cappuccino auf den Fluss blicken und die Schiffe beobachten konnten.

»Machst du heute auf große Schweigerin?« Karina sah erstaunt zu Lucca hinüber, die lahm in ihrer Tasse rührte.

»Ich? Nein, wieso?«

»Ich kann nicht behaupten, dass du sehr gesprächig wärest. Eigentlich kenne ich dich ganz anders.«

»Ich muss wahrscheinlich mal raus aus der Gegend, mir bekommt der Sommer nicht.«

»Vielleicht bekommt dir ja das traute Familienleben nicht.« Karina verzichtete auf jeden weiteren Kommentar, als sie ein säuerlicher Blick von Lucca traf. Stattdessen lenkte sie ein: »Wenn du mal einige Tage weg willst, habe ich einen Tipp für dich.«

»Jetzt kommt's.« Lucca sah sie gespannt an.

»Ich war im Frühling auf einer griechischen Insel ...«

»Das ist natürlich ein echter Geheimtipp!«

»... hör doch erst mal zu!« Karina versetzte Lucca einen Klaps auf den Arm. »Also, ich war auf Lykra.« Sie sah Lucca an, die erneut die Augen verdrehte. »In einem malerischen, fast pittoresk anmutenden Dörfchen in den Bergen. Von dort aus geht es einige Kilometer weiter durch pure Natur und über eine Schotterpiste, die zu einem Hotel mit unverbautem Blick bis zum Meer führt. Und das Tollste dabei ist«, Karina legte eine Kunstpause ein, »das Hotel hat eine eigene kleine Bucht mit Sandstrand und dem schönsten türkisfarbenen Wasser, das du jemals gesehen hast!« Sie strahlte Lucca an. »Hört sich das nicht fantastisch an?«

»Und der Haken ist, dass man eine Hochgebirgskletterausrüstung braucht, um sich mühsam dort hinzuhangeln.« Lucca griff nach ihrer Tasse. »Prost!«

»Kein Haken, Schlaumeierin. Das Beste kommt erst noch.« Karina kostete eine etwas längere Pause aus, während der sie Lucca aufreizend ansah.

»Mach's nicht so spannend.« Lucca hob ihre Tasse an die Lippen und nippte an ihrem Cappuchino.

»Jede Menge nette Frauen! Das Artemis ist eine kleine Beauty-Farm für Frauen mit einem tollen Service und einem ausgezeichneten Wellness-Angebot. Du hast da was.« Karina deutete auf einen Klecks aufgeschäumter Milch, der an der Lippe der Freundin hängen geblieben war.

»Frauen? Artemis?«, ächzte Lucca, während sie sich energisch über den Mund leckte. »Was willst du mir denn da andrehen?«

»Andrehen? Deine Wortwahl ist mir im Augenblick nicht ganz nachvollziehbar.« Karina schüttelte entrüstet den Kopf. »Dass dich die Vorstellung, Kontakte zu netten, aufgeschlossenen Frauen zu knüpfen, eines schönen Tages mal derart aus der Bahn werfen könnte ...« Sie ließ den Satz unvollendet in der Luft hängen.

»Glaubst du, bei mir herrscht so ein Notstand, dass ich auf eine Frauenfarm muss?«

»Es würde dich auf andere Gedanken bringen, da bin ich mir ziemlich sicher.« Karina warf das Haar in den Nacken. »Aber bitte! Brüte du nur stumpfsinnig weiter vor dich hin, anstatt dich, zum Beispiel mit mir, den Schönheiten der Insel hinzugeben. Ich habe übrigens ganz zufällig den Katalog des Hotels im Auto liegen ...«

»Ganz zufällig, ja?«, feixte Lucca. »Was bieten die so?«

»Vollwertkost, verschiedenste ayurvedische Massagen und Behandlungen, tolle Sportangebote und Ganzkörper-Abreibungen ...«

»Ganzkörper-was?« Lucca lachte laut auf. »Und Beckenbodengymnastik vermutlich auch noch!« Sie schüttelte sich vor Lachen.

Karina betrachtete sie indigniert. »Du hast offensichtlich von Wellness keine Ahnung, meine Liebe! Da kann ich gleich Perlen vor die Säue werfen.«

Während sie amüsiert beobachtete, wie Karina wild nach der Kellnerin winkte, kriegte sich Lucca mühsam wieder ein.

»Du bist mir ein Rätsel!« Karina schnaubte und versetzte ihr einen Stoß mit dem Ellbogen. Als Antwort erhielt sie ein unwiderstehliches Lächeln, während die Serviererin an den Tisch gekommen war.

»Wir müssen leider zahlen ...« Das Feuer, das in Luccas Augen kurz aufglühte, ließ die Kellnerin verlegen lächeln, bevor sie mit zitternden Fingern abkassierte und dann zur Theke zurückging. Lucca sah ihr neugierig nach, dann zwinkerte sie Karina zu. »Lässt du mich zurückfahren?«

»Wenn's dir hilft.« Karina reichte ihr kopfschüttelnd die Autoschlüssel. »Du alter Charmebolzen! Jetzt hast du die arme Frau ganz durcheinander gebracht.«

Lucca war bereits aufgesprungen. »Na und? Dann hat sie heute schöne Träume ... Komm, lass uns fahren. Oder besser: mich!«

*

Lucca war stolz auf sich. Karina hatte es sich nicht nehmen lassen, ihr doch noch das Angebot einer heißen Nacht zu unterbreiten, aber sie war standhaft geblieben. Nun, da die Freundin verabschiedet und Araberstute Santiago nebst den Hunden versorgt war, hatte sie es sich auf der Terrasse hinter dem Haus gemütlich gemacht.

Sie öffnete gerade eine gut gekühlte Flasche Pinot Grigio, als sie erneut einen Wagen vor dem Haus hörte. Siggi sprang auf und jagte los. Kurz danach bog Anna gemeinsam mit dem Hund um die Hausecke.

»Hi, schon zurück?« Lucca staunte. »Ich dachte, ihr kommt erst am Wochenende von eurem Kurztrip zurück!«

»Ja, hatten wir auch vor.« Anna klang nicht sehr glücklich.

»Setz dich schon mal, ich hole dir ein Glas.« Lucca deutete auf eine der Liegen und verschwand im Haus.

Als sie zurückkam, drängten sich die Hunde um Anna. Siggi war neben sie auf die Liege gesprungen und haschte mit der Zunge nach den Tränen, die ihr über Wange rollten. Dabei ließ er sich von Annas abwehrenden Handbewegungen nicht im Geringsten beeindrucken. Amy stand an der anderen Seite der Liege, hatte ihren Kopf auf Annas Schulter gelegt und beobachtete geduldig Siggis Versuche, sein Frauchen zu trösten.

Lucca goss Anna Wein ein und stellte die Flasche zurück in den Kühler. Das Glas beschlug sofort. »Auf dein Wohl!«

Sie ließ die beiden Gläser klingen und reichte eins der Freundin, die aufs Neue in Tränen ausbrach.

Eilig schob sich Lucca nun ebenfalls zu Anna auf die Liege und nahm sie in den Arm. »Was ist denn passiert?«, fragte sie mitfühlend.

»Susanne ist nicht mit nach Hause gekommen.« Anna schluchzte auf. »Sie hat gesagt, dass sie noch ein paar Tage für sich sein will.« Sie holte tief Luft. »Aber ich habe Angst, dass sie gar nicht mehr zurückkommt.« Verzweifelt legte sie den Kopf an Luccas Schulter und schluchzte erneut steinerweichend.

Lucca ließ sich geduldig das T-Shirt tränenfeucht weinen und streichelte Anna sanft übers Haar. »Ich habe überhaupt nicht mitbekommen, dass es in eurer Beziehung kriselt«, sagte sie nachdenklich.

»Typisch! Du könntest dich wirklich mehr um die Befindlichkeiten deiner Freundinnen kümmern.« Anna schniefte und sah sie traurig an.

Lucca kannte Anna gut genug, um von diesem Vorwurf nicht überrascht zu sein, und umging ihn, indem sie erwiderte: »Wo hapert es denn?«

»Ich kann es gar nicht konkret benennen. Es ist vielmehr das Gefühl, dass sich Susanne vor mir verschließt und sich mehr und mehr zurückzieht.« Anna zuckte mit den Schultern. »Okay, sie ist bei der Kriminalpolizei. Ewig im Dienst. Erzählt natürlich auch nicht alles. Aber trotzdem, manchmal ist sie mir so fremd, dass ich mich frage, ob sie ein Doppelleben führt!«

Lucca konnte sich das nicht vorstellen, was aber keineswegs bedeutete, dass Anna aus einer Mücke einen Elefanten machte. Zwischen den beiden gab es anscheinend wirklich ein Problem. »Vielleicht solltet ihr euch einfach mal gemeinsam beraten lassen?« Sie bemühte sich um einen sanften Ton und hoffte, dass ihr Vorschlag die Freundin nicht sofort auffahren ließ, doch Anna griff ihn sogar bereitwillig auf: »Kennst du da jemanden? Ach, wen frag ich, ich bin fest davon überzeugt, dass es in deinem Arsenal an Frauen auch mindestens eine Therapeutin gibt!«

»Mir fällt im Moment nur eine einzige Seelenklempnerin ein. Wenn du möchtest, kann ich dir die Nummer raussuchen.«

»Kenne ich sie irgendwoher?«, fragte Anna misstrauisch.

»Nein, keine Sorge!« Lucca dachte an die kurze Begegnung mit Gudrun, die am Abend bei einer Buchpräsentation, bei der sie Fotos gemacht hatte, begonnen und am frühen Morgen mit dem Zuziehen der fremden Wohnungstür geendet hatte.

Anna kuschelte sich Trost suchend an Lucca. »Okay, gib mir die Nummer. Ich werde sie anrufen.«

Eine Zeitlang saßen sie schweigend da, tranken Wein und schauten in die Landschaft, über die sich allmählich die Abenddämmerung senkte.

»Ich bin sehr froh, dass wir hier so zusammensitzen können, ohne dass es stressig wird.« Anna räusperte sich.

»Wie meinst du das?« Lucca sah sie verwundert an.

»Na ja, früher hätte ich gedacht, dass du immerzu auf eine schnelle Nummer aus bist.«

»Echt?! Nur weil ich den Arm um dich lege?«

»Hallo?! Du kennst deine Tricks doch am besten, jetzt tu nicht so unschuldig!« Anna knuffte sie liebevoll.

»Stimmt, bis vor einiger Zeit habe ich tatsächlich keine Frau einfach nur so umarmt.« Lucca blickte nachdenklich über die Obstwiese. »In jeder Begegnung schwang früher oder später ein sexuelles Interesse mit.«

»Alana und Sophia scheinen dich zu beruhigen, wenn ich das mal so sagen darf.«

»Sieht ganz danach aus.« Lucca lächelte. »Es sind aber auch ganz besondere Mädels.«

»Hm, Mädels ...« Anna schürzte missbilligend die Lippen. »Du kannst es wohl einfach nicht lassen.« Nach einer kleinen Pause fügte sie hinzu: »Fährst du eigentlich auch nach Juist?«

»Nein, ich fahre ihnen doch nicht hinterher!« In Luccas Kopf formte sich eine ganz andere Idee. »Eher fliege ich nach Lykra. Auf eine griechische Insel ...«

»Wirklich? Wann?« Anna stand auf und schenkte Wein nach.

»Wenn du Amy nehmen könntest, vielleicht schon übermorgen.« Lucca erhob sich ebenfalls. »Ich hole uns noch etwas zu trinken. Du schläfst doch sicher hier?«

Sie ging ins Haus, ohne die Antwort abzuwarten und kam bald darauf mit der gut gekühlten Flasche Wein zurück.

Anna sah sie lächelnd an, als sie ihr das frisch gefüllte Glas reichte.

»Auf uns.« Sie prostete Lucca zu.

»Auf uns, Anna. Ich freue mich, dass du unser traditionelles Freitagstreffen eingehalten hast.« Lucca zwinkerte ihr zu.

*

Am Samstagvormittag saß Lucca in ihrem Lieblingsreisebüro. Ihre Lieblingsreiseberaterin zeichnete sich nicht allein durch Kompetenz aus, sondern auch durch Form. Sie schien einem Rubens-Gemälde entstiegen zu sein.

»Du starrst!«

Nur langsam drang Gabrielas Stimme in Luccas Bewusstsein, das vom Trugbild selig lächelnder Säuglinge umgaukelt wurde, die an diesem ausladenden Busen ruhten.

»Wie bitte?«

»Du starrst mir in den Ausschnitt!« Gabriela grinste.

»Solltest du deine Vorlieben auf deine alten Tage noch geändert haben und dich von den flachbrüstigen Gespielinnen abwenden?«

Lucca musste lachen. »Nein, ich glaube nicht, obwohl du es mir eigentlich sehr leicht machst.« Sie blickte in die blauesten Augen, die sie je gesehen hatte.

Gabrielas Mutter, eine Spanierin, hatte ihrer Tochter schwarzes Haar vererbt, das zum Blau ihrer Augen einen aufregenden Kontrast bildete.

»Schade«, lautete die lakonische Antwort. Gabriela bearbeitete weiter die Tasten ihres Computers. »Bist du sicher, dass ich dir nicht auch eine Urlaubsunterkunft buchen soll?«

»Korrekt.«

Lucca hatte in der letzten Nacht den Katalog des Wellness-Hotels Artemis studiert und gleich eine E-Mail dorthin geschickt. Bereits am frühen Vormittag war die Antwort der Betreiberin Sabine Lohmann eingetroffen: Ab Sonntag sei ein Zimmer für sie reserviert, Lucca sei in ihrem Hause herzlich willkommen.

»Ich brauche nur den Flug, Gabriela Carmencita.«

Gabriela sah vom Bildschirm auf. »Du bist ja schon am helllichten Tag recht neckisch gestimmt ... Rückflug auch, nehme ich mal an ...?«

Lucca konnte sehen, wie es in ihrem Gegenüber arbeitete. Gabriela konnte ihre Neugier kaum bändigen. »Wo wohnst du denn, wenn ich fragen darf?«, platzte sie heraus.

»Im Artemis.«

»Artemis? Die Villa einer neuen Eroberung?«

»Quatsch, Schätzelein. Das ist der Name des Hotels.«

»Ah, ja.« Gabriela nickte betont unbeteiligt. »Also ich habe hier einen Flug von Köln. Morgen Nachmittag, Ankunft in San Ioannis um 20 Uhr 20. Rückflug genau eine Woche später. Soll ich das festmachen?«

Lucca nickte. »Tu das, hört sich gut an.«

»Wenn du verlängern willst, Herzchen, ruf mich an. Ich erledige das gerne für dich.« Gabriela lächelte zuckersüß.

»Davon bin ich überzeugt, Carmencita!«

*

Nachmittags machte Lucca einen Spaziergang mit Amy und Santiago über die große Obstwiese.

Obwohl die elegante Stute sie faszinierte, hatte sie es bis jetzt nicht über sich gebracht, ihre Angst zu überwinden und reiten zu lernen. Immer wenn sie sich auf den Rücken des Tieres schwingen wollte, musste sie daran denken, wie ihr erster und einziger Reitversuch als Jugendliche geendet hatte. Beim damaligen Ausflug hatte sie zu viel Übermut walten lassen und dem ruhigen Pferd kräftig die Sporen gegeben. Als es protestierend in einen leichten Galopp fiel, war sie ängstlich abgesprungen, dabei dummerweise aber mit dem linken Fuß im Steigbügel hängen geblieben und von dem verunsicherten Tier einige Meter mitgeschleift worden. Sie hatte zum Glück nur leichte Blessuren davongetragen, aber seit diesem Erlebnis besaß sie einen Heidenrespekt vor Pferden. Jahrelang fasste sie danach keines mehr an, sondern bewunderte die schönen Tiere lieber aus sicherem Abstand.

Doch dann hatte Alana übergangsweise ihre Araberstute auf der Obstwiese untergebracht und als sie schließlich zu Lucca zog, war aus dem Provisorium ein Zuhause für Santiago geworden. Inzwischen folgte sie Lucca und der Hündin wie selbstverständlich auch ohne Halfter. Dennoch war Lucca froh, dass sich ab morgen wieder die Tochter einer Patientin von Alana um das Pferd kümmern würde.

Nach dem Spaziergang über die Obstwiese brachte sie am frühen Abend Amy zu Anna und versuchte Alana zu erreichen. Als sich nur der Anrufbeantworter meldete, entschied sich Lucca für einen Brief. Kein Email, sie würde sich Zeit nehmen und ihr einen richtigen, echten Brief schreiben! Die Tasche war bereits gepackt, morgen musste sie nur noch die Zahnbürste unterbringen und dann ginge es los!

Entspannt setzte sie sich mit Papier und Kugelschreiber an den Küchentisch, ließ ein paar Mal nachdenklich die Mine vor und zurückspringen und schrieb:

Hallo Schatz,

ich hoffe, ihr habt eine schöne Zeit auf Juist!

Du, lieber Schatz, verfällst hoffentlich nicht wieder der animalischen Anziehungskraft des französischen Testosterons!!! Noch ein Baby brächte mich womöglich vollends um den Verstand.

Um mich von meinen Phantasien abzulenken, werde ich nach Lykra fliegen; mich ihnen zu stellen und euch nachzufahren, traue ich mich nicht. In einer Woche bin ich wieder zurück, so dass ich das Haus zur Begrüßung der Insulanerinnen festlich schmücken und eine Blaskapelle zum Empfang organisieren kann!

Ich vermisse euch sehr und freue mich auf unser Wiedersehen.

Tausend Schmatzer für Miss Soffi und ebenso viele heiße, schmutzige, zärtliche Küsse für dich!

Lucca

Entschlossen faltete sie das Ganze, schob es in einen Umschlag, klebte eine Briefmarke auf und nahm sich vor, den Brief morgen am Flughafen einzuwerfen.

Bevor sie ins Bett ging, checkte sie noch ein letztes Mal die Emails. Im Postfach lag eine neue Nachricht des Hotel Artemis.

Liebe Lucca,

ich freue mich sehr, dich morgen hier bei uns begrüßen zu können!

»Die kennt mich doch gar nicht«, murmelte Lucca verwundert und las weiter:

Ich habe einen Wagen für dich reservieren lassen, er wird dir am Flughafen übergeben. Du erkennst den Mitarbeiter der Autovermietung an dem Schild mit der Aufschrift ARTEMIS. *Ich habe noch eine Bitte.*

»Aha, jetzt kommt's.« Lucca runzelte die Stirn.

Mit dir kommen morgen Abend in San Ioannis noch zwei weitere Frauen an und es wäre sehr lieb von dir, wenn du sie mitnehmen könntest.

Ahnte sie doch einen Hinkefuß! Lucca war von der Idee nicht sonderlich angetan. Sie wollte in Ruhe ankommen, ohne zwei Mitfahrerinnen aufs Auge gedrückt zu bekommen und sofort unfreiwillig Kontakte knüpfen zu müssen.

Meine gute Freundin Ulrike kennt den Weg und erspart dir das Suchen in der Dunkelheit. Da es keine beleuchtete Beschilderung zu unserem Hotel gibt, ist dir das vielleicht eine Erleichterung.

Okay, das zählte als Argument.

Sonja ist ebenfalls eine sehr nette Frau.

Bitte gib mir kurz Bescheid, ob das so in Ordnung für dich ist!

Herzliche Grüße, Sabine

Das konnte ja heiter werden!

Lucca seufzte, gab sich einen Ruck und tippte eine kurze Bestätigung an Sabine Lohmann.

KAPITEL 1

Nach ruhigem Flug setzte die Maschine mit nur minimaler Verspätung auf. Schon wenige Minuten später stand Lucca am Kofferband und wartete auf ihr Gepäck.

»Autsch!« Ärgerlich blickte sie sich um.

Eine junge Frau hatte sich wortlos an ihr vorbeigeschoben und eilig einen Rucksack vom Band gerissen. Dabei war sie mit einer der Schnallen schmerzhaft über Luccas Oberarm geschrammt.

»Sorry.« Die Frau lächelte sie kurz an und verschwand.

Lucca rieb sich den Arm und wandte sich misslaunig wieder dem Gepäckband zu. Das fing ja gut an!

Endlose fünfzehn Minuten später öffneten sich vor ihr die Schwingtüren und sie betrat eine kleine überschaubare Halle. Fast direkt vor ihr stand ein kleiner, dunkelhaariger Grieche, der aussah wie aus einem Reiseprospekt, und reckte ein Schild mit dem Namen ihres Hotels hoch. Mit ihm blickten eine elegante Mittvierzigerin und eine schlanke, kurzhaarige Blondine erwartungsvoll dem Neuzugang entgegen.

Na dann mal los, möge das Abenteuer beginnen!, dachte sich Lucca und lächelte die beiden freundlich an.

»Sieht so aus, als wäre ich bei euch genau richtig.« Sie trat auf das Trio zu und stellte ihre Tasche ab. »Mein Name ist Lucca.«

»Herzlich Willkommen auf Lykra. Ich bin Ulrike.« Die Mittvierzigerin streckte ihr strahlend die Hand hin.

»Und ich heiße Sonja.«

Die Stimme der Blonden besaß einen leicht rauen Klang, der Lucca einen kleinen Moment länger zu ihr hinübersehen ließ. »Dann wollen wir mal zum Auto!« Mit diesen Worten riss sie sich von dem Paar blaugrüner Augen los, deren spöttischer Ausdruck sie verwirrte, und wandte sich an den Mitarbeiter der Autovermietung, der ihre Tasche bereits auf einen Gepäckwagen mit zwei großen Trolleys und einer voluminösen Reisetasche lud. Bereitwillig führte er die Frauen zu einem mickrigen Mietwagen, dessen Stauraum Lucca einen kritischen Blick auf ihre umfangreichen Utensilien werfen ließ.

Die Unterbringung des Gepäcks wurde schließlich mit viel Gelächter, Drücken, Schieben und Ziehen erledigt. Lucca setzte sich gut gelaunt ans Steuer und sah ihre Begleiterinnen erwartungsvoll an. »Du kennst also den Weg, Ulrike?«

»Ja, ich bin regelmäßig hier.« Ulrike saß schon auf dem Beifahrersitz und nestelte ihre Bluse in Form.

»Dann kann ja nichts schief gehen!«, flötete Lucca und sah im Rückspiegel Sonja lächeln.

Sie startete den Motor und schaute sich nach dem Mann von der Autovermietung um. Er war mit seinem Wagen vereinbarungsgemäß zur Flughafentankstelle vorgefahren, um ihnen den Weg zur Schnellstraße zu zeigen. Ab dort würde er sie ihrem Schicksal überlassen.

Der Himmel war pechschwarz. Kein Mond, kein Stern leuchtete über ihnen.

»Also los! Dann wollen wir uns mal in die nächtliche Finsternis stürzen!« Lucca grinste erwartungsfroh und fädelte sich in den Verkehr ein.

*

Die Fahrt verlief ausgesprochen kurzweilig, denn Ulrike verfügte über einen nicht enden wollenden Anekdotenschatz und informierte Lucca ausführlich über das Hotel Artemis und seine Bewohnerinnen.

Eine mit Sabine Lohmann in stürmischer Affäre verbandelte schwedische Architektin hatte das Haus vor sieben Jahren als Liebespfand entworfen. Seither betrieb Sabine die Beauty-Farm ganzjährig. Im vorigen Jahr war von einer französischen Landschaftsarchitektin ein wunderbarer Garten angelegt worden und ein Swimmingpool hinzugekommen. Im Frühjahr hatte das Artemis den Abschluss aller Bauarbeiten mit einem rauschenden Fest gefeiert.

Zurzeit lebte Sabine Lohmann dort zusammen mit einem Hund und zwei Katzen, die das Idyll komplettierten.

Das klang alles sehr gut! Karina hatte bisher wirklich nicht zu viel versprochen. Erst einmal mussten sie aber heil dort ankommen ... Lucca starrte durch die Frontscheibe in die Dunkelheit und war froh, dass ihre Reisebegleitung den Weg kannte. Das funzelige Licht der Scheinwerfer warf flackernde Schatten über beängstigend steile Felswände.

Sie fing einen Satzfetzen von Ulrike auf, der ihre Augenbraue in die Höhe schnellen ließ. »Du meinst tatsächlich, dass einige der Gäste nur wegen Sabine sofort wieder gebucht haben?« Verwundert versuchte sie, sich ein Bild ihrer zukünftigen Gastgeberin zu machen.

»Einige der Gästinnen«, Ulrike räusperte sich bedeutungsvoll, »kommen sicher nur wegen ihr.«

»Gästinnen?« Lucca zuckte zusammen, versuchte aber, ihre Stimmlage möglichst neutral zu halten.

»Ja, ins Artemis kommen Gästinnen. Sabines politische Heimat ist die Frauenbewegung. Es gibt keine Männer im Haus oder auf dem Gelände.« Ulrike sah zum Fenster hinaus. »Und es gibt Frauen, denen das sehr viel bedeutet.«

»Hm.« Lucca schluckte. Düsterste lilafarbene Vorurteile

stiegen in ihr hoch. Na wunderbar! Karina hatte ihr vorenthalten, dass sie offenbar ein urfeministisches Urlaubsziel ansteuerte, das von Kampflesben bevölkert war. Dabei stellten Männer für sie gar kein Problem dar ... sie mochte eben nur nicht mit ihnen schlafen. Man konnte wirklich nicht behaupten, dass sie sich mit feministischem Gedankengut beschäftigt hatte, sie lebte schlicht nach dem Motto »Jeder Jeck ist anders«. Und nun war sie zur Gästin geworden! Lucca seufzte kurz und dachte, dass ihr aber auch wirklich nichts erspart blieb. Karina konnte sich auf etwas gefasst machen, wenn sie erst wieder zurück war!

Währenddessen erzählte Ulrike fröhlich weiter, als hätte es für Lucca keinerlei Stolperstein gegeben, und so fuhren sie an der Ausfahrt zur sogenannten Schnellstraße, die die Insel zweispurig von Westen nach Osten durchzog, zügig vorbei. Erst nach einigen Kilometern fiel Lucca auf, dass sie sich auf dem direkten Weg in die völlig falsche Richtung befanden, und sie wendete mit einem waghalsigen Manöver, das ihr einen bewundernden Seitenblick einbrachte.

»Kehrt um ...! Wir hätten längst abfahren müssen. Macht aber nichts«, beruhigte Lucca Ulrike, die offenbar sofort von einem schlechten Gewissen geplagt wurde, weil sie sich für den reibungslosen Transfer ins Artemis verantwortlich fühlte. »Ist ja nichts Dramatisches passiert. Sind wir eben zehn Minuten länger unterwegs.« Ihre gute Stimmung war durch so eine Lappalie nicht zu erschüttern.

Die Ausfahrt zu finden, sollte sich jedoch als kleines Husarenstück erweisen, denn entweder übersahen sie konsequent das Schild oder plauderten so intensiv, dass sie noch mehrmals daran vorbeirauschten und schließlich die Strecke auf der Schnellstraße wie aus dem Effeff kannten.

Die nächste Hürde stellte sich fast eine Stunde später. Das von Karina beschriebene Dorf lag längst hinter ihnen; der löchrige Asphalt war einer Kraterlandschaft gewichen.

»Und du bist sicher, dass wir noch auf dem richtigen Weg sind?« Lucca hielt krampfhaft das Lenkrad fest.

»An einer gespaltenen Pinie geht es rechts ab.« Ulrikes Murmeln war kaum zu verstehen.

Im selben Moment war Lucca an dem imposanten Baum vorbeigefahren und trat auf die Bremse.

»Na dann wollen wir mal wieder kehrt machen!«

Unter viel Gelächter über ihre Pfadfinderkünste rollten sie schließlich kurz nach Mitternacht mit fast zweistündiger Verspätung auf den Parkplatz des Artemis. Eine weißgetünchte Mauer trennte ihn vom Haus und verhinderte neugierige Blicke auf das Hotelgelände.

»Das hätte ich ohne euch nie gefunden!« Lucca stieg aus und streckte sich. »Da schläft wohl schon alles.« Skeptisch spähte sie zu einem schmiedeeisernen Tor, hinter dem ein schmaler, von indirektem Licht spärlich beleuchteter Pfad in die Dunkelheit führte.

»Ich kenne mich aus«, beruhigte Ulrike sie sofort.

»So, wie du die Strecke hierher kennst?« Lucca konnte sich ein Lachen nicht verkneifen.

»Keine Sorge, weit besser! Ich zeige euch gleich eure Zimmer. Sabine hat mir per Email ein paar Instruktionen gegeben. Sie ist heute Abend nicht da.«

Mit einiger Mühe entrissen sie dem winzigen Auto ihr Gepäck und zerrten es über den Pfad zu dem unverschlossenen Tor, das leise zur Seite schwang, als Sonja die Klinke herunterdrückte. Eine bronzene Figur der Göttin Artemis wies mit ihrem stilisierten Bogen in die Nacht.

»Rein mit uns!« Ulrike blickte sich nervös um.

»Erwartest du noch jemanden?«, wunderte sich Lucca.

»Nein, nein. Sabine hat mir nur am Telefon gesagt, dass es gestern einen Zwischenfall mit Drogenkurieren im Molokos-Gebirge gab. Es hat eine wilde Schießerei zwischen der Polizei und den Bewohnern eines für Drogenhandel berüchtigten Bergdorfes gegeben. Vielleicht schleicht hier ja auch kriminelles Volk durch die Dunkelheit!«

»Hier vor unserem Hotel? Übertreibst du da nicht ein bisschen?« Sonja sah Lucca an und tippte sich leicht an die Stirn.

»Egal, lasst uns weitergehen.« Lucca schloss das Tor.

Soweit es sich in dieser Finsternis erahnen ließ, führte der Weg zum Haus durch einen schön angelegten Garten. Den dezent beleuchteten Swimmingpool säumten hohe Sträucher von Oleander und Hibiskus.

Kein Mensch, kein Hund, keine Katze, nichts war zu sehen oder zu hören, als sie schließlich vor dem unbeleuchteten Hotelkomplex standen.

Ulrike, die stellvertretend für Sabine die Zimmerschlüssel aushändigen sollte, geleitete sie in einen Innenhof, der, einem Atrium gleich, von versetzt angeordneten ein- und zweistöckigen Gebäuden umgeben war. »Wenn ihr mögt, können wir ja noch ein Glas Wein trinken, bevor ihr schlafen geht«, schlug sie vor.

»Das ist eine gute Idee. Du zeigst mir mein Zimmer, ich stelle nur kurz mein Zeug ab und komme dann runter.« Lucca strahlte die beiden an.

»Auf mich müsst ihr heute verzichten. Ich brauche meinen Schönheitsschlaf.« Sonja nahm ihren Zimmerschlüssel in Empfang und verschwand in der Dunkelheit.

Ulrike nickte Lucca zu, ging voran zu einer Tür, schloss auf und bat sie mit einer einladenden Handbewegung hinein. »Nummer 7 ist dein Domizil.«

Wenig später trafen sie sich an einer kleinen Rezeption auf dem Weg in den gemütlichen Speiseraum, der gleich neben der Küche lag.

Lucca sah durch das Fenster zum Himmel hinauf, an dem sich dicke Wolken bildeten. »Sieht nach Regen aus. Aber auf ein Gläschen Wein geht es wohl noch.« Sie deutete auf die Terrasse, wo unter dem Schutz einer weinbewachsenen Pergola Tische und Stühle zum Niederlassen einluden. »Wir könnten hier draußen sitzen.«

»Gerne.« Ulrike strahlte sie an. »Ach, und du hast doch bestimmt Hunger.« Im Handumdrehen hatte sie eine Flasche Wein und zwei Gläser auf den Tisch gezaubert und ließ ihrer Vermutung Brot, Oliven und Tomaten folgen.

»Du bist eine Wucht!«, verkündete Lucca begeistert und verspürte mit einem Mal tatsächlich Appetit.

Die beiden Frauen verstanden sich prächtig und so war es fast zwei Uhr in der Frühe, als Lucca sich zurückzog. Ehe sie schlafen ging, genoss sie noch für einen Moment den prächtigen Ausblick von ihrer Terrasse – die Wolken hatten sich verzogen und gaben den Blick auf das Meer frei.

Maitresse, ich bin nach abenteuerlicher Fahrt gut angekommen. Melde mich morgen zu einer christlicheren Zeit. Kuss Lucca.

Kaum hatte sich die SMS mit einem Surren verabschiedet, fiel Lucca müde ins Bett.

*

»Verflixt! Was war das?« Nichts regte sich. Das Geräusch war wieder weg. Lucca lauschte in die Stille, die sie wie eine Wand umgab. Vielleicht hatte sie es sich auch nur eingebildet? Angestrengt blinzelte sie auf die Leuchtziffern ihrer Armbanduhr. Gerade mal drei Uhr dreißig und die allerzarteste Morgendämmerung auch nur zu erahnen.

Leider war sie nun aus dem Schlaf gerissen. Verärgert wälzte sie sich ein paar Minuten unruhig im Bett hin und her. Seit Sophias Geburt war sie beim kleinsten Pieps hellwach und fand teilweise erst nach quälend langer Zeit wieder in den Schlummer zurück.

So wie jetzt. Als nichts half, entschloss sie sich, erst mal zur Toilette zu gehen. Benommen ließ sie die Badezimmertür hinter sich ins Schloss fallen. Kaum saß sie auf dem Klo, fielen ihr plötzlich fast die Augen vor Müdigkeit zu.

Jetzt ganz schnell wieder ins Bett!

Eilig drückte sie die Klinke herunter, doch nichts tat sich. Die Tür blieb versperrt. Schlaftrunken überlegte sie, ob sie sich gegen ihre Gewohnheit eingeschlossen hatte.

Sie tastete nach dem Schlüssel.

Es gab keinen.

Lucca war schlagartig hellwach.

Nachdem sie einige Male wild, aber erfolglos an der Türklinke gerüttelt hatte, musste sie schließlich einsehen, dass sich das Schloss weigerte, auch nur einen Millimeter nachzugeben. Sie war im Badezimmer eingesperrt.

»Verdammter Mist!« Ungläubig starrte Lucca erst auf die Tür und dann an sich herab. Ihren Körper zierte lediglich ein Slip. Prompt glaubte sie zu frieren.

Hilflos sah sie sich um, bis ihr Blick an einem kleinen Fenster hängenblieb, das über dem Spülkasten den Weg in die Freiheit wies. Sie maß die Toilette mit Misstrauen, stieg dann vorsichtig auf die Klobrille und öffnete das Fenster.

Ein sorgfältig festgenageltes Insektengitter versperrte nicht nur die Aussicht.

»Na klasse«, brummte Lucca in die nächtliche Stille. Ihre Hoffnung, schnell wieder rauszukommen, sank gegen Null. »Jetzt bin ich eingesperrt und gleich beginnt der Tanz der feministischen Vampire, die sich auf mich stürzen werden, und hast du nicht gesehen …!« Aber vielleicht war ja dort draußen noch eine der Gästinnen unterwegs, die ihr helfen konnte?

»Hallo! Ich brauche Hilfe!«, rief sie auf gut Glück zum Fenster hinaus und lauschte ins Dunkel.

Tatsächlich, von irgendwo her näherten sich Schritte!

»Hallo?«, wiederholte sie optimistisch, »ich sitze hier im Bad fest!«

»Warum machst du denn nicht die Tür auf?« Eine amüsiert klingende Frauenstimme drang leise zu ihr.

»Hei! Tolle Idee, darauf wäre ich selbst nie gekommen!« Luccas Sinn für Humor drohte sich zu verabschieden.

»Kein Grund, sich aufzuregen. Ist deine Terrassentür offen? Dann könnte ich von dort ins Zimmer kommen und dir die Tür öffnen.« Die Besitzerin der Stimme schien sich auf ihre Ernsthaftigkeit zu besinnen.

»Okay! Stimmt, von da aus hast du freien Zutritt!«

Die Schritte entfernten sich wieder und nach kurzer Zeit raschelte es jenseits der Badezimmertür.

»So, dann werde ich dich mal rauslassen!«

Lucca sah, wie die Klinke gedrückt wurde, doch die Tür öffnete sich leider nicht.

»Was hast du gemacht? Hast du dich eingeschlossen?« Erstaunen lag in der Stimme, die von der anderen Seite herübertönte.

»Ich habe überhaupt nichts gemacht. Hier gibt es doch nicht mal einen Schlüssel zum Abschließen!« Lucca begann nun wirklich zu frieren. Wie bekam sie wohl die Nacht über die Runden, ohne sich hier einen fetten Schnupfen zu holen?

»Geh mal von der Tür weg, ich trete dagegen!«

Die Frau auf der anderen Seite schien Nerven zu haben! Während Lucca noch überlegte, ob es nicht eine andere Möglichkeit gab, erklang auch schon ein ohrenbetäubendes Krachen.

»Na toll, jetzt sind wahrscheinlich alle wach!«

Sonst geschah allerdings nichts. Obwohl die Retterin noch mehrmals gegen das Holzblatt trat, hing die Tür wie festgeklebt im Rahmen.

»Dann musst du eben aus dem Fenster steigen. Ich hole dir eine Leiter.«

Die Stimme verstummte. Als Nächstes hörte Lucca ein Kratzen an der Hauswand. Dann erschien ein Arm, der mit Schwung das Insektengitter wegriss und wieder abtauchte.

»Komm!«

Erneut erklomm sie die Kloschüssel und steckte den Kopf durchs Fenster. »So einfach komme ich hier aber immer noch nicht raus.«

Eine Frau in ihrem Alter stand am Fuß der Leiter und grinste sie an. »Dann steig auf den Spülkasten!«

Lucca zog den Kopf wieder zurück, begutachtete den Kasten und entschied sich gegen weitere Kletterversuche.

»Der hält bestimmt mein Gewicht nicht aus und dann semmele ich samt Spülkasten runter, überflute das Bad und breche mir zu allem Überfluss auch noch die Haxen!« Die Aussicht war nicht verlockend.

»Komm schon.« Die Stimme draußen wurde ungeduldig.

»Okay, okay, ich versuch es.« Vorsichtig stellte Lucca sich auf die Kloschüssel. »Ähm, ich bin übrigens nicht vollständig bekleidet.«

»Und ich bin Krankenschwester und habe in meinem Leben schon viel Elend gesehen«, war die lakonische Antwort.

»Super, du bist wirklich ein echtes Motivationstalent.« Ihre Befürchtungen bezwingend, stieg sie weiter hinauf, streckte ein Bein durch das Fenster, ertastete mit dem Fuß die Leiter und zwängte sich mit eingezogenem Kopf durch den Rahmen. Zwei starke Arme nahmen sie draußen in Empfang.

»Nette Art sich kennenzulernen. Danke! Ich heiße übrigens Lucca.«

»Ruth. So eine Begegnung habe ich auch nicht alle Tage.« Die Retterin sah nicht gerade unauffällig an ihr herunter und lächelte. »Das Appartement neben deinem ist im Augenblick nicht vermietet. Der Schlüssel steckt von außen.« Sie wies um die Ecke. »Falls du im Laufe der Nacht noch mal zur Toilette musst, kannst du dort reingehen … und dich gegebenenfalls wieder durchs Fenster abseilen. Ich wünsche dir noch angenehme Ruhe.«

Sprach's und ließ Lucca stehen, die nicht wusste, wo sie ihre Hände lassen sollte. Fröstelnd verschränkte sie die Arme vor der Brust. Als sie schleunigst um die Hausecke zu ihrer Terrasse huschte, leuchtete ihr Slip hell in der Nacht.

*

Höchste Zeit aufzustehen, wenn sie noch frühstücken wollte, bevor alles abgeräumt sein würde! Lucca sprang mit einem Satz aus dem Bett und zerrte prüfend an der Badezimmertür, die sich auch in der verbliebenen Nacht nicht wie von Zauberhand geöffnet hatte.

Na gut, würde sie sich der Öffentlichkeit eben ungekämmt und mit ungeputzten Zähnen präsentieren – als natürliche Schönheit. Mit Elan stieg sie in die Kleider und begab sich nach kurzem Zwischenstopp im Bad des Nachbarzimmers auf direktem Weg zum Speiseraum.

Den Ereignissen der vergangenen Nacht trotzend, nahm sie gut gelaunt mit zwei langen Schritten die Stufen zur Terrasse und erblickte vier Frauen, die sich ihr Frühstück unter der Pergola schmecken ließen. Sie hätten äußerlich nicht unterschiedlicher sein können. Zwei der Urlauberinnen erinnerten Lucca an die Gattungen Bulldogge und Frettchen, wobei sie von der possierlichen Haartracht des Frettchens besonders beeindruckt war. Weniger gefiel ihr das extrem unfreundlich dreinblickende Gesicht darunter. Blitzschnell traf sie die Entscheidung, ihrem höflichen Gruß keine weiteren Kontakte folgen zu lassen.

»Hi – guten Morgen.«

Aus drei Mündern erscholl eine mehr oder weniger freundliche Antwort, während sich der vierte zu einem dünnen Strich verzog.

Schade, wirklich schade, dachte sich Lucca. Hinter Frau Frettchen liegt offensichtlich keine gute Nacht.

Als sie an der Tür zum Speiseraum ankam, hatte sie das Ensemble schon mehr oder weniger aus ihrem Gedächtnis verbannt und war gespannt auf das Frühstück.

In dem Moment kam ihr Ruth mit einer großen Tasse Kaffee entgegen und lächelte sie an. »Hallo, guten Morgen. Ich dachte schon, du hättest die nächste Tür verrammelt! He, Ladies«, rief sie über ihre Schulter hinweg nach drinnen, »hier kommt die, die sich heute Nacht durchs Badzimmerfenster in meine Arme gestürzt hat.« Mit dieser überaus freundlichen Bemerkung setzte sie sich vor dem Haus auf eine gemauerte Bank, auf der zwei Katzen ihr morgendliches Sonnenbad genossen.

»Super Einführung, danke!« Lucca grinste zurück und verschwand durch die Tür in einen freundlichen hellen Raum, in dem ein paar Tische einladend gedeckt waren.

Sogleich wurde sie mit viel Gelächter und Hallo von ein paar weiteren Frauen empfangen, die es vorzogen, im Kühlen zu frühstücken, und sich auf verschiedene Tische verteilt hatten.

Lucca fühlte sich sofort wohl, zumal sie unter ihnen auch Sonja entdeckte. Sie stellte sich den anderen vor und erfuhr, wer sie so freundlich aufgenommen hatte. Ulrike, Sonja, Karin, Vanessa und Silke wollten die Geschichte der nächtlichen Aktion live und in Farbe erzählt bekommen und so gab Lucca eine Kurzfassung des Ereignisses zum Besten, die mit neuem Gelächter quittiert wurde. Dann sah sie sich suchend nach Kaffee um und bemerkte eine Frau, die sich bisher im Hintergrund gehalten hatte und nun auf ein Arsenal von Tassen wies.

»Kaffee und Tee stehen hier, dort drüben auf dem Buffet

findest du Brot, Käse, Joghurt, Müsli, verschiedene selbstgemachte Marmeladen und noch einiges mehr. Allerdings weder Wurst noch Fleisch. Am Schwarzen Brett neben der Rezeption hängen verschiedene Hinweise auf das Programm des Tages und der Woche. In einer Stunde bietet zum Beispiel Ellen Pilates an.« Die Frau streckte ihr die Hand entgegen und sah sie aufmerksam an. »Ich bin übrigens Sabine.«

Lucca ergriff bereitwillig die angebotene Hand, die sich angenehm kühl und fest um ihre schloss. Nach dieser Begrüßung schenkte sie sich in aller Ruhe Kaffee ein und verzog sich nach draußen.

Erst als sie sich zu Ruth auf die Bank setzte, fiel bei ihr der Groschen. »Sag mal, ist das da drin *die* Sabine?«

»Wenn du die Chefin des Hauses meinst, lautet die schlichte Antwort: ja.«

Lucca setzte spontan die Tasse ab und ging noch einmal ins Haus zurück. In der Küche hinter dem Speiseraum standen Sabine und Ulrike an der Spülmaschine und unterhielten sich.

»Entschuldige, ich wollte nicht unhöflich sein, aber mir war nicht gleich klar, wer du bist.«

»Das macht doch nichts«, versicherte Sabine herzlich. »Es tut mir übrigens sehr leid, dass du in der Nacht Unannehmlichkeiten hattest. Ich werde dafür sorgen, dass deine Badezimmertür im Laufe des Tages repariert wird. So lange benutze bitte noch das andere Bad.«

»Kein Problem.« Lucca schenkte der Hotelinhaberin zum Dank ein strahlendes Lächeln, das ihrem Gegenüber ein leichtes Flackern in die Augen zauberte.

»Du kannst übrigens so lange frühstücken, wie du möchtest. Wir nehmen es hier mit den Zeiten nicht so preußisch genau. Falls du mal später aufstehst, findest du alles im Kühlschrank und in der Vorratskammer.« Sabine lächelte zurück und wandte sich ab.

»Okay. Dann widme ich mich jetzt mal meinem Kaffee, bevor er kalt wird.« Damit zog Lucca wieder nach draußen.

»Angezogen machst du übrigens auch eine ganz gute Figur.« Ruth sah sie mit herausfordernder Bewunderung an. »Mit der Kletternummer von gestern bist du jetzt hier das absolute Highlight!«

Lucca blickte zu dem Tisch mit dem Frettchen. »Ja, ich kann mich vor Fans kaum retten.«

Ruth, die ihren Blick verfolgt hatte, lachte. »Vergiss die vier Grazien.« Sie sah Lucca an. »Die sind dir doch wohl nicht wichtig, oder? Hier sind ganz andere Frauen, die dich nach meiner Erzählung vorhin mit Spannung erwarten.«

Bevor Lucca etwas antworten konnte, erschien Ulrike auf der Bildfläche und setzte sich zu ihnen. Ihr folgten bald darauf die anderen aus dem Speiseraum. Ein Wort gab das andere, gute Stimmung verbreitete sich, die schlagfertigen Bemerkungen flogen nur so hin und her. Lucca, die sich im Kreis dieser Frauen bestens aufgenommen fühlte, lief zur Hochform auf, versprühte ihren Charme und flirtete ungehemmt drauflos.

Bald kam der Vorschlag auf, gemeinsam an den Hotelstrand zu gehen. Ruth regte an, zu dem einige Kilometer weiter gelegenen Nacktbadestrand zu fahren. Für die »Schweinebucht«, wie die Einheimischen den Ort abwertend genannten, sprachen nicht zuletzt die leckeren Snacks, die es dort gab. Die Frauen verteilten sich auf zwei Autos und schon konnte es losgehen.

Die Abfahrt der aufgekratzten Frauenmeute wurde von Sabine und Ulrike beobachtet, die den Wagen hinterherwinkten. Auch Silke fuhr nicht mit; sie musste sich heute eine Wunde versorgen lassen, die sie sich auf einer Wanderung zugezogen hatte und mit der sie nicht ins Wasser durfte.

Ulrike zog es vor, erst einmal bei ihrer guten Freundin Sabine zu bleiben, hatte sich aber für den Abend mit Lucca zu einem gemeinsamen Essen in der im Dorf gelegenen Taverne verabredet.

»Tolle Frau.« Sabine blickte verträumt.

»Du sagst es«, lautet Ulrikes knapper Kommentar.

*

Innerhalb kürzester Zeit kam sich Lucca wie ein Brathähnchen vor, das zu lange am Spieß gedreht wurde.

»Wer hatte nur die aberwitzige Idee, in der größten Mittagshitze hierher zu fahren?« Sonja schien es auch nicht besser zu gehen als ihr.

Lucca folgte Sonjas Blick über den Rand ihrer Sonnenbrille zu Urlaubern unter einem überhängenden Felsen. »Die schlauen Menschen haben sich alle in das klitzekleine bisschen Schatten verzogen.« Sie stutzte. »Hei! Das sind doch Frauen aus dem Artemis.«

»Stimmt, Donata und Birgit waren schneller als wir.« Sonja wandte sich wieder dem Meer zu, während Lucca einen Moment lang beobachtete, mit welcher Hingabe die Frau, die sie als Frettchen abgespeichert hatte, einer ihrer Begleiterinnen den Rücken mit Sonnenmilch eincremte. »Puh! Bevor wir uns hier noch einen Hitzeschlag holen, sollten wir uns lieber ins Artemis zurückziehen. Aber vorher sorgen wir noch für Abkühlung!« Schon war Lucca aufgesprungen, rannte wie von Hunden gehetzt über den glühend heißen Sand und stürzte sich kopfüber ins aufspritzende Wasser.

Als sie prustend wieder auftauchte, sah sie neben sich Ruths nahtlos gebräunten Körper im Meer glitzern, während einige Meter weiter der weiße Hintern von Vanessa auf einer kleinen Welle tanzte, bevor der dazugehörige Körper ebenfalls an die Wasseroberfläche kam.

»Das war knapp am Herzinfarkt vorbei.« Lucca legte sich auf den Rücken und ließ sich vom Wasser tragen. Sie staunte, dass Sonja das Meer nur millimeterweise eroberte und sich immer wieder über seine extreme Kälte beschwerte.

Karin schien vom Kontakt mit Wasser überhaupt nichts zu halten, sondern streckte ihren akribisch mit Sonnenmilch eingecremten Körper lang auf dem Badetuch aus, ohne die anderen eines Blickes zu würdigen.

Endlich hatte Sonja ihren inneren Schweinehund überwunden und kraulte wild durch die Wellen auf das wartende Trio zu.

»Na also, geht doch!« Ruth legte sich ebenfalls auf den Rücken, als Sonja atemlos bei ihnen innehielt.

»Wasser ist einfach nicht mein Element.« Sonja verzog das Gesicht. »Wenn du gleich zurückfährst, würde ich mich gerne anschließen. Mir reicht's für heute mit so viel Nässe. Auch wenn andere offenbar darauf stehen …«

Lucca, deren Augen ein paar Wassertropfen verfolgten, die über Vanessas Bauch perlten, nickte nur. »Klar, man sollte es nicht übertreiben.« Sie räusperte sich und sah sich mit einer breit grinsenden Sonja konfrontiert.

»Wenn die beiden schon schlapp machen, lass uns doch ein Stück rausschwimmen.« Vanessa spritzte Ruth Wasser ins Gesicht, was diese als Aufforderung verstand, dem Vorschlag augenblicklich nachzukommen.

Sonja und Lucca blickten den beiden Schwimmerinnen einen Moment nach und paddelten dann zurück zum Strand.

»Die beiden sind echte Wasserratten.« Sonja sprach wie eine Mutter über ihre Kinder.

»Kennt ihr euch schon länger?« Lucca hatte den Eindruck gewonnen, dass Sonja und Vanessa sehr vertraut im Umgang miteinander waren.

»Ja, wir haben uns vor einigen Jahren im Sommerurlaub hier kennen gelernt und treffen uns seitdem regelmäßig bei

Sabine. Ruth haben wir in diesem Jahr zufällig wiedergetroffen.« Sonja versuchte Boden unter die Füße zu bekommen und erhob sich als Erste wieder aus dem Wasser.

Lucca ließ sich auf den Strand treiben und sah an Sonjas Beinen hinauf. Erst jetzt fiel ihr auf, dass ihre Begleiterin komplett rasiert war. Überrascht wandte sie den Blick ab.

Karin schien in der Sonne eingeschlafen zu sein und reagierte ausgesprochen verhalten, als Sonja ihr eine kalte, nasse Hand auf die Schulter legte.

»Also, ich werde jetzt tatsächlich zurückfahren und Siesta halten!« Lucca trocknete sich ab und streifte sich Slip und T-Shirt über, bevor sie die Fahndung nach ihren Shorts aufnahm. Als sie nach der Hose griff, fiel das Handy heraus. Das Display zeigte einen verpassten Anruf: Alana.

Nach einem kurzen Zwischenstopp im Dorf kamen Lucca und Sonja bald mit ein paar Tüten voll leckerem Obst zum Artemis zurück, wo sie von wildem Hundegebell begrüßt wurden. Ein grauer Flokati flog heran, bremste kurz vor ihnen ab, ließ sich aber von Luccas leiser Ansprache beruhigen und duldete schließlich sogar, gestreichelt zu werden.

»He, du bist wohl eine Hundeflüsterin!« Sonja schien beeindruckt. »Das liebreizende Tier ist ansonsten wenig umgänglich. Ich mache lieber einen Bogen um die Bestie.«

Die Bestie folgte den beiden Frauen schwanzwedelnd unter die Pergola, die einen einladenden Schattenplatz vor dem Speiseraum bildete.

»Hallo, ihr seid ja schon zurück. Möchtet ihr auch einen Kaffee?« Sabine erschien in der Tür, gefolgt von Ulrike, über deren Gesicht ein Strahlen ging, als sie Lucca sah.

»Das ist eine Superidee!« Lucca wollte sich eine Tasse holen, während Sonja dankend ablehnte.

»Setz dich, ich bring dir einen Becher mit. Milch und Zucker?«

Müde ließ Lucca sich neben Sonja im Schatten auf einen

Korbstuhl fallen und streckte alle Viere von sich. »Nur Milch, bitte. Meine Güte, ist das heiß!«

»Wenn kein Wind weht, so wie heute, ist es im Sommer manchmal kaum auszuhalten.« Sabine stellte einen frisch gefüllten Kaffeebecher auf den Tisch und setzte sich zu ihnen. Ulrike blieb am Türahmen stehen und sah abwartend herüber.

»Wo kommt eigentlich plötzlich dieser Wollteppich her?« Lucca kraulte dem grauen Mischling ein Ohr.

»Eine Freundin hat mir meine Schöne gerade gebracht.« Sabine streichelte den Hund nun ebenfalls. Die Finger der beiden Frauen berührten sich einen kurzen Augenblick.

»Eine Freundin?« Lucca zog ihre Hand aus dem Fell zurück und sah Sabine fragend an.

»Sie lebt oben im Dorf und braucht Melina manchmal als Modell.« Sabine sah, dass Lucca nichts verstand und lachte. »Meine Jugendfreundin Johanna stammt aus Nürnberg, lebt aber schon einige Jahre hier auf Lykra. Sie ernährt sich mehr schlecht als recht von ihrer Tiermalerei. Idyllische Katzen- und Hundebilder für die Touristen, wenn du verstehst.«

»Ah ja.« Lucca, die einen verächtlichen Zug über Ulrikes Gesicht huschen sah, zog es vor, nichts weiter dazu zu sagen. Ihr Schweigen überspielend, wollte sie gerade nach ihrer Tasse greifen, als sie in ungläubigem Erstaunen innehielt. »Meine Güte, was ist das denn?« Sie zeigte auf eine runde Katze, die direkt auf sie zusteuerte. »Das ist ja eine Kanonenkugel auf Beinen. Dass sie überhaupt noch laufen kann!«

Ulrike lachte. »Das ist Aphrodite!«

»Wow! Aphrodite, ja?« Lucca rollte die Augen.

Aphrodite sprang überraschend grazil neben sie auf den Stuhl und schnurrte laut und vernehmlich, bis Lucca nicht länger widerstehen konnte und die katzifizierte Verführung kraulte. »Toller Pelz, Kugelkatze!«

»Deine Badezimmertür ist jetzt übrigens auf. Du kannst also wieder duschen und aufs Klo. Morgen wird ein neues

Schloss eingebaut. Ich hoffe, das ist für dich in Ordnung?« Sabine blickte Lucca fragend an.

»Sicher«, Lucca hatte nur Augen für die Katze, die sich hingebungsvoll der Fellpflege an ihrem immensen Bauch widmete. »Das ist eine echte Wuchtbrumme.« Sie grinste zu Ulrike hinüber, die Aphrodites Putzaktion von der Tür aus mitverfolgt hatte.

»Ihre Mutter steht ihr an Volumen nicht viel nach.« Ulrike wies auf das nächste Pelztier, das soeben um die Ecke kam. »Hera.«

»Hier vereinen sich wahrhaftig die Göttinnen.« Lucca lächelte vielsagend, um dann betont unschuldig in die Runde zu sehen. Sabine und Ulrike, die sich inzwischen zu ihnen gesetzt hatte, warfen sich einen bedeutungsvollen Blick zu.

»Worauf du dich verlassen kannst!« Sonjas Augen blitzten Lucca an. »Ich werde mich jetzt mal dezent zurückziehen und mich ebenfalls der Körperpflege hingeben. Allerdings ziehe ich eine Dusche vor. Wir sehen uns später.« Damit erhob sie sich. »Ich würde mich übrigens heute Abend gern anschließen, wenn ihr zu Irini zum Essen geht.« Sonja sah bei ihren Worten nur Lucca an, der nicht entging, wie sich Ulrikes Miene umwölkte.

»Schön. Vielleicht kommen die anderen ja auch noch mit.« Lucca lächelte. Mit einem kurzen Nicken verschwand Sonja auf ihr Zimmer.

»Ich bin verabredet, aber vielleicht kommt ihr nach dem Essen rüber nach Kyrilos und wir treffen uns in Stavros' Strandbar?« Sabine sah von Ulrike zu Lucca. »Kyrilos ist ein kleines Fischerdorf unten am Meer«, fügte sie hinzu.

Die beiden bejahten fast gleichzeitig, doch im nächsten Moment wurde ihre Aufmerksamkeit von einigen Frauen abgelenkt, die mit viel Getöse um die Ecke bogen.

»Findest du nicht auch, dass ein, zwei dieser Damen direkt dem Tierreich entsprungen sein könnten?« Düster verfolgte Lucca die Ankunft der beiden. »Die Bulldogge und das Frettchen«, raunte sie Ulrike zu.

»Treffend charakterisiert«, wisperte diese zurück. »Das sind Donata und ihre Gespielin nebst irgendwelchen Statistinnen.«

»Welche ist Donata? Das Frettchengesicht?«

»Hm.« Ulrike nickte.

»Dominata wäre wohl passender!« Lucca beobachtete die Spitzgesichtige. Es stieß sie ab, wie herrisch die Frau mit ihrer Begleiterin umging.

Während die sogenannten Statistinnen freundlich winkten und mit Sabine zu reden begannen, würdigte Donata sie keines Blickes. Ihre Gespielin stand mit gesenktem Haupt einen Schritt hinter ihr.

»Mein Typ ist sie auch nicht.« Ulrike blickte nachdenklich zu der kleinen Gruppe und schwieg einen Moment. »Es ist eine Stammgästin, die in den ersten Jahren nur wegen Sabine, dann wegen der verschiedenen Masseurinnen kam«, fügte sie verhalten hinzu.

»Du willst damit aber nicht andeuten, dass zwischen Sabine und Frau Frettchen mal was war?« Lucca blickte entsetzt zu Donata und ihrem Gefolge hinüber.

»Sabine hat ein großes Herz für Mitlebewesen.« Ulrike seufzte andeutungsvoll. »Egal, ob Mensch oder Tier.« Die konkrete Beantwortung der Frage ließ sie offen.

»Schwester Dominata wird sich jetzt hoffentlich nicht zu uns setzen?« Lucca legte keinen Wert auf die Gesellschaft der herrischen Person.

»Keine Sorge. Die werden sich jetzt auf ihr Zimmer zurückziehen, wo sie das arme Mäuschen, das sie sich dieses Jahr mitgebracht hat, ordentlich rannehmen kann.« Ulrike blickte angewidert zum Himmel.

»Reizend!« Lucca fühlte sich in ihrer Antipathie bestärkt. »Und die anderen beiden?«

»Sind ebenfalls ein Paar und erstmalig hier.«

Lucca sah den Frauen nach, die auf ihre jeweiligen Zimmer zusteuerten.

»Wir sehen uns später«, auch Sabine stand auf, um sich mit dem Hund in ihr im oberen Stockwerk des Hauptgebäudes gelegenes Appartement zurückzuziehen, während Hera den kühlen Keller ansteuerte.

»Was hältst du von einem nachmittäglichen Gläschen Wein?« Ulrike streckte sich.

»Man soll die Feste feiern, wie sie fallen. Sag mir, wo ich die Gläser und den passenden Inhalt finde.« Lucca wollte sich ebenfalls erheben, wurde aber von Ulrike mit einem »Du hast Ferien!« auf den Stuhl zurückbeordert.

»Aphroditchen, das sind wahrlich paradiesische Zustände hier.« Lucca streichelte der Kugelkatze zart über das Köpfchen.

Wenig später erschien Ulrike mit einer gekühlten Flasche Weißwein, Gläsern und einem Schälchen mit Nüssen. Als Dank erntete sie einen innigen Blick.

»Du bist wie eine Mutter zu mir ...«

»Toll, nichts wünsche ich mir mehr!« Ulrike schenkte Wein ein und erhob ihr Glas. »Jamas!«

Lucca lehnte sich entspannt zurück, flirtete mit Aphrodite und unterhielt sich angeregt. Sie genossen die Ruhe und wohlige Atmosphäre des Artemis, als ein markerschütternder Schrei jäh die Stille beendete und Sonja aus ihrem Zimmer geschossen kam. Lucca war vor Schreck bereits aufgesprungen und hatte dabei die Katze verjagt, die sich unter lautem Protest in den Keller trollte, während Sonja auf sie zuwankte und sich schwer auf den Sitz fallen ließ.

»Was ist passiert?« Sabine kam aus ihrem Appartement gelaufen, auch Donata erschien mit aufgerissenen Augen.

»Es ist so ekelhaft!«, war alles, was Sonja unter Erschauern hervorbrachte.

»Was ist ekelhaft?« Lucca hielt ihr das Weinglas hin und sah, wie Sonjas Gesicht nach einem kräftigen Schluck wieder etwas Farbe annahm.

»Das da«, Sonjas Daumen wies über ihre Schulter, »bei mir im Bad.«

Alle sahen sie erwartungsvoll an, doch es folgte keine weitere Erklärung.

»Was denn? Tote Fliegen, Kakerlaken, Dinosaurier?« Lucca setzte sich wieder.

»Viel schlimmer.« Sonja schüttelte sich. »Eine riesige Heuschrecke! Das Vieh legt Eier in meinen Waschlappen!« Ihre Stimme bebte vor Ekel.

»Echt?« Lucca folgte Donata und Sabine, die sich umgehend auf den Weg zu Sonjas Zimmer machten, während Ulrike, die bereits ahnte, dass hier eine besondere Stärkung angesagt war, Ouzo organisierte.

»Das ist ja voll krass!« In Sonjas Badezimmer verfolgte Lucca über Sabines Schulter hinweg, wie ein etwa fünfzehn Zentimeter langes Heuschreckenweibchen seine riesige Legeröhre in einen Waschlappen auf dem Beckenrand bohrte. Es sah so aus, als ob die Heuschrecke bereits Tausende von Eiern abgelegt hatte.

»Und jetzt?« Lucca schüttelte sich dezent.

»Jetzt hole ich ein Gefäß.« Donata erwies sich als souveräne Herrin der Lage.

»Wozu? Willst du Rührei machen?« Luccas Atem kitzelte Sabine offenbar am Hals, den sie fuhr herum.

»Tss, tss!«, zischte Sabine warnend.

In Luccas Ohren klang das eher fasziniert als empört. Der freundliche Klaps auf ihren Arm unterstrich diesen Eindruck. Sie trat zur Seite, damit Donata ihr Vorhaben in die Tat umsetzen konnte, und folgte ihr neugierig nach draußen.

»Mädels, gleich gibt's was in die Pfanne!«

»Bah, das ist ja widerlich!« Ulrike schüttelte sich.

»Du bist ekelhaft!« Sonja wurde schon wieder blass.

»Wieso ich?« Lucca tat entrüstet. »Ich habe doch keinen Sex mit deinem Waschlappen, sondern das Biest da drin!«

»Nimm den Waschlappen bitte gleich mit und entsorge ihn!«, rief Sonja hinter Donata her, die beruhigend nickte.

»Mach dir keine Gedanken, ich werde alles wegräumen, was im Entferntesten nach Heuschrecke aussieht, und sie weit weg vom Grundstück wieder freilassen.«

Wenig später kehrten Ruth, Karin und Vanessa zurück und wurden sogleich über die Großtierjagd informiert. Von Donata war nichts mehr zu sehen.

»Wo du bist, scheint ja immer was los zu sein!« Ruth warf Lucca einen undefinierbaren Blick zu, scheuchte den Hund von der Bank und setzte sich neben sie. »Ouzo für alle?« Sie griff nach der Karaffe, ohne eine Antwort abzuwarten, und füllte die auf dem Tisch stehenden Gläser.

Eine halbe Stunde später wanderte die Gesellschaft zu Irinis Taverne, allerdings nicht, ohne dass Lucca ihr Versprechen erneuert hatte, sich anschließend noch mit Sabine in der Strandbar zu treffen.

»Na? Hoffst du, Lucca nach dem Essen von den anderen loseisen zu können?«, raunte Ruth süffisant Ulrike zu, die über den Massenauflauf nicht sonderlich begeistert zu sein schien.

Lucca blickte sich zu den beiden um. Sie hatte nicht die geringste Ahnung, worüber sie miteinander tuschelten; es war ihr im Moment auch egal. Sie war bester Laune und flirtete völlig unbefangen mit den Frauen, die sich freudig darauf einließen.

*

Irini hatte ihren Sohn auf der großen Terrasse zwei Tische zusammenrücken lassen, als sie die Gruppe die Straße zu ihrer Taverne heraufkommen sah.

Lucca bewunderte die herrliche Aussicht, wurde aber von Ulrike sanft zum Tisch geschoben. Doch im selben Moment, als sie sich setzte, schlängelte sich Ruth an Ulrike vorbei und schob sich neben Lucca auf die Bank. Ulrike nahm säuerlich gegenüber Platz und beschloss, Ruth ausgesprochen unsympathisch zu finden.

Der Tisch füllte sich, auch wenn immer noch einige fehlten. Mit dem Ausruf »VIPs im Anrollen!« wurden die Frauen von Vanessa darauf aufmerksam gemacht, dass ein Wagen den Berg hochfuhr und direkt vor Irinis Tür hielt, um Donata, ihre Gespielin und zwei andere Frauen auszuspucken.

Die vier setzten sich demonstrativ weg von der übrigen Gruppe in die am weitesten entfernte Ecke. Lucca gab Ulrike Handzeichen, dass sie dem Himmel dafür dankte.

»Habt ihr eigentlich vorhin mitbekommen, wie Donata ihre Freundin auf der Terrasse fertiggemacht hat?« Silke griff nach dem Knoblauchbrot. »In aller Öffentlichkeit hat sie Birgit übel beschimpft. Es schien ihr völlig egal zu sein, dass ich mithören konnte.« Sie sah zu dem Vierertisch hinüber. »Die Frau hatte ein Vokabular drauf, das war nicht schön.«

»Na ja, damit hat sie wohl eher sich selbst als ihre Freundin blamiert.« Karin schaute ebenfalls zum anderen Tisch hinüber. »Außerdem gehören immer zwei zu so einer Geschichte.«

»Ich habe Donata letztes Jahr schon mal erlebt. Damals war sie mit einer anderen Flamme hier, die ich überhaupt nicht zu Gesicht bekommen habe.« Sonja grinste vielsagend.

»Ach ja?« Ruth blickte erstaunt hoch.

»Die Geräuschkulisse aus ihrem Zimmer hat für reichlich Gesprächsstoff gesorgt.« Sonja lachte bei der Erinnerung an die Frühstücksgespräche. »Das Tollste war aber, dass sie sich sehr schnell über die Abreise der heißblütigen Liebhaberin hinweggetröstet hat. Stellt euch vor, sie hatte am selben Abend schon ein neues Maxilari im Bett.« Sonja sah in die Runde. »War eine von euch zu der Zeit auch hier?«

Stummes Kopfschütteln war die Antwort.

»Die Geschmäcker sind halt verschieden«, versuchte Ulrike zu beschwichtigen. Gästinnen blieben schließlich zahlende Kundinnen, egal wie beliebt oder unbeliebt sie waren.

»Was bedeutet denn Maxilari?« Lucca nahm einen Schluck Wein.

»So was wie Kopfkissen«, erklärte ihr Silke, die fließend Griechisch sprach. »Wenn du gefragt wirst, ob du jemandes Maxilari sein willst, bedeutet das den kürzesten Weg ins Bett.«

»Auf die Maxilaris!« Lucca hob ihr Glas.

»Und auf die, die es werden wollen.« Ruth stieß mit Lucca an, was von Ulrike argwöhnisch verfolgt wurde.

Das Essen verlief in gelöster Stimmung. Wein floss in nicht geringen Mengen, nach dem Dessert folgte Ouzo.

Die Terrasse hatte sich weitestgehend geleert, als Irini ihnen verschwörerische Zeichen gab.

»Was hat sie?« Vanessa sah verständnislos von einer zur anderen.

»Sie lädt uns ein. Ihr Sohn wird mit zwei anderen Musikern gleich ein paar Stücke zum Besten geben.« Silke nickte Irini zu. »Alexis ist ein bekannter Lyra-Spieler und ihr Mann ein hervorragender Sänger.«

»Dann sollten wir uns das nicht entgehen lassen, was meint ihr?« Lucca wollte Irinis Einladung gerne folgen und stand auf.

»Sabine wartet auf uns in der Strandbar.« Ulrike war weniger begeistert von der Idee, hierzubleiben.

»Du hast wohl sicherlich ein Handy dabei und könntest sie anrufen.« Ruth schnaubte unwirsch. »Ich halte gar nichts davon, jetzt zum Strand zu fahren. Wann bekommen wir schon ein Konzert geboten?«

»Ja, ruf sie an, sie kommt bestimmt her. Sabine liebt Lyra-Musik! Zumal es kein öffentliches Konzert ist, sondern exklusiv für die Gäste.« Sonja stand ebenfalls auf und nahm ihr Glas.

»Los, hoch mit euch! Sie packen schon die Instrumente aus.« Karin folgte Sonja ins Innere der Taverne, die anderen schlossen sich an.

Ulrike versuchte Sabine auf dem Handy zu erreichen; versuchte es erneut. Dann gab sie auf und folgte den anderen.

*

Lucca war zwischen Felsen eingeklemmt und bekam keine Luft mehr. Sie versuchte verzweifelt, sich aus ihrer misslichen Lage zu befreien, konnte sich aber keinen Zentimeter bewegen.

»Verdammt, warum kommt denn keiner?«, presste sie zwischen den Zähnen hervor. Die Zunge klebte ihr am Gaumen, Schweiß lief in Strömen über ihren Körper.

Es gab kein Entrinnen, so viel war klar. Keine Gnade, kein Erbarmen. Sie hatte keine andere Chance, als sich ihrem Schicksal zu stellen.

Mühsam hob sie die Lider ein winziges Stück und blickte in zwei riesige gelbe Pupillen.

»Oh, bitte nicht! Der Teufel persönlich.« Sie kniff die Augen rasch zusammen und spürte, wie sich der Druck auf ihrer Brust noch verstärkte. Scharfe Messer schnitten in ihr Fleisch und ein übler Geruch stieg ihr in die Nase.

Sie war sich sicher, dass der Atem des Todes sie umwehte.

Verzweifelt hielt sie die Luft an, dann blickte sie ihrem

Peiniger todesmutig ins Antlitz. Es dauerte eine Weile, bis sie klar sah, aber dann erkannte sie ein kleines Gesicht, beherrscht von zwei großen Augen und geziert von einer stattlichen Anzahl langer Schnurrbarthaare.

»Oh nein!« Lucca hob den Arm und wuchtete die Kugelkatze herunter, die es sich auf ihrer Brust bequem gemacht hatte. Befreit setzte sie sich auf, atmete tief durch und beobachtete, wie Aphrodite mit erhobenem Schwanz durch die weit geöffnete Terrassentür in die Morgendämmerung hinausstolzierte. Ein sattes Plopp, verbunden mit einem leisen Knarzen, verriet ihr, dass das Tier es sich draußen auf der Sonnenliege bequem gemacht hatte.

Was blieb, war ein unangenehmer Geschmack von viel zu viel Knoblauch, verbunden mit viel zu viel Ouzo. Lucca schwang die Beine aus dem Bett, um Wasser zu trinken, und landete unsanft vor der Wand.

»Verflixt, was ist denn nun los?« War sie immer noch im Traum? Stöhnend rieb sie sich die Stirn und sank zurück aufs Lager. »Der Leibhaftige hat die Wände verschoben!« Irritiert nahm sie die fremde Umgebung war. Dies war ganz offensichtlich nicht ihr Zimmer!

Vorsichtig drehte sie sich um und erkannte neben sich im Bett den schemenhaften Umriss eines Körpers. Es war ein nackter Körper. Lucca zuckte zusammen und begriff, dass ihren eigenen ebenfalls kein Textil zierte. Wie war sie hierher gekommen und zu wem gehörte der nackte Rücken, der wie hingegossen in den Kissen lag? Sie lauschte auf die leisen Atemzüge neben sich und versuchte sich zu konzentrieren.

Langsam nahm ihr Denkapparat wieder seine Arbeit auf.

Die lange Nacht bei Irini.

Alexis hatte mit seinem Vater und einem Onkel Musik gemacht, zu der später auch getanzt worden war. Ulrike, Ruth, Sonja, Vanessa und sie selbst waren die Letzten gewesen, die sich verabschiedet hatten und den Fußweg zum

Hotel Artemis zurückgestolpert waren. Kurz vor dem Haus war Sonja ausgerutscht und hatte sich recht heftig auf die Nase gelegt. Mit viel Jammern und Klagen und unter albernem Gelächter hatten sie die letzten Meter zurückgelegt. Ulrike wollte die angeschlagene Sonja ins Bett bringen.

Lucca stützte sich auf ihren Ellbogen und beugte sich über die Schlafende, die sich in diesem Moment umdrehte und begehrlich den Arm um sie legte.

Sie sah in das Gesicht von Ruth, die soeben ihre Augen öffnete und zu lächeln begann. »Hi, schon wieder wach, du Sexmonster? Wir sind doch gerade erst eingeschlafen …«

Lucca setzte sich auf. Was war passiert? Wie war sie hierher gekommen? Ihr fiel darauf keine Antwort ein, aber sie stellte fest, dass ihr die Situation mehr als missfiel. Aus den Augenwinkeln beobachtete sie Ruth, die sich lasziv neben ihr räkelte.

»Denkst du gerade daran, wie du vorhin diesen makellosen Körper in Besitz genommen hast, oder überlegst du, wie dir dies gleich noch mal gelingen könnte?« Ruth schob einen Arm unter ihren Kopf, Luccas Blick fiel auf ein Muttermal zwischen ihren Brüsten. Ein triumphierendes Lächeln umspielte Ruths Mundwinkel. »Gibt es da noch etwas nachzudenken?«

Irritiert stellte Lucca fest, dass hier wohl Silikon der Natur nachgeholfen hatte. Nicht das ließ sie an der angedeuteten Liebesnacht zweifeln; so leicht war sie nun auch wieder nicht verführbar. »Du hast recht. Eigentlich gibt's nichts nachzudenken. Wenn es so irre gewesen wäre, wie du sagst, würde ich mich sicher sofort erinnern!« Nun war es an ihr zu lächeln. »Und was uns die Zukunft bringt, wird sich zeigen.«

Überrascht von der Feststellung, dass es Frauen gab, die keinerlei erotische Ausstrahlung oder gar Anziehungskraft auf sie ausübten und Ruth zu ihnen gehörte, kletterte Lucca aus dem Bett und suchte ihre Klamotten vom Boden auf.

»Bleib doch noch ein bisschen hier.« Ruth setzte sich auf die Knie und berührte Lucca sanft am Rücken.

»Du, ich muss mir nach der Knoblauchorgie von gestern ganz dringend die Zähne zu putzen.« Lucca zog sich ihre Unterwäsche an, raffte die restliche Kleidung zusammen und sah kurz zu Ruth hinüber. »Wir sehen uns später.« Dann verschwand sie auf demselben Weg, den die Katze genommen hatte: durch die Tür auf die Terrasse.

Draußen war es inzwischen hell geworden. Von der Liege aus blinzelte Aphrodite ihr zu. Lucca bewunderte kurz die ausladende Schönheit der Kugelkatze, die aus engen Augenschlitzen verfolgte, wie sie sich Bluse und Jeans anzog. Eben wollte sie los in den Garten und zu ihrem eigenen Zimmer huschen, als sie hinter dem Granatapfelbaum eine Bewegung wahrnahm. Sie hielt inne.

»Kugelkatze, ich glaube ich sollte die Finger vom Ouzo lassen. Der führt bei mir allem Anschein nach zu Halluzinationen.«

Kopfschüttelnd beschloss Lucca, endgültig von der Terrasse zu verschwinden. Sicherlich schliefen noch alle.

Sie täuschte sich.

Die Beobachterin, die sich still verborgen hielt, nachdem sie sich am Anblick der nackten Körper aufgegeilt und die Finger geleckt hatte, stahl sich unbemerkt von dannen, während Lucca geradewegs Sabine in die Arme lief.

»Du bist aber früh unterwegs.«

»Hm.« Lucca lächelte entwaffnend. Sie war sich sicher, dass Sabine genau wusste, aus wessen Zimmer sie kam. Hatte sie gestern bei der nächtlichen Heimkehr nicht Sabines Schatten an deren Fenster gesehen? Garantiert hatte sie genau gesehen, welche Frau wo verschwand.

»Magst du mit mir einen Kaffee trinken?« Sabine war auf dem Weg in die Küche. »Ich fahre gleich auf den Markt und brauche vorher einen kleinen Muntermacher.«

»Gern. Ich mache mich nur kurz frisch.« Lucca verschwand kurz aufs Zimmer. Wenige Minuten später saß sie neben Sabine auf der Bank vorm Haus und genoss, umringt von Hund und Katzen, den Kaffee und die morgendliche Stille.

»Heute Nachmittag werde ich zu der kleinen Kapelle dort drüben auf dem Berg wandern. Vielleicht hast du Lust, mitzukommen? Von da oben hast du einen herrlichen Blick. Dort herrscht eine ganz besondere Atmosphäre.« Sabine versuchte Luccas Blick festzuhalten. »Wir nehmen eine Flasche Wein mit. Was hältst du davon?«

»Das hört sich gut an.« Lucca war erstaunt über die Einladung.

»Okay! Dann treffen wir uns hier um vierzehn Uhr; bis dahin bist du wieder fit.« Sabine lächelte vielsagend und Lucca lachte leise.

»Ich brauche tatsächlich noch etwas Erholung, dafür bin ich ja schließlich hergekommen.« Sie zog die Stirn in Falten und gab sich schwermütig.

Sabine sah auf ihre Armbanduhr und stand auf. »Dann will ich jetzt mal los, damit wir leckere frische Sachen zum Frühstück haben. Danach will ich meine Freundin abholen und mit ihr ein Schloss für deine Badezimmertür besorgen. Johanna wird es dann auswechseln.«

Sie hörten eine Tür schlagen. Ulrike kam auf sie zu. »Hei! Warte, ich fahre mit dir!«

Sie stürmte an Lucca vorbei hinter Sabine her, die bereits zum Wagen gegangen war. Lucca winkte beiden nach.

Erst sieben Uhr ... und sie fühlte sich fit wie ein Turnschuh, der in einen Eimer Teer gefallen war. Gähnend streichelte sie Aphrodite, die sich neben sie gesetzt hatte. Nicht zu fassen, ein Floh spazierte ihr dreist über die Nase! Lucca versuchte, das kleine Biest zu erwischen, gab schließlich auf und fasste den kühnen Entschluss, joggen zu gehen.

»Na, dann werde ich deinem Frauchen Bescheid sagen, dass du Besuch hast. Vielleicht hat sie mehr Glück bei der Flohjagd.«

»Glaubst du, dass es so eine gute Idee von dir ist, mit Lucca zur Kapelle zu wandern?«, lautete Ulrikes Kommentar, nachdem Sabine ihr im Auto von ihrer Nachmittagsverabredung erzählt hatte.

»Ulrike, ich bin erwachsen. Ich weiß, was ich tue.«

»Das bezweifele ich manchmal.«

»Ich weiß ja, dass du glaubst, auf mich aufpassen zu müssen. Aber du darfst mir ruhig mal was gönnen.« Sie tätschelte Ulrikes Hand. »Erzähl du lieber, wie es dir mit deiner nächtlichen Eroberung ergangen ist.«

Ulrike verdrehte die Augen. »Sie hat ein Veilchen und Kopfschmerzen. Toller Erfolg.« Sie starrte stumpf vor sich hin, während Sabine in schallendes Lachen ausbrach.

»Seit wann stehst du denn auf die handfeste Tour?«

»Sonja ist auf dem Nachhauseweg gestürzt, hat sich dabei das Auge blau geschlagen und ich habe die Krankenschwester gegeben. Eine Rolle, die ich, wie du weißt, gut drauf habe.«

Sabine lächelte bei der Vorstellung.

»Dabei wollte ich mich eigentlich um eine ganz andere kümmern ...«, ergänzte Ulrike seufzend.

»Tja. Da war Ruth offensichtlich schneller als du.« Sabine wusste sehr genau, auf wen die Freundin ein Auge geworfen hatte.

»Die hat Lucca abgeschleppt? Dieses Miststück!« Ulrike verspürte den dringenden Wunsch, Ruth vors Schienbein zu treten. »Apropos Miststück, unsere Spannerin schleicht wieder nachts über die Terrassen. Ich glaube, es ist an der Zeit, dass du dem ein Ende setzt, bevor sich eine der Gästinnen beschwert.«

»Lass sie doch, sie tut ja keiner was«, wiegelte Sabine ab.

»Hey! Es geht nicht, dass sie die anderen beobachtet und sich dabei im Gebüsch befummelt.« Ulrike war überzeugt davon, dass ihre Freundin die Sache nicht ernst genug nahm.

»Ist ja gut, ich werde mit ihr reden.«

*

Nach einer knappen Stunde kehrte Lucca verschwitzt ins Artemis zurück und dehnte unter dem kritischen Blick von Hera im Garten ihre Glieder. Von ihrem Platz aus sah sie Donatas Vasallinnen ihre Runden im Pool ziehen, hörte Stimmen aus dem Gymnastikraum und das leise Ploppen der Bälle auf dem Tennisplatz. Schließlich brauste ein Wagen rasant die Serpentinen herunter und bog mit einem leichten Schlingern in die Einfahrt zum Parkplatz ein. Sich angeregt unterhaltend, stiegen Sabine und Ulrike in Begleitung einer weiteren Frau aus. Alle drei verschwanden mit Körben und Tüten in der Küche.

»Na, Hera, alte Griechin, dann werde ich mir mal ein Glas Saft holen und dabei Sabines Freundin in Augenschein nehmen.« Lucca wollte die Katze streicheln, doch mit einer geschmeidigen Bewegung entzog sich das Tier ihrer Zuwendung und verschwand hinter dem Hibiskus.

»Warst du joggen?« Sabines Augen glitzerten bewundernd, als sie Lucca in kurzer Laufhose und Sport-Shirt in den Speiseraum eintreten sah.

»Hm«, bestätigte Lucca, während sie den kleinen Kühlschrank am Buffet öffnete, um den Orangensaft herauszunehmen. Als sie sich wieder umdrehte, sah sie an einem der Tische Ulrike, Vanessa, Ruth und Karin, deren Blicke ebenfalls über ihren verschwitzten Körper glitten.

Lucca konnte sich ein Grinsen nicht verkneifen und genoss ihren Auftritt.

»Du gibst ja ganz schön an mit deiner Fitness.« Donata trat überraschend aus der Vorratskammer. »Na ja, scheinst es wohl nötig zu haben.« Sie hob verächtlich die Brauen.

»Da hast du recht.« Lucca grinste frech. »Und weißt du was?« Sie machte eine kurze Pause. »Es macht ungeheuren Spaß!« Sie hob ihr Glas Donata entgegen, legte den Kopf in den Nacken und trank aus, ohne abzusetzen.

»Ich bin der Meinung, dass du nicht jede hier aufnehmen solltest, Sabine. Es ist zu viel Gesocks unterwegs.« Donata baute sich vor Lucca auf und rümpfte die Nase. »Sie riecht streng.«

»Gesocks, wie du so schön sagst, ist mir auch schon aufgefallen«, sagte Lucca gefährlich ruhig. »Zum Beispiel eine Frau, die andere abwerten muss, um sich selbst halbwegs besser fühlen zu können.« Sie maß das Frettchengesicht mit Eiseskälte. Dabei entging ihr nicht, dass soeben Donatas Freundin in der Tür aufgetaucht war und nun entsetzt zu ihnen herübersah. Kaum hatte Lucca die angstvoll aufgerissenen Augen der Frau registriert, begriff sie die drohende Gefahr und riss die Hand hoch, um Donatas Schlag abzufangen.

»Pass auf, ich kann Mikado!« Es war immerhin einen Versuch wert, die Situation, die innerhalb weniger Augenblicke eskaliert war, mit einem Scherz zu entschärfen. Unter einem flatternden Zornesblick der Angreiferin lockerte Lucca ihren Griff wieder.

»Los, Birgit, wir gehen!« Donata warf den Kopf in den Nacken und verließ den Speiseraum.

»Entschuldige.« Birgit lächelte Lucca schüchtern an und folgte ihrer Freundin auf den Fersen.

»Puh, was war das denn?!« Vanessa versuchte, sich von ihrem Schrecken zu erholen.

»Es tut mir leid, Lucca. Donata ist manchmal ziemlich harsch«, räumte Sabine ein, schien indes nicht besonders beeindruckt von dem Vorfall.

»Sie ist wahrscheinlich eifersüchtig oder neidisch oder beides zusammen.« Karin nippte an ihrem Tee.

Ulrike quittierte diese Vermutung mit einem Kopfnicken und murmelte etwas von Hormonstau, bevor sie den Raum verließ.

»Quatsch, auf wen oder was sollte sie eifersüchtig sein?« Lucca tippte sich an die Stirn. »Wie auch immer. Ich gehe duschen.«

Sie verschwand auf ihr Zimmer, um mit Freude festzustellen, dass die Badezimmertür wieder ein Schloss besaß. Sabines Freundin Johanna hatte während des Küchenstreits deutlich sinnvoller Hand angelegt als diese seltsame Donata!

*

»Ach, wie blöd. Schon wieder einen Anruf verpasst!« Lucca hatte sich frisch geduscht aufs Bett geworfen und ihr Handy zur Hand genommen. »Dann bin jetzt wohl ich wieder dran.« Erwartungsfroh wählte sie die Nummer. Drüben tutete und tutete es. »Mist, irgendwie scheinen wir uns neuerdings immer zu verpassen!« Das Freizeichen blieb unerbittlich, also wählte sie die Festnetznummer an. Als auch der Anrufbeantworter schwieg, warf sie das Handy enttäuscht aufs Laken zurück.

Erst gegen vierzehn Uhr erschien sie wieder auf der Bildfläche. Im Haus herrschte Stille. Alle ausgeflogen. Lucca trat auf die Terrasse. Der Himmel ein einzige strahlendes Blau, keine Wolke milderte die ungeheure Kraft der Sonnenstrahlen. Die Katzen hatten sich im Schatten verteilt und dösten. Vom Hund war weit und breit nichts zu sehen.

Schlaue Viecher. Während Lucca sich noch fragte, ob es nicht sinnvoller und vor allem gesünder war, es den Tieren gleichzutun und die nachmittägliche Wanderung zu verschieben, tauchte Sabine mit einem Rucksack auf.

»Ausgeschlafen?« Sie lächelte liebevoll.

»So einigermaßen.« Lucca fühlte sich alles andere als fit.

»Wanderst du übermorgen auch mit in den Zauberwald?« Sabine wies auf einen Zettel, der draußen an der Tür zum Speiseraum klebte.

»Oh, bitte«, Lucca hob abwehrend die Arme, »ich habe die erste Tour noch nicht hinter mir, da sprichst du schon von der nächsten!« Sie schüttelte den Kopf.

»Die Zauberwald-Wanderung wird bestimmt ganz toll.« Sabine lachte. »Ich führe sie nämlich. Das wird bestimmt ein Erlebnis!«

»Ich überleg's mir ...«

»Ja, mach das. Die anderen kommen auch alle mit.«

Na super! Lucca verspürte keinerlei Ambitionen, mit Schwester Dominata spazieren zu gehen.

»Selbst Ulrike hat sich dazu breitschlagen lassen.« Sabine nickte bedeutungsvoll, denn ihre Freundin war dafür bekannt, sich nur zu bewegen, wenn es unbedingt sein musste.

»So, ich habe uns Wein, Brot und Trauben eingepackt. Von mir aus können wir aufbrechen.« Sie strahlte erwartungsvoll.

»Du willst also wirklich auf den Berg?« Lucca hatte bis eben auf einen Stimmungswandel gehofft.

»Natürlich! Und zieh dir festes Schuhwerk an, wir müssen ein wenig klettern.« Sabine freute sich ganz offensichtlich auf den Ausflug. Also atmete Lucca tief durch, ergab sich ihrem Schicksal und tat wie geheißen. Zu ihrem Fotoapparat wanderte noch eine große Flasche Wasser in den Rucksack, dann war auch sie bereit und die beiden Frauen brachen auf.

*

Lucca hatte vorgehabt, die Fahrt zu nutzen, um unterwegs wach und munter zu werden. Statt dessen kam sie von null auf gleich in den Genuss einer ausgesprochen sportlichen Fahrweise und kämpfte bald gegen aufkommende Übelkeit an, während Sabine die Kurven schnitt und so nah auf vorausfahrende Wagen auffuhr, dass kein Blatt Papier mehr zwischen die Stoßstangen passte.

Endlich drosselte Sabine das Tempo und steuerte den Wagen auf einen ausgefahrenen Schotterweg, der sich schmal und eng einen Berg hinaufschlängelte.

»Ich dachte, wir wollten wandern?« In Lucca keimte neue Hoffnung.

»Wir fahren nur noch über die erste große Kuppe am Wachtposten vorbei. Sicher ist sicher!« Sabine konzentrierte sich auf die Schlaglöcher. Bald verstand Lucca, was mit dem Wachtposten gemeint war. Ein riesiger Kangal stand plötzlich mitten auf dem Weg und kläffte ihnen wütend entgegen. Er war an eine dicke Metallkette gelegt, die zu einer kleinen Hundehütte führte. Der Hund stand wie in Stein gemeißelt und bewegte sich keinen Zentimeter.

»Was macht der denn hier?« Lucca blickte sich um. Weit und breit war kein Haus und kein Mensch in Sicht.

»Er bewacht die Ziegen.« Sabine wies nach links. Am Hang drängten sich zirka vierzig Tiere in den armseligen Schatten zweier krüppeliger Olivenbäume.

Sabine fuhr im Schleichtempo auf den Hund zu. »Dann muss ich dich wohl zur Seite schieben, mein Lieber.« Sie hupte und erhielt wildes Gebell zur Antwort. Allerdings wich der Hund so weit zur Seite, dass sie passieren konnten.

»Manchmal denke ich, er macht sich einen Spaß daraus, möglichst gefährlich zu wirken und die Touristen davon abzuhalten, hier heraufzupilgern.« Sabine lächelte bei dem Gedanken.

»Dann macht er einen guten Job!« Lucca überlegte, wie das Tier es in dieser Hitze ohne Schatten aushalten konnte. »Meinst du er hat genug Wasser?«

Sabine hielt an. »Der Hirte, der für die Ziegen zuständig ist, versorgt ihn. Zumindest gehe ich davon aus.«

Lucca hatte inzwischen einen verfallenen Brunnen entdeckt. »Da vorn scheint eine Wasserstelle zu sein. Ich gehe mal nachsehen.«

»Sei vorsichtig, ich weiß nicht, ob der Hund beißt.« Sabine stellte den Motor ab und stieg aus.

Sie beobachtete, wie Lucca langsam auf die Hundehütte zuging, ohne deren Bewohner anzusehen. Anfangs bellte der Hund, doch es dauerte nicht lange und er verstummte. Leise sprach sie auf das Tier ein, das erneut erstarrte, während es Lucca nicht aus den Augen ließ, die einen Eimer Wasser in eine ausgetrocknete Wanne goss.

Als sie sich langsam entfernte, wandte er den Kopf, um ihr nachzusehen. Dann schlich er zu seinem Wassertrog, wobei er die Kette hinter sich her durch den Staub zog.

»Wie weit werden wir denn noch fahren?«, fragte Lucca, als sie wieder neben Sabine stand und zur Kapelle hochsah.

»Ich stelle den Wagen hinter der nächsten Kurve ab, dort ist er nicht im Weg.«

Fünf Minuten später waren die beiden Frauen dann wirklich zu Fuß unterwegs und machten sich an den Aufstieg, der sie eine gute Stunde kostete. Sabine schritt munter auf dem immer schmaler werdenden Steig voran, Lucca japste hinter ihr her. Irgendwann sah sie die Kapelle nicht mehr, selbst wenn sie den Kopf in den Nacken legte. Es umgab sie nur noch schroffer Fels.

Immer wieder mussten sie eine kurze Pause einlegen, damit Lucca trinken und wieder zu Atem kommen konnte. Als ihre Wandermoral am Tiefpunkt angekommen war, führte der Weg sie um eine letzte Biegung, hinter der eine gemauerte, weiß getünchte Treppe zur Kapelle hinaufwies, die in strahlendem Weiß auf dem Gipfel thronte.

Sabine öffnete das schmiedeeiserne Tor und ließ Lucca den Vortritt, die staunend stehen blieb. Ein unbeschreiblicher Ausblick ins Land belohnte sie für die Anstrengung.

Sabine hatte ihren Rucksack in den Schatten der Kapelle gestellt und sah nun lächelnd zu, wie Lucca einen kleinen Rundgang auf dem Platz machte, immer wieder innehielt, um sich umzusehen und in die vollkommene Stille zu lauschen, schließlich aber doch nicht der Verlockung einer kleinen Andachtsglocke widerstehen konnte und sie zum Klingen brachte. Während sie noch tönte, öffnete Lucca die Tür und trat in den kühlen Innenraum des Kirchleins. Als sich ihre Augen an das Halbdunkel gewöhnt hatten, entdeckte sie auf einem Tischchen neben dem Eingang eine abgegriffene Kladde. Interessiert studierte sie die mal kitschigen, mal anrührenden, manchmal auch peinlichen Botschaften der Wanderer, die den Weg hier herauf gefunden hatten.

Die letzte Eintragung stammte von Eltern, die ein Foto ihres Sohnes eingeklebt hatten, das ihn lachend am Strand zeigte. Daneben stand, dass der Platz hier oben auf dem Berg ein Lieblingsort ihres über alles geliebten Kindes gewesen sei, das auf Grund einer heimtückischen Krankheit nur zwanzig Jahre alt geworden war.

Lucca dachte an Alana und Sophia, ihre Familie. Sie dachte an die Entbindung, die bei ihnen zu Hause stattgefunden hatte und von einer befreundeten Hebamme begleitet worden war, und musste unwillkürlich lächeln. Alana hatte ihr während einer der letzten Wehen das T-Shirt zerrissen und Gott und die Welt verflucht. Sie waren in diesen Stunden durch ein Wechselbad der Gefühle gegangen, bis Alana das kleine verschmierte Wesen endlich im Arm halten konnte und eine Welle der Liebe und des Glücks sie beide ergriffen hatte.

Niemals in ihrem Leben würde sie den Augenblick vergessen, in dem Alana ihr Sophia vorsichtig in die Armbeuge gelegt hatte. Wie hypnotisiert hatte sie in das kleine Gesichtchen gestarrt. Sophia hielt ein Auge geschlossen, mit dem anderen sah sie scheinbar durch Lucca hindurch, um sie plötzlich einen winzigen Moment lang ernsthaft anzuschauen – und ihr die Überzeugung zu schenken, dass in diesem kleinen Wesen alle Weisheit dieser Welt versammelt war.

Eine seltsame Melancholie ergriff Besitz von Lucca. Sie legte die Kladde achtsam auf den Tisch zurück und hoffte inständig, dass Sophia nicht durch eine unheilbare Krankheit oder einen tragischen Unglücksfall ihr Leben so früh abgeben musste wie der junge Mann auf dem Foto. Dabei war sie sich durchaus ihrer Hilflosigkeit bewusst angesichts der Tatsache, dass sie in den letzten Monaten so oft, und so merkwürdig, mit dem Tod konfrontiert worden war.

Als sie wieder aus der Kapelle trat, hatte Sabine es sich im Schatten bequem gemacht und die Augen geschlossen. Lucca nahm geräuschlos ihre Kamera zur Hand. Die Stille wurde erst durch das Klicken des Kameraverschlusses unterbrochen.

»Es ist herrlich hier oben.« Lucca ließ den Apparat sinken, lehnte den Kopf an die Mauer und folgte mit ihrem Blick einem Steinadler, der über der Kapelle kreiste und sich auf einen Felsvorsprung, nicht weit von ihnen, niederließ. Der Greifvogel beobachtete sie einige Zeit und überließ sich dann wieder der Thermik, die ihn in den Himmel trug.

Sabine rieb sich die Schläfen und stöhnte leise auf.

»Kopfschmerzen?« Lucca sah sie mitfühlend an.

»Ja, leider.« Sabine wirkte plötzlich müde und abgeschlagen.

»Vielleicht kann ich dir helfen und etwas dafür tun, dass sie verschwinden.«

»Du betreibst Handauflegen?« Sabine sah sie skeptisch an.

»Quark. Aber es hat in der Vergangenheit das eine oder andere Mal geholfen und ist, soweit ich weiß, ohne störende Nebenwirkungen.« Sie lächelte Sabine an. »Außerdem fasse ich dich dabei überhaupt nicht an«, fügte sie schnell hinzu für den Fall, dass Sabine sich allerhand Nebenwirkungen vorstellen konnte, wenn ihre Hände sie berührten.

»Wie soll ich mich hinsetzen?« Unter dem Anflug einer neuen Schmerzwelle war Sabine nur allzu gern bereit, das Angebot anzunehmen.

Lucca sah sich um. »Der Boden ist noch von der Sonne ganz warm. Streck dich hier aus und leg dich mit dem Kopf auf meinen Schoß, dann ist dein Nacken abgestützt und du kannst dich entspannen.«

Sabine lächelte schief. »Gut, versuchen wir es.«

Lucca wartete, bis sie ruhig dalag, dann fuhr sie mit der Hand langsam über Sabines Kopf, ohne ihn dabei auch nur zu berühren. »So, jetzt hörst du mal mit Denken auf und atmest tief durch!«

»Was machst du da?«, fragte Sabine leise. »Es fühlt sich wunderbar an.« Allein die Nähe von Luccas Hand reichte aus, um in ihrem Kopf etwas in Gang zu setzen, das Erleichterung erzeugte.

»Ich versuche, die Spannung zu nehmen. So wie ich das mitbekomme, ist in deinem Kopf einiges los.«

So blieben sie eine ganze Weile sitzen. Sabine entspannte zusehends mit geschlossenen Augen, während Lucca ihre Hand schweben ließ und über das Steinmäuerchen hinweg zum Meer hinausblickte. »Ich glaube, dass es schon besser geworden ist, oder?«

Der sanfte Klang von Luccas Stimme ließ Sabine langsam die Augen öffnen. Wenn sie ehrlich war, musste sie zugeben, dass sich ihre Kopfschmerzen längst verabschiedet hatten.

Doch Luccas Hand hatte sie völlig in Bann gezogen. Widerstrebend richtete sie sich langsam wieder auf.

»Wo hast du das gelernt?«

Lucca blickte sie verständnislos an.

»Es gibt Menschen, die gäben viel Geld dafür, um das zu erlernen. Du hast wunderbare Hände!« Was diese Hände wohl sonst noch alles vermochten? Am liebsten hätte Sabine es auf der Stelle herausgefunden, hätte sich wild und leidenschaftlich in Luccas Arme geworfen, um sie zu küssen, doch Lucca, die von dem Gefühlsaufruhr in ihrer Begleiterin nicht das Geringste mitzubekommen schien, stand auf, um sich in aller Ruhe zu dehnen.

»Ich finde, es ist an der Zeit für ein Gläschen Wein.«

»Das ist eine gute Idee.« Sabine öffnete geschäftig ihren Rucksack, entnahm ihm die Gläser und die Flasche. Hoffentlich half ihr das, sich wieder in den Griff zu bekommen!

»Ich entkorke sie.« Lucca streckte die Hand aus. Ihre Finger berührten sich kurz und Sabine glaubte einen Stromschlag zu erhalten. Stumm nahm sie ein Glas in Empfang.

»Auf unser Wohl«, prostete Lucca ihr zu.

»Lebst du eigentlich allein?« Sabine versuchte, sich nichts anmerken zu lassen, doch ihr Herz raste im Galopp.

»Nein, ich bin nur allein in Urlaub. Meine Frau und unsere Tochter machen ›in Familie‹.«

»Oh, du hast eine Frau *und* ein Kind?«

»Ja, die tollste Frau und das tollste Kind. Und du?«

Sabine war wieder auf dem Boden angekommen. Sie sah Lucca offen in die Augen. »Ich war bis vor zwei Jahren in einer festen Beziehung, dann haben wir uns getrennt. Seitdem genieße ich es, meine Aufmerksamkeit verschiedenen interessanten Frauen widmen zu können. Polyamourös sozusagen.«

»Verschiedene Frauen? Gleichzeitig?« Lucca lächelte sie arglos an. »Wie schaffst du es, dass sich die Damen nicht die Köpfe einschlagen?«

»Indem ich dafür sorge, dass sie sich nicht begegnen.« Sabine zwinkerte und suchte die richtigen Worte. »Weißt du, meine Erfahrungen haben mir gezeigt, dass es Menschen gibt, die mehr zu geben haben, als eine einzelne Person je in Anspruch nehmen kann.« Nach einer kleinen Pause fügte sie hinzu: »So wie du.«

Lucca sah verlegen zur Seite und zog es vor, am Wein zu nippen, statt zu antworten.

»Du bist Fotografin, nicht wahr?« Sabine spürte den Stimmungswandel.

»Ja. Wie kommst du darauf?«

»Vanessa ist aus Köln und kennt dich. Sie hat mir heute Morgen von einer Vernissage erzählt, die sie mit einer Freundin besucht hat, da hat sie dich gesehen.«

Lucca schaute abwartend zu ihr herüber.

»Sie scheint auch so einiges in der Zeitung über dich gelesen zu haben. Ich habe sie übrigens gebeten, gewisse Informationen für sich zu behalten, damit du in Ruhe Urlaub machen kannst.«

»Danke, Sabine, das war sehr lieb von dir.« Lucca fiel ein Stein vom Herzen. Hoffentlich hielt sich Vanessa daran! Es war davon auszugehen, dass es sich bei den ›gewissen Informationen‹ um den tragischen Tod einer bekannten Hundepsychologin handelte. Natürlich war in der Zeitung prompt eine Fotografin Lucca Bork erwähnt worden, die in den Fall verstrickt war …

»Magst du Trauben?« Sabine legte den nächsten Gang ein und hoffte, ihrem Ziel mit Beharrlichkeit näher zu kommen. Immerhin hatte Vanessa ihr Lucca als weiblichen Don Juan charakterisiert, die in der Kölner Szene nichts anbrennen ließ, und dieser Ruf war ihr damit bis ins Artemis gefolgt. Lockend ließ sie eine Weinrebe an ihrem ausgestreckten Arm in der Luft pendeln.

»Sag mal, versuchst du mich zu verführen?« Lucca galt

durchaus als eine Meisterin des Umgarnens; war sie aber selbst Ziel der Begierde, versagte ihr häufig der Radar.

»Finde es heraus!« Sabine stand auf. »Aber jetzt sollten wir uns schleunigst auf den Rückweg machen, damit wir das Auto noch erreichen, bevor es dunkel wird.«

Sie packten ihre Sachen zusammen und machten sich an den Abstieg. Auf dem Rückweg verkniff sich Sabine entschlossen jede mehrdeutige Bemerkung und hielt sich an unverfängliche Themen.

Es war dunkel, als sie im Artemis ankamen und von neugierigen Augenpaaren in Empfang genommen wurden.

»Das war eine sehr schöne Tour mit dir! Ich hoffe, dass wir noch mehr zusammen unternehmen können.« Sabine legte ihre Hand leicht auf Luccas Schulter und wandte sich den anderen Frauen zu, die unter der Pergola saßen. »Und was habt ihr Tolles gemacht?«

Die Antworten reichten von Schwimmen über Schlafen bis Kultur. Ruth und Vanessa hatten gemeinsam einen Ausflug zum Tempel der Artemis gemacht und waren ebenfalls erst vor wenigen Minuten zurückgekehrt.

Ulrike winkte einladend. »Trinkt ihr beiden einen Wein mit? Oder möchtet ihr lieber einen Ouzo?« Sie lächelte Lucca verschwörerisch zu und deutete auf die Flasche am Tisch. »Sonja hat ihren Vorrat für uns geplündert.«

Lucca blickte von der Ouzoflasche zu Sonja, deren Gesicht eine große Sonnenbrille zierte. »Ist dir der Kerzenschein zu grell?« Sie fragte sich nach dem höheren Sinn des Outfits.

Die anderen grinsten, sagten aber nichts.

»Du hättest mir letzte Nacht nicht in die Hacken treten und mich zu Fall bringen müssen, dann bräuchte ich jetzt nicht diese blöde Brille zu tragen.« Sonja nahm einen kräftigen Schluck Ouzo.

Lucca beugte sich zu ihr hinüber, um hinter die dunklen Gläser zu spähen. Ein schäbiges Grinsen machte sich auf ihrem Gesicht breit. »Das Veilchen steht dir aber ausgesprochen gut!« Damit ließ sie sich schleunigst auf ihren Stuhl zurückfallen und entging so Sonjas Hand, die ins Leere schlug.

Sabine hatte vollstes Mitgefühl und bedauerte die arme Sonja aufrichtig. »Hast du schon Arnika genommen?«

Als Sonja den Kopf schüttelte, stand sie auf, um ihr ein paar Globuli aus der Küche zu holen.

Aphrodite steuerte auf die Gruppe zu und wurde von Lucca enthusiastisch begrüßt. »Hallo Kugelkatze! Was meinst du: Eine wirklich schöne Frau kann nichts entstellen, nicht wahr?« Sie beobachtete Sonja aus den Augenwinkeln. »Die eine trägt Veilchen spazieren, die andere Flöhe.«

»Wer hat Flöhe?« Sabine war mit einem Satz wieder am Tisch zurück.

»Aphrodite«, lieferte Lucca die Katze arglos ans Messer. Die Wirkung war nachhaltig. Sabine vergaß augenblicklich die Arnikaglobuli und stürzte in die Waschküche, um im nächsten Moment mit einer Sprühflasche zu erscheinen und sich die misstrauisch äugende Aphrodite zu greifen. Alle Zappelei und alles Gefauche halfen nichts, die Kugelkatze wurde gnadenlos mit Anti-Floh-Spray eingesprüht. Als Sabine sie schließlich absetzte, verschwand sie wie der geölte Blitz und war für die nächsten Stunden nicht mehr gesehen. Nur der Hund Melina war bereit, Frauchen schnell wieder zu vergeben.

»Über dem ganzen Flohzirkus hat Sabine vergessen, dir die Globuli zu geben.« Donata war aus der Küche gekommen und hielt Sonja ein kleines Fläschchen hin. »Ich habe übrigens mit Butter gute Erfahrungen gemacht.«

Sonja spähte verständnislos über den Rand ihrer Brille.

»Eine Alternative zu dem Zeug hier.« Donata deutete auf die Globuli. »Du schmierst einfach etwas Butter auf den Bluterguss. Kannst es ja mal versuchen.« Sie wartete keine Erwiderung ab, sondern verschwand grußlos.

»Wer hätte das gedacht: Dominata hat tatsächlich ein Herz.« Lucca sah ihr erstaunt nach.

»Und ich habe Hunger. Geht jemand mit mir essen?« Sabine war wieder aufgetaucht und sah aufmunternd in die Runde.

Sonja wies auf ihre Sonnebrille. Sie werde heute Abend hierbleiben und sich von Obst ernähren. Vanessa bot an, ihr Gesellschaft zu leisten und einen Salat beizusteuern. Karin und Silke hatten schon gegessen.

»Hey, hast du womöglich vergessen, dass wir heute mit Johanna verabredet sind?«, warf Ulrike pflichterfüllt ein.

Sabine schlug sich mit der Hand an die Stirn.

So machten sich schließlich nur Ruth und Lucca auf den Weg zu Irinis Taverne.

»Hast du Ulrikes Blick gesehen?« Ruth lachte. »Ich wette mit dir, dass sie viel lieber mit uns gegangen wäre.«

Lucca sah sich um. »Meinst du?«

»Ich habe genau gesehen, dass ihr dieser verräterische Glanz in Sabines Augen aufgefallen ist, als ihr beide von eurer ominösen Kapellentour zurückgekehrt seid. Jetzt will sie natürlich aus erster Hand erfahren, was zwischen euch da oben auf dem Berg passiert ist. Sie kennt sie lange genug, um zu wissen, dass Sabine auf dem besten Weg ist, sich in dich zu verlieben.«

»Quatsch, du hast etwas viel Phantasie.« Lucca schüttelte den Kopf und ging schweigend weiter.

*

»Sag mal, bist du mir heute absichtlich aus dem Weg gegangen?«, fragte Ruth, als sie schließlich Lucca am Tisch gegenübersaß.

»Wie kommst du denn auf die Idee?« Lucca, die ihr gegenüber nicht die Spur einer Verpflichtung empfand, ahnte, worauf die Frage abzielte.

»Du hattest einen sehr eiligen Abgang aus meinem Bett und danach warst du wie vom Erdboden verschluckt. Ich habe dich nirgendwo gesehen, immer nur von den anderen gehört, was du gemacht hast.« Ruth berührte wie zufällig Luccas Hand, als sie zum Brot griff. »Inzwischen hat hier jede Frau etwas über dich zum Besten zu geben.«

»Liebe Zeit, haben sie nichts anderes zu tun?«Lucca, die ihre Hand automatisch zurückgezogen hatte, tat entsetzt und war es innerlich auch. Was hatte Vanessa Ruth während des gemeinsamen Ausflugs zum Artemistempel wohl wirklich über sie erzählt?!

»Wo du auftauchst, ist immer sofort etwas los. Es ist also kein Wunder, dass du so interessant gefunden wirst. Du bietest deinem Publikum einiges.« Ruth lachte. »Und nicht unwesentlich ist, liebe Lucca, dass du offenbar die Hormone zum Kochen bringst.«

»Jetzt übertreibst du aber maßlos«, erwiderte Lucca unangenehm berührt.

»Von wegen übertreiben! Ich kann dir mindestens vier Frauen nennen, die dich nicht von ihrer Bettkante schubsen würden – wenn du dich dort nur niederlassen würdest.« Ruth lehnte sich süffisant lächelnd zurück.

»Tja, da werden sie in ihre Kissen schluchzen und sich nach einem anderen Maxilari umsehen müssen.« Luccas Augen umwölkten sich dramatisch, so dass Ruth wieder lachen musste.

»Zugegebenermaßen sind mir die anderen und ihre Wünsche egal. Hauptsache, du lässt mich nicht noch mal so blöd in meinem Bett sitzen!«

Lucca konnte Ruths beleidigten Unterton nicht deuten. Meinte sie ernst, was sie da sagte, oder sollte die Bemerkung ein Scherz sein? »Gehst du mit auf die Wanderung durch den Zauberwald?«, versuchte sie vom Thema abzulenken.

»Ja. Und du hoffentlich auch. Dann können wir sicher sein, dass es nicht langweilig wird.«

Lucca überhörte auch diese Bemerkung geflissentlich. Sie fühlte sich in Ruths Gesellschaft zunehmend unwohl und widmete sich stumm ihrem Essen. Nach einer Weile nahm sie das Gespräch jedoch wieder auf. »Warst du schön öfter hier? Kennst du die anderen gut?«

»Ja, im letzten Sommer, dann im Herbst noch ein paar Tage. Und nein, von den anderen kenne ich keine.«

»Und was machst du, wenn du nicht hier bist? Bei der nächtlichen Rettungsaktion habe ich etwas von Krankenschwester in Erinnerung behalten.«

Ruth nickte. »Ich arbeite in einem Kinderhospiz.«

»Dann hast du bestimmt gelernt, Abschied zu nehmen.« Lucca sah sie aufmerksam an.

»Sonst könnte ich die Arbeit nicht leisten.« Ruth blickte nachdenklich in die Dunkelheit. »Nicht loslassen zu können ist fatal.« Sie sprach so leise, dass Lucca sie kaum verstand. Dann holte sie tief Luft. »Wirklich schwer ist manchmal allerdings die Zusammenarbeit mit den Angehörigen, vor allem mit den Eltern.«

»Ich habe vor einigen Wochen ein Projekt fertiggestellt, das sich mit dem Thema Würde beschäftigt. Dafür habe ich viele Menschen fotografiert, denen man auf dem letzten Stück ihres Lebensweges jede Würde genommen hat.« Lucca sah einzelne der Aufnahmen vor sich, die sie in Altersheimen, Krankenhäusern und auf der Straße gemacht hatte.

»Es hört sich für dich vielleicht merkwürdig an, aber meine Erfahrung ist die, dass der Tod etwas sehr Schönes sein kann.« Ruths Blick richtete sich wieder in die Ferne.

Lucca zuckte mit den Schultern. Sie musste an ihren Vater denken, dessen Tod bestimmt nichts Schönes gewesen war …

*

Sabine und Ulrike hatten Johanna in ihrem einsamen Bergdorf abgeholt und waren an den Strand gefahren. Sie saßen in Costas Grill, ließen sich seinen Tintenfisch schmecken und unterhielten sich angeregt über die Liebe.

»Meine Einstellung ist hinlänglich bekannt. Nimm, was du kriegen kannst, denn das Leben ist kurz.« Johanna hob ihr Glas. »Auf eine erfolgreiche Eroberung, Sabine! Du weißt ja, dass ich dir da freie Bahn lasse.«

Ulrike bezweifelte, dass Sabine eine solche Eroberung bei Lucca gelingen würde, und überlegte, ob sie nicht selbst ihr Glück versuchen sollte. Vielleicht sollte sie bei der Wanderung durch den Zauberwald ihren Chancen einmal auf den Zahn fühlen ... sie lächelte versonnen in ihr Weinglas.

*

Gelächter drang aus dem Innenhof des Artemis, als Ruth und Lucca zurückkehrten. Die unter der Pergola versammelte Runde versprühte ausgelassene Heiterkeit.

Vanessa verdrehte gekünstelt die Augen und stöhnte: »Lehrerinnen untereinander!« Sie blickte Lucca in gespielter Verzweiflung an.

»Tu nicht so, als ob dir die Ohren qualmen, Vanni«, spottete Karin. »Wenn du mit deinen Hebammengeschichten loslegst, kommen wir auch nicht mehr dazwischen.«

»Untereinander, dazwischen – das hört sich nach mehr an.« Lucca setzte sich mit gespieltem Interesse zu ihnen an den Tisch, während Ruth unschlüssig stehenblieb. »Wer von euch ist denn hier Lehrerin?«

Zwei Hände hoben sich.

»Französisch und Sport«, murmelte Sonja.

»Deutsch und Geschichte«, strahlte Karin.

»Und sie quatschen jetzt schon eine geschlagene Stunde über die Prüfungsordnung, über Pisa, Trampolinspringen und ähnlich lustige Sachen.« Silke schüttelte sich. »Ich bin keine Lehrerin, holt mich hier raus!«, setzte sie theatralisch hinzu.

»Da sind wir ja gerade rechtzeitig auf der Bildfläche erschienen.« Lucca stieg sofort auf die übermütige Stimmung ein. »Aber dass du als Sportlehrerin«, sie blickte Sonja herausfordernd an, »im Wasser das bleierne Gecko gibst, ist doch wohl eher eine ungewöhnliche Einlage, oder?«

Sonja streckte Lucca die Zunge raus, was diese mit einem kurzen provozierenden Lecken über die Lippen quittierte und der Angesprochenen damit die Röte ins Gesicht trieb.

Das lustige Grüppchen, dem sich schließlich auch Ruth angeschlossen hatte, saß noch beisammen, als Sabine und Ulrike nach Hause kamen.

»Seid ihr noch gar nicht müde?« Sabine versuchte ihren mütterlich strengen Blick.

»Kinder, Mama spricht in verschlüsselten Botschaften!« Lucca blinzelte vielsagend und deutete auf den mit Wein, Ouzo, Nüsse und Trauben beladenen Tisch. »Was sie meint, ist: Ein kleiner Gute-Nacht-Ouzo verschafft süße Träume.«

Ulrike machte sich umgehend auf den Weg, um auch für sich und Sabine Gläser zu holen.

»Sind die anderen schon da?«

»Meinst du die beiden, die sonst mit Donata und Birgit grundsätzlich nur als Viererpack unterwegs sind?«, fragte Karin zurück. »Die eine Hälfte hat vor zirka zwanzig Minuten gute Nacht gesagt, die anderen haben wir nicht mehr gesehen. Hallo? Wie war das mit dem Orgasmus?! Bitte noch mal!« Durch ihre Antwort hatte sie die Auflösung der Frage, was Orgasmus auf Sächsisch heißt, verpasst und wusste nicht, worüber die Runde so heftig lachte.

»Pech gehabt, da musst du wohl Sex in Sachsen haben.« Sonja zog eine Grimasse.

»Ich werd's mir merken.« Karin schwankte zwischen beleidigt und belustigt sein.

»Wer von euch hat Lust, morgen mit mir durch die Solokos-Schlucht zu wandern?« Vanessa blickte um sich.

»Übermorgen steht doch schon der Zauberwald auf dem Programm«, wandte Lucca ein.

»Okay. Dann wäre der Strand von Iriados eine echte Alternative«, schlug Sonja vor.

Ruth kniff die Augenbrauen zusammen. »Da sind viel zu viele Touristen, selbst in der Vor- oder Nachsaison tritt man sich dort gegenseitig auf die Füße. Mich schüttelt es allein schon bei der Vorstellung der überfüllten Strandbar.«

»Na ja, in der Solokos-Schlucht wimmelt es doch auch nur so von Idioten in Flipflops oder hochhackigen Stilettos. Ich habe so einiges über Touristen mit falschem Schuhwerk gehört.« Sonja lachte.

»Aber in der Schlucht verteilen sich die Leute ganz anders. Es sind immerhin sechzehn Kilometer, auf denen man sich aus dem Weg gehen kann.« Vanessa gab sich alle Mühe, die anderen zu überzeugen.

»Wenn ihr die Tour wirklich machen wollt, solltet ihr so früh wie möglich aufbrechen. Erstens um der mörderischen Mittagshitze zu entgehen und zweitens um garantiert ein Schiff zu bekommen, mit dem ihr die Bucht am Ende der Schlucht wieder verlassen könnt.« Sabine schaltete sich in das Gespräch ein. »Und nehmt reichlich Wasser mit, denn, wie gesagt, die Hitze ist extrem.«

»Ich denke, dort gibt's Quellen?« Sonja griff nach ihrem Glas.

»Stimmt. Spätestens an der letzten Quelle auf der Hälfte

der Strecke müsst ihr euren Vorrat auffüllen, sonst kriecht ihr die letzten Kilometer auf dem Zahnfleisch, weil ihr dehydriert«, erläuterte Sabine.

»Wenn wir mit dem Wagen fahren, müssen wir ihn oben auf der Hochebene stehen lassen. Wir können uns dann am späten Nachmittag entweder ein Taxi nehmen oder fahren mit dem Bus zum Auto zurück.« Für Vanessa schien die Sache klar. »Also, wer kommt mit?« Sie sah zu Lucca.

»Das wächst sich ja ins Zwanghafte aus«, wehrte die ab.

»Blödsinn! Du bist doch hierhergekommen, um die landschaftlichen Schönheiten Lykras zu entdecken.« Vanessa ließ nicht locker.

»Schätzelein, gegen Schönheiten habe ich gar nichts einzuwenden, aber landschaftlich müssen sie für mich nicht gerade sein!« Lucca lächelte schelmisch und verfolgte, wie Vanessa rot wurde.

»Ich wollte sowieso mal durch die Schlucht, ich komme mit!« Ruth sah aufmunternd in die Runde.

»Los, Lucca, gib dir einen Ruck. Ich fahre auch mit.« Sonja gab der Angesprochenen einen leichten Schubs, erntete aber wenig Begeisterung.

»Warum sollte ich so was Krankes machen?«

»Weil du so gern mit uns zusammen bist?«, schlug Vanessa vor.

»Das wird es wohl sein. Komisch, dass ich darauf nicht von allein gekommen bin!«

»Überleg mal«, Sonja sah Lucca herausfordernd an. »Wann willst du wirklich bis übermorgen warten, um mit den schönsten und interessantesten Frauen weit und breit eine gemeinsame schweißtreibende Tour zu unternehmen?«

»Wie könnte ich gemeinsamem schweißtreibenden Spaß widerstehen?« Luccas Ton brachte die Atmosphäre zwischen ihr und Sonja schlagartig zum Knistern. »Da bleibt mir nichts anderes übrig, als tatsächlich mitzugehen!« Lucca hob ihr Glas. »Aufs gemeinsame Schwitzen!« Sie stieß zuerst mit Sonja an, die heroisch ihrem Blick standhielt und in deren Mundwinkeln es leicht zuckte.

»Dann werde ich mich jetzt mal für meinen Schönheitsschlaf zurückziehen.« Lucca stand auf, winkte in die Runde und verschwand.

Die anderen machten es ihr wenige Minuten später nach und bald legte sich nächtliche Stille über das Haus.

*

Wenig später stand Lucca auf ihrer dunklen Terrasse und fühlte sich zu ihrem Erstaunen hellwach. Spontan entschied sie sich für einen Rundgang durch den Hotel-Garten. Bei manchen Zimmern waren die Terrassentüren weit geöffnet, das gleichmäßige Atmen schlafender Menschen erfüllte die friedliche Nacht.

Ein wütendes Zischen, gefolgt von hartem Klatschen ließ sie abrupt innehalten.

»Du Schlampe, du brauchst offensichtlich eine kleine Abreibung!« Der brutale Ton der Worte klang Lucca äußerst unangenehm in den Ohren. Angewidert drehte sie sich um und entfernte sich. Es gab Menschen, die sie ganz und gar nicht mochte! Und diese Frau gehörte eindeutig dazu.

Kopfschüttelnd setzte sie ihren Weg fort und stand bald am Rande des dezent von Unterwasserscheinwerfern beleuchteten Swimmingpools. Hier hätten Alana und Baby Soffi bestimmt auch ihren Spaß! Lucca malte sich aus, wie sie mit dem Kind herumtoben würde. Mit leisem Seufzen machte sie sich auf den Rückweg. An einem der kleinen Bungalows wurde gerade eine Terrassentür geöffnet. In Licht eines aufflammenden Feuerzeugs zeichnete sich die Silhouette einer Frau ab.

»Es geht doch nichts über die Zigarette danach«, murmelte Lucca lächelnd vor sich hin und bog vom Hauptweg ab.

Bald lag sie auf ihrem Bett und blickte durch die offene Terrassentür in den Sternenhimmel. Eine Bewegung am Fußende ließ sie zusammenzucken.

»Na Kugelkatze, du scheinst dich ja magisch von mir angezogen zu fühlen!«

Aphrodite rollte sich schnurrend neben Lucca zusammen.

KAPITEL 2

Mehr oder weniger verschlafen trafen sich die Frauen früh um sieben Uhr im Speiseraum, um nach dem gemeinsamen Frühstück zur Kryptos-Hochebene zu fahren.

Lucca gähnte ungeniert. »Draußen ist es noch nicht mal richtig hell!«

»Hier«, Sonja hielt ihr eine Tasse hin, »trink und hör auf zu jammern!«

Argwöhnisch schnupperte Lucca an der öligschwarzen Flüssigkeit. »Was soll das sein? Kaffee?«

»Was denn sonst? Katerpipi?«

Wie aufs Stichwort kam Aphrodite um die Ecke geschossen, gefolgt von einer wesentlich langsameren Sabine im Schlafanzug.

»Guten Morgen!« Sie schickte ihr Strahlen in die Runde. »Ihr wollt also wirklich los. Braucht ihr noch etwas? Kann ich euch Tee oder Kaffee kochen?«

»Danke, Mama«, erscholl es im Chor und alle lachten.

»Sonja hat uns bereits einen Rachenputzer gekocht, mit dem man Tote zum Leben erwecken kann.« Vanessa verdrehte die Augen.

»Trinkt Tee und ihr bleibt gesund.« Ruth saß zufrieden mit ihrer Tasse an einem Tisch und beobachtete das Treiben.

Sabine ließ es sich nicht nehmen, den Frauen Lunchpakete mit Obst und Keksen zusammenzustellen, die sie bereitwillig in ihren Rucksäcken verstauten. »Soll ich euch noch Eier kochen?« Sie hatte den Topf schon in der Hand und setzte ihre Frage in die Tat um, als keinerlei Widerspruch kam.

Nach einer Stunde Fahrt pfiff ihnen auf der Hochebene ein unangenehmer Wind um die Ohren.

»Ist das fies kalt hier!« Lucca klapperte mit den Zähnen.

»Du hättest dir eine leichte Jacke einpacken sollen!« Ruth erwies sich als erfahrene Wanderin, die für alle Eventualitäten gerüstet war.

»Dir wird ganz schnell warm, wenn wir in die Schlucht steigen. Verlass dich drauf«, tröstete Sonja und strich Lucca kräftig über die zitternden Schultern.

»Na denn, worauf warten wir noch?« Lucca sah sich um. Der Parkplatz war bereits überraschend gut gefüllt; reihenweise rollten Busse heran, die jede Menge Menschen ausspuckten und leer wieder davonfuhren.

»Ob sich diese Massen wirklich schnell verteilen?« Vanessa blickte skeptisch zum Eingang, vor dem sich schon eine Schlange gebildet hatte. Doch als sie in die Schlucht einstiegen, erlebten sie, dass nach wenigen Minuten völlige Stille um sie herum herrschte.

Lucca sah konzentriert auf den Boden, um den steilen, steinigen Abschnitt ohne Schaden hinter sich zu bringen.

»Ich bin mal gespannt, wie deine Joggingschuhe am Ende des Tages aussehen werden.« Ruth trug ebenso wie die anderen beiden Wanderstiefel mit dicker Sohle.

»Immerhin bin ich noch um einiges besser ausgestattet als die drei Grazien da vorn.« Lucca wies mit dem Kopf auf einen Mann und seine beiden Begleiterinnen, die etwa dreißig Meter vor ihnen stehen geblieben waren.

Die eine der Frauen trug ein weißes Leinenkleid mit goldenem Gürtel, passend dazu zierten goldene Sandaletten ihre Füße. Um Hals und Handgelenke glänzten Goldketten und Armreifen. An jedem Finger blitzte ein Ring.

Auch die zweite war blonder als blond; sie trug ein zitronengelbes Kleid und glitzernde Ballerinas. Der Goldbehang an ihrem Körper war ähnlich üppig wie bei ihrer Begleiterin. Beide Frauen waren so stark überschminkt, dass ihr Alter schwer zu schätzen war.

Ihr Begleiter war ebenso breit wie hoch; am rechten Handgelenk trug er die protzigste Uhr, die Lucca je gesehen hatte. In Sachen Schmuck begnügte er sich dafür mit einem klobigen Siegelring am kleinen Finger und einer breiten goldenen Panzerkette, die sich in seiner Brustbehaarung fast verlor.

»Diese neureichen Russen sind aber auch überall! Lasst uns bloß schnell an denen vorbei, bevor sich die Dämchen die Knöchel verknacksen und wir Erste Hilfe leisten müssen.« Vanessa zog, ohne die drei eines Blickes zu würdigen, zügig an dem Trio vorüber.

»Ich würde das Ensemble gern fotografieren. Das hat schon wieder was!« Lucca war stehengeblieben und nestelte ihre Kamera aus dem Rucksack.

»Willst du wirklich?« Ruth sah sie entgeistert an.

»Fragen kostet doch nichts.« Schon schritt sie lächelnd auf das Trio zu.

Sonja sah über die Schulter zurück und verfolgte die Begegnung. »Ihr glaubt es nicht, aber die drei lassen sich tatsächlich von Lucca ablichten.«

»Die sehen so aus, als fühlten sie sich geschmeichelt.« Vanessa staunte nicht schlecht.

»Nicht nur das! Miss Moskau und Umgebung zieht Lucca mit Blicken aus!« Ruth klang äußerst missbilligend.

Sonja konnte sich ein Grinsen nicht verkneifen. »Tja. Sexy Hexy lässt eben nicht nur Sabine auf Wolken schweben.«

Ruth drehte sich unvermittelt um und stapfte weiter, ohne auf die anderen zu warten.

»Was hat sie denn?« Vanesse sah der Davoneilenden verständnislos hinterher. »Manchmal ist sie echt humorlos!«

»Humorlos würde ich das nicht nennen. Ich glaube eher,

sie ist eifersüchtig.« Nachdenklich blickte Sonja hinter Ruth her. »Meine Mutter sagt immer, man muss auch gönnen können. Und das scheint mir nicht Ruths Stärke zu sein.«

Luccas Rückkehr unterbrach den Gedankenaustausch. »Mädels, der Großmogul hat mir nicht nur seine Karte gegeben, sondern mich auch gleich nach St. Petersburg eingeladen!«

»Und jetzt gehen sie schon wieder zurück.« Sonja wies nach hinten.

»Immerhin können sie, ohne zu schwindeln, zu Hause erzählen, dass sie in der berühmt-berüchtigten Solokos-Schlucht waren.« Vanessa schüttelte den Kopf.

Lucca winkte den Russen zu und setzte dann sich mit Sonja und Vanessa in Bewegung. »Wo ist eigentlich Ruth?« Sie sah sich suchend um.

»Vormarschiert.« Vanessa zog ein grimmiges Gesicht, doch Lucca fragte nicht weiter nach, sondern genoss die Landschaft.

Nach einer knappen halben Stunde sahen sie Ruth wieder vor sich, die, an einen Baum gelehnt, etwas zu beobachten schien. Kurz bevor Vanessa, Sonja und Lucca sie erreichten, kehrte sie sich zu ihnen um. Ihr Blick war unergründlich, ihr Gesicht völlig ausdruckslos.

»Hast du einen Geist gesehen?« Lucca blieb neben ihr stehen und sah in die Richtung, in die Ruth so gebannt gestarrt hatte. »Oh, nein, es bleibt uns aber auch wirklich nichts erspart!« Sie deutete auf zwei Wanderinnen, die sich nicht fern von ihnen zu einer Pause niedergelassen hatten.

»Wieso, was ist denn?« Sonjas Blick folgte Luccas Finger. »Ach, ich habe überhaupt nicht mitgekriegt, dass sie heute auch hierher wollten!«

»Meine Güte!« Vanessa schnaubte, als sie das Pärchen entdeckte. »Das sind doch bloß Birgit und Donata! Und dafür diesen Aufstand?« Sie schüttelte den Kopf.

Birgit und Donata hatten nicht bemerkt, dass sie beobachtet wurden; gerade standen sie auf, um ihren Weg fortzusetzen. Während Birgit die Flaschen in ihrem Rucksack verstaute, geriet sie aus dem Gleichgewicht und stieß leicht gegen Donata, die sich umdrehte, als sei sie von Furien gehetzt, und ihrer Freundin eine schallende Ohrfeige gab.

»Pass doch auf, du ungeschickte Kuh! Beinahe wäre ich wegen dir hingeflogen!«, herrschte sie die entsetzt dreinblickende Birgit an und stieß sie mit einem kräftigen Schubs zu Boden.

»Hey! Nimm deine Finger von ihr!«, schrie Lucca, die sich, ohne lange zu überlegen, auch schon in Bewegung gesetzt hatte und nun schnurstracks auf das Paar zusteuerte. »Hast du sie noch alle?«

Donata fuhr erschrocken herum. »Kümmere dich um deine eigenen Angelegenheiten, das geht dich hier überhaupt nichts an!« Sie sprühte Gift und Galle.

»Wenn du dein beschissenes Mütchen vor meinen Augen an deiner wehrlosen Freundin kühlst, werde ich nicht wegsehen.« Lucca erwartete, dass Donata erneut auf sie losgehen würde, aber das geschah nicht, denn Birgit hatte sich aufgerappelt und stellte sich neben ihre Freundin.

»Alles in Ordnung, es ist doch gar nichts passiert.« Auf ihrer Wange prangte leuchtendrot Donatas Handabdruck.

Lucca sah schweigend von dem glühenden Gesicht Birgits in die vor Hass sprühenden Augen ihrer Freundin.

»Komm, los, wir gehen weiter.« Vanessa zupfte an Luccas Rucksack.

»Ich habe dich im Auge, reiß dich zusammen!«, raunte Lucca im Vorbeigehen Donata zu, die sie höhnisch angrinste, vor ihr auf den Boden spuckte und demonstrativ den Arm um Birgit legte.

»Die haben doch beide einen an der Klatsche!«, befand Lucca, als sie außer Hörweite waren.

Je tiefer sie in der folgenden Stunde in die Schlucht einstiegen, desto heißer wurde es. Bald war Luccas Wasservorrat erschöpft. Das T-Shirt klebte ihr am Körper, obwohl sie nach wie vor mehr im Schatten als in der Sonne unterwegs waren. Immer, wenn sie den kleinen Bach überquerten, der ihren Weg begleitete, schöpfte sie mit den Händen kühles Wasser und goss es über ihren erhitzten Kopf.

»Wir kommen gleich an die letzte Quelle. Dort musst du deine Wasserflasche auffüllen.« Vanessa beobachtete fasziniert Luccas Wässerungsaktionen. »Du bist wohl nicht oft zu Fuß unterwegs«, stellte sie abschließend fest.

»Wenn ich auch nur annähernd geahnt hätte, was mich hier erwartet, liebe Vanessa, dann läge ich jetzt relaxt auf meiner Terrasse, statt mir hier in der Affenhitze Plattfüße zu laufen!«

»Ich will dich ja nicht unnötig belasten, aber der wirklich heiße Teil kommt erst noch, wenn wir die Felswände hinter uns und den langen schattenlosen Weg zum Strand vor uns haben.« Ruth streute mit offensichtlichem Vergnügen Salz in die Wunde.

Sonja, die den gehässigen Unterton herausgehört hatte, konterte sofort. »Hör nicht auf Ruth, sie übertreibt maßlos!« Sie reichte Lucca die Hand, um ihr auf die Füße zu helfen. »Und was wirklich heiß ist, zeige ich dir ein anderes Mal!«

»Ach, tatsächlich?« Lucca sah interessiert an Sonja hoch.

Ruth murmelte etwas Bissiges über »sexistisches Getue«, was Vanessa dazu veranlasste, ihr einen schlechten Tag zu attestieren. »Gerade erst haben wir sie eingeholt, jetzt rennt sie schon wieder ohne uns los.« Sie blickte Ruth nachdenklich hinterher.

»Reisende soll man nicht aufhalten.« Lucca stand wieder auf den Füßen und sah achselzuckend ihre Begleiterinnen an. »Auf zur Quelle!«

Bald erreichten sie den Brunnen, der fast vollständig von

Ranken bedeckt war. Lucca ließ sich erschöpft auf eine in der Nähe stehende Bank fallen.

Sie füllten pflichtbewusst alle Wasserflaschen auf. Erst viel später sollten sie begreifen, wie wichtig dies war. Als sie nach fünf Stunden Wanderung am Ende der Schlucht zwischen steilen Felswänden aus dem Schatten trat, traf sie die aufgestaute Hitze wie ein Fausthieb.

Lucca erblickte vor sich nur eine endlose staubige Ödnis und verfluchte zum x-ten Mal ihre Beteiligung an dieser Wanderung. »Wie weit ist es denn noch bis zum Meer?«

Sie erkannte etwa fünfzig Meter vor sich Ruth in einer Gruppe stramm ausschreitender Wanderer.

»Gute vier Kilometer.« Sonja stellte sich neben sie und blickte in dieselbe Richtung.

»Auf uns wartet wunderbar türkisfarbenes Wasser.« Vanessa strahlte aufmunternd in die Runde. »Die Anstrengung lohnt sich, glaubt es mir.«

Schweigend legten sie den restlichen Weg zurück. Ihre Lebensgeister erhielten erst wieder einen unerwarteten Schub, als sie endlich das Meer sah.

Ruth erwartete sie winkend am Strand. Matt und mit schmerzenden Muskeln stolperten die Frauen über den heißen Sand auf sie zu. In wenigen Augenblicken hatten sie sich ihrer Kleidung entledigt und stürzten sich in die wohltuenden Fluten.

Hinterher saßen sie in einer schattigen Taverne, nahmen das vorletzte Schiff, das die Bucht verließ, und kehrten am Abend erschöpft ins Artemis zurück.

*

Lucca wachte auf und sah sich hastig um. Sie war allein, was sie erleichtert aufatmen ließ. Ein Blick auf die Uhr sagte ihr, dass sie noch genug Zeit hatte, um in Ruhe zu duschen und zu frühstücken, bevor der spektakulärste Ausflug der Woche starten sollte.

Sie wollte sich lässig aus dem Bett schwingen, fiel aber mit einem schmerzvollen Aufstöhnen zurück. Es war erstaunlich, wie viele Muskeln der Mensch besaß!

Während sie mühsam unter die Dusche schlich, fragte sie sich, welcher Teufel sie geritten hatte, heute schon wieder in der Gegend herumklettern zu wollen, statt einfach nur ihrem geschundenen Körper Entspannung zu gönnen. Sie haderte eine Weile mit ihrem inneren Schweinehund, zog sich dann aber doch an und machte sich Mut für den Tag: »*Allez hop! c'est parti!*«

Alle Wanderinnen waren bereits im Speiseraum versammelt, als Lucca eintrat. Manche tranken noch Kaffee oder frühstückten, andere waren bereits fertig und warteten auf den Aufbruch. Lucca stakste steifbeinig an Donata vorbei, ohne sie eines Blickes zu würdigen.

»Warum gehst du so komisch?« Ulrike winkte Lucca zu sich und wies auf einen freien Platz.

»Ich habe einen teuflischen Muskelkater.« Während sie sich setzte, verzog Lucca das Gesicht.

»Ach, du Arme! Bleibst du jetzt hier?« Ulrike sah sich schon als Pflegerin und malte sich einen Tag allein mit Lucca aus.

»Wer bleibt hier?« Sabine war aufgetaucht.

»Sie hat Muskelkater!« Ulrike wies auf Lucca.

»Das ist doch kein Grund, hierzubleiben.« Sabine sah Lucca regelrecht empört an. »Bleib sitzen, ich hole dir was.«

Diese Aufforderung war überflüssig, denn Lucca hatte nicht vor, sich unnötigen Schmerzen auszusetzen. Bereitwillig wartete sie, dass sie eine Tasse Kaffee gereicht bekam.

»Na? Wohl nicht ganz so taufrisch heute Morgen!« Sonja lachte sie an und wollte eben weitersprechen, als sie sanft von Sabine zur Seite geschoben wurde.

»Nimm das und du fühlst dich besser.« Sie reichte Lucca ein Schnapsgläschen mit einer braunen Flüssigkeit.

»Einreiben oder trinken?«

»Scherzkeks, natürlich trinken.« Sabine schüttelte den Kopf, während Lucca skeptisch an dem Gebräu schnupperte.

»Eine von ihren selbstgebrauten Drogen. Manchmal hilft's. Schlechter wird es dir davon auf keinen Fall gehen.« Ulrike blickte so aufmunternd, dass Lucca das Zeug todesmutig herunterstürzte.

Kurz darauf erschien Johanna und übergab Sabine die Schlüssel für ihren Kleinbus, ein asiatisches Modell, das seine besten Tage bereits weit hinter sich gelassen hatte. Sie selbst wollte im Artemis bleiben, so lange nach dem Rechten sehen und einen Abfluss reparieren.

»Also, Frauen. Seid ihr alle soweit?« Sabine strahlte in die Runde. »Neun von uns passen in Johannas Bus. Eine von euch müsste also in ihrem eigenen Wagen fahren und noch eine andere mitnehmen.«

»Ich fahre.« Lucca hatte nicht vor, sich mit den anderen in dem schmutzigen Kleinbus zusammenzupferchen.

»Nimmst du mich mit?« Ulrike hatte ihren Wunsch zuerst geäußert.

»Klar.« Lucca schnappte sich ihren Rucksack und holte den Autoschlüssel heraus.

»Prima. Dann kann es jetzt losgehen.« Sabine rief nach Melina und die Karawane setzte sich in Bewegung.

»Der Hund muss auch noch mit rein; da würde ich auch lieber mit dir im Auto fahren, wenn das geht.« Ruth war mit forderndem Blick neben Lucca aufgetaucht.

Sonja beobachtete kritisch, wie die Frauen mitsamt Hund in den klapprigen Bus kletterten. Sie sah Lucca flehend an, die sofort Erbarmen zeigte. Ob es auf der Insel so etwas wie einen TÜV gab? Im Mietwagen folgte sie in Gesellschaft von Ulrike, Ruth und Sonja dem alten Gefährt hoch ins Gebirge.

»Puh, es ist jetzt schon so heiß, wie wird es bloß heute Nachmittag werden? Wenigstens besitzt dieses Auto eine Klimaanlage!« Sie drehte die segensreiche Erfindung voll auf, ohne dass sich echte Linderung einstellte.

»In den Bergen ist es kühler und in der Zauberwald-Schlucht gibt es sogar jede Menge Schatten. Diese Wanderung wirst du mit der gestrigen nicht vergleichen können, glaube es mir«, versuchte Ruth zu beruhigen.

»Warst du denn schon mal im Zauberwald?« Sonja drehte sich um und sah sie überrascht an.

»Nein, ich habe mir davon erzählen lassen.«

»Wie geht es eigentlich deinem Muskelkater, Bergziege?« Sonja blickte Lucca fragend im Rückspiegel an.

»Nichts mehr zu spüren. Ich fühle mich frisch wie der junge Frühling.« Das war nicht einmal gelogen. Lucca staunte selbst über die Wirkung des Zaubertranks, während sie sich anstrengte, dem in halsbrecherischer Fahrt vorausrauschenden Bus zu folgen. »Hat Sabine eigentlich Spucktüten an Bord?«

»Wenn du weiter so rast, brauche ich auch eine.« Sonja hielt sich krampfhaft am Griff über der Beifahrertür fest.

»Du kannst es ruhig langsamer angehen lassen. Sabine wartet, wenn sie uns nicht mehr sieht. Außerdem kenne ich den Weg zur Schlucht.«

Diese Bemerkung führte zu einem Heiterkeitsausbruch.

»Nee, ist klar, Ulrike. So wie du den Weg vom Flughafen kanntest?« Lucca lachte und drosselte das Tempo, als sie sah, wie knapp Sabine den Bus um eine enge Kurve zog. »Ist diese Frau eigentlich früher Ralleys gefahren?« Sie staunte nicht schlecht.

»Es gibt nicht viel, was die gute Sabine noch nicht gemacht hat, aber Autorennen gehörten meines Wissens nicht dazu.« Ulrike fiel in das Lachen ein.

Nach fast einer Stunde Fahrt hielt der Bus vor ihnen am Straßenrand. Bis Lucca die Stelle erreicht und den Wagen geparkt hatte, waren die Frauen bereits alle ausgestiegen und reckten die Glieder. Sie wirkten mehr oder weniger mitgenommen von den Anstrengungen der wilden Fahrt.

Sabine aber war bestens gelaunt und führte sie zu einem schmalen Weg, der sich steil bergan schlängelte. »Hier geht es in den Zauberwald.« Sie wies nach oben und machte sich ohne weiteres Federlesen an den Aufstieg.

Lucca kramte eine alte Baseballkappe aus dem Rucksack. Schatten war hier eindeutig Mangelware und das Letzte, was sie brauchen konnte, ein Sonnenstich. Ihr Muskelkater hielt sich zwar überraschend in Grenzen, aber ganz so frisch, wie sie vorhin behauptet hatte, fühlte sie sich auch wieder nicht.

»Chic. Superchic.« Sonja bewunderte ihre betagte Kopfbedeckung.

»Noch kannst du dir eine gewisse Ironie leisten. Aber warte nur ab, du wirst mich noch anflehen, dir mein Mützchen zu leihen.« Lucca stapfte los.

Birgit, die ihr im Vorübergehen scheu zulächelte, suchte gemeinsam mit Donata und deren neuen Freundinnen die Gesellschaft von Sabine, während die anderen sich in wechselnden Grüppchen den Berg hinaufquälten. Der Hund versuchte sein kleines Rudel zusammenzuhalten und pendelte zwischen den Frauen hin und her.

Nach einer knappen Stunde erreichten sie einen schattigen Rastplatz und legten eine Pause ein. Bänke und ein großer Holztisch luden zum Verweilen ein, eine Quelle plätscherte idyllisch und die Frauen packten ihre Lunchpakete aus.

Lucca setzte sich zu Ruth unter einen großen knorrigen Olivenbaum in den Schatten und aß schweigend einen Apfel. Auch Ruth schien nicht sehr gesprächig gestimmt zu sein, sondern hatte ihre ganze Aufmerksamkeit auf die Gruppe um Sabine gerichtet, die am Tisch Platz genommen hatte und sich angeregt unterhielt.

Lucca hörte, wie über die verschiedenen Jobs gesprochen wurde. Ab und zu versuchte Donata etwas aus ihrer Arbeit als sozialpädagogische Mitarbeiterin einer flexiblen Erziehungshilfe beizusteuern. Birgit hing begeistert an ihren Lippen, allerdings schienen sich die übrigen wenig für Donatas aufreibende Tätigkeit zu interessieren. Ein Stichwort gab das andere, um weitere Anekdoten zum Besten zu geben.

Nach einer Weile sah Lucca sich gelangweilt um. Etwas bewegte sich drüben bei der Quelle. Birgits schmale Gestalt verschwand soeben hinter einem Felsen im Gebüsch.

»Ich würde jetzt gerne weitergehen. Meinst du, wir hocken hier noch lange rum?«, erkundigte Lucca sich bei Ruth. Da ihre Sitznachbarin sich offenkundig nicht angesprochen fühlte, sondern weiterhin nur Ohren für das Gespräch am Tisch hatte, stand sie auf, schnappte ihren Rucksack und wandte sich an die Gruppe. »Wie weit ist es bis zur Schlucht?«

»Noch etwa eine Viertelstunde.« Sabine, die Lucca schon eine Weile beobachtet hatte, antwortete ihr sofort.

»Hallo?! Ich rede gerade mit dir! Hast du mir überhaupt zugehört?« Donata stellte säuerlich fest, dass Sabines Aufmerksamkeit ausschließlich Lucca galt.

»Dann gehe ich schon mal langsam los. Entweder holt ihr mich ein oder ich warte dort auf euch. Oder kann ich die Schlucht verfehlen?«

Sabine schüttelte den Kopf. »Nein, sicher nicht. Aber wir brechen auch gleich auf.«

Lucca winkte und zog los. Nach wenigen Schritten tauchte Birgit plötzlich vor ihr aus dem Unterholz auf; sie war sehr blass und ging gekrümmt.

»Ist alles in Ordnung mit dir?«, fragte Lucca besorgt.

»Geht schon, danke.« Birgit warf einen gehetzten Blick zu

Donata, die nicht gerade begeistert darüber zu sein schien, dass ihre Freundin mit dem Feind sprach.

»Sicher?« Lucca glaubte ihr nicht. »Du siehst ziemlich mitgenommen aus. Hast du Schmerzen?«

»Nein, wirklich nicht. Es ist alles gut.« Birgit huschte an Lucca vorbei, die ihr verständnislos nachsah.

»Dann eben nicht«, murmelte sie.

»Lass sie! Solange Donata dabei ist, wird sie sich nicht anders verhalten und kein Sterbenswörtchen sagen.« Sonja war an ihrer Seite aufgetaucht. »Komm, wir ziehen los. Ich kann diese Selbstbeweihräucherung da hinten nicht mehr ertragen. Alle überbegabt, aber leider im Job verkannt ...! Da bist du mir mit deinen Storys doch viel lieber.« Sie zog Lucca am Rucksack und zeigte auf Melina, die schwanzwedelnd vor ihnen stand. »Lassie will auch mit.«

»Oh, ja. Lassie, zeig uns den Weg! Wo ist der Weg, wo?« Lucca benahm sich ausgesprochen albern, Melina aber freute es, und so zogen die beiden Frauen mit dem Hund los.

»Was ist eigentlich mit Birgit?«

»Sie ist ein dressiertes Mäuschen und Donata schwingt gerne die Peitsche, um sie springen zu lassen. Bildlich ausgedrückt.« Sonja hielt zum Schutz vor der Sonne die Hand über die Augen.

»Eine geheimnisvolle Beziehung,« sprach Lucca mit Grabesstimme.

»Das gehört zu den kleinen Geheimnissen des Artemis, die früher oder später jede erfährt.« Sonja zog ein verschwörerisches Gesicht. »Hier ist manches nicht das, was es zu sein vorgibt, glaube mir. Aber was du nicht selbst hörst oder siehst, wird dir garantiert irgendwann erzählt.«

»Und Sabine? Sind ihr diese Geheimnisse bekannt?« Nun war Luccas Neugier geweckt.

»Sie kennt sie alle.« Sonja legte den Zeigefinger über die Lippen.

»Echt? Ich kenne kein einziges!« Lucca schien das zu bedauern.

»Da kann ich dir helfen. Sieh dir mal die beiden an.« Sonja war stehengeblieben und deutete mit dem Kopf auf zwei Gestalten, die ihnen in einigem Abstand folgten. »Tagsüber tun sie so, als gäbe es keine Nächte, in denen zwischen ihnen ordentlich die Post abgeht.«

»Karin und Silke? Woher weißt du das?« Bei den beiden war das für Lucca kaum vorstellbar.

»Ich habe das Zimmer neben Silke. Ohrenkino satt!«

Lucca lachte. »Und warum die Heimlichkeit?«

»Vielleicht erhöht es den Effekt?! Keine Ahnung.« Achselzuckend ging Sonja weiter. »Ich weiß nur, dass Karin zu Hause einen unscheinbaren Computerfreak an ihrer Seite hat, mit dem sie zu allem Überfluss auch noch verheiratet ist.«

Lucca sah sie erstaunt an.

»Ich habe sie mal besucht, danach beschränkte sich unser Kontakt auf gelegentliche E-Mails und zufällige Treffen hier auf Lykra.« Sonja hatte inzwischen einen hochroten Kopf, Schweißperlen standen auf ihrer Stirn.

»Hört sich so an, als spräche da ein abgelegtes Maxilari.« Lucca grinste bei der Vorstellung.

»Du glaubst gar nicht, wie viele nur wegen des Urlaubsflirts hierher kommen. Es gibt genug heterosexuelle Frauen, die sich im Urlaub eine wilde Gespielin zulegen.« Sonja blieb wieder stehen und sah Lucca an. »Solange alles unverbindlich bleibt, habe ich persönlich auch gar nichts dagegen.« Sie wischte sich über die Stirn.

»Du solltest dein T-Shirt ausziehen und dir daraus ein Mützchen basteln, Schätzelein.« Lucca sah zum Himmel hoch. »Die Sonne macht dich sonst fertig!«

»Klar, und ich laufe hier mit blanken Brüsten durch die Gegend.« Sonja schien von der Idee nicht das Mindeste zu halten.

»Das wäre doch mal was!« Lucca äugte unumwunden auf besagte Körperteile.

»Ich glaube eher, du hast schon einen Sonnenstich.« Sonja tippte sich mit dem Finger an die Stirn und ging weiter.

»Lieber ein blanker Busen als ein weiches Hirn!« Lucca folgte ihr lachend.

»Ich glaube, wir sollten besser auf die anderen warten.« Aufatmend setzte sich Sonja in den Schatten eines Felsens.

»Hier beginnt also der Zauber?!« Lucca sah über einen umgestürzten Baum in die Tiefe.

»Ich habe den Eindruck, dass der schon längst angefangen hat.« Sonjas Blick wanderte über Lucca, während diese sich mühte, ihre Augen von Sonjas Shirt zu lösen, unter dem sich deutlich Brustwarzen abzeichneten.

Da erschienen auch Karin und Silke auf der Bildfläche und gesellten sich unbefangen zu ihnen. Gemeinsam erwarteten sie die Ankunft der anderen. Bald war die Gruppe fast vollzählig.

»Wo ist Ulrike?« Luccas Augen glitten suchend den Berg hinunter.

»Na, bei Sabine. Wo die ist, kann sie nicht weit sein!« Ruth lehnte sich an einen Felsen. »Hast du das immer noch nicht mitgekriegt? Sie ist ihr siamesischer Zwilling.«

»Meine Güte, wie bist du denn drauf?« Vanessa fiel Ruths unterschwellige Aggressivität gehörig auf die Nerven.

»Wie immer«, lautete die gelangweilt klingende Antwort.

In diesem Moment bog Ulrike tatsächlich gemeinsam mit Sabine um die Biegung. Die beiden erreichten, ins Gespräch vertieft, als Letzte die Wartenden.

»Hier beginnt jetzt der Einstieg in den Zauberwald.« Sabine stellte sich etwas erhöht auf einen Stein und hielt einen kleinen Vortrag zu den Besonderheiten der Schlucht. Es war von außergewöhnlichen Schwingungen die Rede, von der Schlangengöttin und allerlei Naturphänomenen. Gespannt machten die Frauen sich daran, in ein ausgetrocknetes Flussbett zu steigen.

»Was stinkt hier denn so gotterbärmlich?!« Lucca nahm einen scharfen Geruch wahr und rümpfte die Nase.

»Hier leben viele Ziegen.« Sabine lächelte. Wie auf Kommando läutete in der Ferne eines der Glöckchen, die jedes der Tiere um den Hals trug.

»Die hier stinkt allerdings, weil sie nicht mehr lebt.« Lucca deutete auf den Kadaver einer Ziege, aus deren Bauch Maden krabbelten. »Wahrscheinlich abgestürzt.«

»Igitt, das ist ja ekelhaft!« Karin wandte sich entsetzt ab, während Sabine den sich neugierig nähernden Hund zurückscheuchte.

Lucca zeigte auf verschiedene Skelette, deren blanke Knochen verstreut herumlagen. »Wir sind hier wohl auf dem Friedhof der Kuscheltiere gelandet.«

Die Frauen umrundeten mehr oder weniger angeekelt Knochen und Schädel, um sich dann lieber dem Treibgut zuzuwenden, das mit der Schneeschmelze durch den Fluss von den Bergen transportiert worden war. Auf ihrem Weg fand sich bis hin zum Autowrack die ganze Bandbreite menschlicher Kulturgüter.

Schließlich ragten vor ihnen Felswände steil in den Himmel. Vorsichtig kletterten sie über riesige ausgewaschene Gesteinsbrocken. Lucca hatte es sich auf einem der glattpolierten Riesen bequem gemacht und beobachtete staunend, wie Vanessa Widderschädel und Knochen aufsammelte und in ihrem Rucksack verstaute.

»Göttin der Ziegen! Was hast du denn mit den Devotionalien vor?«

Vanessa hob lachend den Kopf. »Die werde ich meinem Freund mitbringen!«

»Wow, supertolles Geschenk. Dein Freund wird vor Freude sicher ganz aus dem Häuschen sein.« Lucca schüttelte den Kopf. »Warum bringst du ihm nicht lieber ein Stück Olivenseife mit?«

»Er ist Physiotherapeut. Der interessiert sich mehr für Knochen«, fügte Vanessa hinzu, als sie Lucca erreichte.

»Charmant.« Lucca ließ sich einen Widderkopf zeigen. »Bist du sicher, dass du deine Sammlung ohne Schwierigkeiten durch die Flughafenkontrollen bringst?«

»Wieso denn nicht? Wo sind eigentlich die anderen?« Sie blickte sich suchend um.

»Im Gelände verstreut, wie deine Ziegenknochen.« Lucca beschrieb mit einem Arm einen großen Bogen.

In diesem Moment wurden von den Wänden merkwürdige Töne zurückgeworfen. Sie sahen sich erstaunt an.

»Versucht da jemand zu singen?« Vanessa riss die Augen auf und legte den Kopf schief.

»Kling eher, als ob jemand Lassie quält. Hört sich auf jeden Fall nicht gesund an!« Lucca stand auf. »Wir sollten dem armen Tier helfen.« Sie stellte sich auf den höchsten Punkt des Felsens und beschirmte die Augen mit der Hand. »Da unten ist Donatas Gefolge mit Sabine. Ich glaube, der Sirenengesang kommt von dort.« Lucca sah sich um, konnte aber sonst niemanden ausmachen. »Sie haben die anderen verscheucht oder in den Heldentod getrieben.«

»Du bist ganz schön makaber.« Vanessa sah allerdings nicht so aus, als würde sie dies für verwerflich halten.

»Gehst du mit mir da hinauf? Wir bringen uns vor den Sirenen in Sicherheit.« Lucca wies auf einen schmalen Steig, der auf ein Plateau führte.

»Du willst auf diesen stinkenden Ziegenfelsen?« Vanessa rümpfte die Nase und schüttelte den Kopf. »Nee, geh du mal allein da hoch. Ich ruhe mich etwas aus. Außerdem werden die anderen bestimmt jeden Moment auftauchen.«

»Wie du willst, Göttin der Ziegen. Ich habe dich vor den singenden Ungeheuern gewarnt, die hier auf einsame Jungfrauen lauern. Nimm hin dein Schicksal!« Lucca winkte, umkreiste einen von der Schneeschmelze fast rundgewaschenen Felsen und stieß unverhofft mit Luise zusammen. Luise, aus dem Gleichgewicht gebracht, ruderte heftig mit den Armen und trat dabei Larissa, die vor ihr auf dem Boden kniete, auf die Finger.

»Autsch!«, quiekte Larissa laut auf.

Lucca ergriff Luise beherzt am Arm und sah interessiert zu Larissa hinunter. »Entschuldigung, ich hatte euch gar nicht gehört. Was machst du denn da unten?«

Larissa rappelte sich auf. »Wir sammeln Flechten, die nur im Mittelmeerraum vorkommen, und studieren ihre Anpassung an die jeweilige Umwelt.« Stolz hielt sie Lucca einen geöffneten Jutebeutel hin, der zur Hälfte mit einem undefinierbaren Inhalt gefüllt war.

»Toll. Ihr dreht hier also begeistert jeden einzelnen Stein um auf der Jagd nach der grünen Schuppenflechte.«

Weder Luise noch Larissa verzogen eine Miene. »Du kannst dir das vielleicht nicht vorstellen, aber wir haben in Fachkreisen einen gewissen Ruf.« Luise rieb sich den Arm und blickte Lucca pikiert an.

»Oh, daran zweifele ich nicht im Geringsten!« Lucca sah sich um. »Ich will dort hochklettern. Habt ihr Lust, mitzukommen?« Sie zeigte auf den Ziegenfelsen, aber Larissa hob abwehrend die Hände. »Vielen Dank, nein. Wir bleiben bei unseren Flechten.« Ohne weiter auf Lucca zu achten, wandte sie sich um und folgte Luise, die bereits zwischen den Felsen verschwunden war.

»Okay, Mädels, viel Spaß«, rief Lucca ihnen fröhlich hinterher und fuhr herum, als es hinter ihr knackte. »Herrje, wie kannst du mich so erschrecken!«

Vanessa war herangekommen und blickte suchend an ihr vorbei. »Ich hab dich reden hören und war neugierig, auf wen du gestoßen bist.«

»Auf Flechtensammlerinnen, aber die sind schon wieder weg. Du kommst zu spät.« Lucca zeigte nach oben. »Vielleicht willst du ja doch mit mir den Gipfel erklimmen?« Sie sah Vanessa hoffnungsvoll an. Entschlossenes Kopfschütteln war die Antwort.

Lucca runzelte die Brauen und kratzte sich demonstrativ am Hinterkopf. »Ich muss wohl dringend an meinen Verführungskünsten arbeiten. Irgendwas stimmt nicht, wenn du es vorziehst, zwischen abgewetzten Knochen im Staub zu kauern, statt mit mir schmutzige Abenteuer zu erleben.« Mit einem Augenzwinkern kletterte sie leichtfüßig auf dem Steig in die Höhe. Bald erreichte sie das Plateau und blickte kurz darauf einem prächtigen Ziegenbock in die Augen. Das Tier sprang erschrocken weg, so dass kleine Steinchen über den Rand in die Schlucht fielen.

»Lucca? Was machst du da?« Vanessas Stimme klang von unten ängstlich zu ihr herauf.

»Ich jage Ziegenskelette! Werde dir ein wunderhübsches Exemplar mitbringen!« Lucca fühlte sich nicht so beschwingt, wie es klang. Sie hatte sich erschrocken, als der Bock plötzlich zur Seite sprang, und spürte den dringenden Wunsch, sich zu setzen und kräftig durchzuatmen. Beides war jedoch unmöglich, denn das Plateau war übersät mit Ziegenmist. Nach Atem ringend, sah sie sich um und entdeckte nicht allzu fern Donata und Birgit – mitten in einem innigen Kuss.

Na, das war doch mal eine Aussicht! Lucca grinste. Da wollte sie nicht stören ... In diesem Moment klang erneut der seltsame Gesang an ihr Ohr.

»Vanessa, findest du nicht auch, dass sich das anhört, als würde ein armes Tier gequält?«, rief sie über den Felsen nach unten.

Als sie keine Reaktion bekam, brummte sie: »Keine Antwort ist auch eine Antwort.«

Sie ließ den Blick über die gegenüberliegende Felswand

wandern, die steil in den Himmel aufragte. Er leuchtete in strahlendem Blau, doch kein Sonnenstrahl verirrte sich bis zu ihr in die tiefe Schlucht. Vorsichtig beugte sie sich ein wenig vor. Steinchen kollerten die Wand hinunter, ein Stück weiter unten sprang eine vorwitzige Ziege umher und knabberte an Grünzeug.

»Tja, wieder eine seltene Flechte weniger«, kommentierte Lucca leise und ließ den Blick weiterschweifen. Dann pfiff sie leise durch die Zähne. Auf einem kleinen Plateau waren Karin und Silke hinter einem umgestürzten Olivenbaum ins Liebesspiel vertieft.

»Na, die beiden haben wohl Zeus' Joystick in den Rucksack gepackt. Wenn das mal zu einem befriedigenden Ende kommt!« Sie lachte, als sie Sabine und Ulrike entdeckte, die geradewegs auf den umgestürzten Baum zuliefen, hinter dem sich das Liebesnest verbarg.

»Melina! Komm schon, meine Gute!«, wandte sich Sabine ihrem Hund zu, der ihnen humpelnd folgte, und beugte sich zu ihm herunter, um die linke Vorderpfote zu untersuchen.

Karins Kopf ruckte nach oben. Sie spähte angestrengt über den Baumstamm, dann rafften sie und ihre Geliebte die Sachen zusammen und machten sich davon. Auch Sabine und Ulrike liefen weiter, den Hund in ihrer Mitte.

»Das ist hier wie im Kino – ohne dass ich Geld dafür bezahlen muss.« Lucca sah sich nach Donata und Birgit um, doch die beiden waren nicht mehr zu sehen.

Sie wollte gerade aufstehen, als sie mit einem Mal ein seltsames Gefühl beschlich. Auf ihren Armen stellten sich die Haare. Beklommen hob sie den Kopf. Ihr war, als hielte die Natur den Atem an. Es herrschte absolute Stille.

Dann gellte ein entsetzlicher Schrei durch die Schlucht und wurde als Echo mehrfach zurückgeworfen, gefolgt vom gruseligen Jaulen des Hundes. Im Handumdrehen war Lucca auf den Beinen und kletterte, so schnell sie konnte, vom Plateau. Von Vanessa war weit und breit nichts zu sehen.

Niemand war da.

Dann plötzlich schrillten Stimmen durcheinander, Schritte hasteten über Felsen und Geröll. Lucca versuchte die Richtung auszumachen, aus der die Geräusche kamen, aber es gelang ihr nicht. Wieder hörte sie einen Schrei, diesmal verhaltener, gefolgt von einem jähen Aufschluchzen.

Verdammt, was war hier los?!

Hinter ihr scharrte etwas. Sie fuhr herum. Gerade bog Ruth um ein Felseneck, kalkweiß im Gesicht. »Was ist, Lucca? Das war ja ein furchtbarer Schrei!«

»Ich weiß es auch nicht. Hast du die anderen gesehen?«

Ruth wies zitternd nach vorn. »Dort war vorhin Sonja. Ich glaube, da ist was passiert!«

Lucca rannte los, Ruth folgte ihr eilig. Nach etwa dreißig Metern konnten sie Sabine erkennen, die zusammen mit ein paar anderen am Fuß einer Felswand standen. Sonja stolperte gerade auf sie zu. Birgit kam von der anderen Seite gerannt, während nun auch Silke und Karin auftauchten.

»Was ist los?«, fragte Lucca.

Statt einer Antwort machten die Frauen ihr Platz. Als Lucca nähertrat, stockte ihr der Atem.

Vor ihr lag Donata mit verdrehtem Körper in einer Blutlache, die sich immer weiter ausbreitete. Ihr Schädel war aufgeplatzt, blutiggraue Masse quoll daraus hervor. Das Gesicht war zu einer Fratze verzerrt, der Mund noch zum Schrei geöffnet.

Silke kniete neben ihr und fühlte Donatas Puls. Dann sah sie zu den Frauen auf. »Sie ist tot«, sagte sie mit kaum hörbarer Stimme.

»Tot?« Vanessa schlug die Hand vor den Mund. Luise und Larissa klammerten sich schockiert aneinander.

Sabine zog wie in Trance ihr Handy aus der Tasche. »Ich

rufe einen Krankenwagen ... Mist!« Sie starrte verdutzt auf das Gerät. »Kein Empfang!«

»Dann holen wir zu Fuß Hilfe«, sagte Ulrike entschlossen. »Komm, Sabine!« Sie nahm die Hand der Freundin und zog sie mit sich. Der Hund folgte ihnen mit gesenktem Kopf.

Lucca warf einen Blick in die Runde. Die Frauen wirkten zutiefst schockiert, nur Birgit trug einen seltsam unbeteiligten Ausdruck im Gesicht, während sie ihre tote Geliebte betrachtete. Dann, unvermittelt, lachte sie hysterisch auf. Larissa legte den Arm um sie und führte sie zur Seite.

»Mir wird schlecht.« Karin wurde kalkweiß. Ruth begleitete sie hinter einen Felsen.

Silke setzte sich schweigend auf einen Stein und starrte auf die Tote.

»Wie konnte das nur passieren? Das ist ja schrecklich!« Vanessa setzte sich erschüttert neben sie auf den Boden.

»Sollten wir ihr nicht etwas über das Gesicht legen?« Sonjas Stimme zitterte.

Lucca kniete sich neben Donata und schloss sanft ihre Lider. Sie schaute den Felsen hinauf, der sich über ihnen nahezu senkrecht in den Himmel erhob. Ein terrassenförmiger Überhang unterbrach die klare Linie in etwa zwanzig Metern Höhe. »Vermutlich ist sie von dort oben abgestürzt. Vielleicht findet sich dort sogar ein Hinweis, warum. Normalerweise taucht bei einem Unfall ja nicht nur der Rettungsdienst, sondern auch die Polizei auf.« Lucca sah auf ihre Armbanduhr. »Aber selbst wenn Ulrike und Sabine schnellstmöglich Alarm schlagen, werden sie nicht vor Einbruch der Dunkelheit hier sein. Ich klettere mal da hinauf und mache ein paar Fotos. Zur Sicherheit, oder?«

Sonja und Vanessa nickten geistesabwesend.

»Wie ist sie denn da überhaupt hochgekommen? Habt ihr eine Ahnung?« Lucca forschte nach einem Zugang zu dem Felsüberhang.

»Du musst um die nächste Biegung, dann erreichst du den Einstieg in die Wand.« Sonja wies zu einer Felsformation. Tatsächlich gab es dort einen Vorsprung, von dem aus sich stufenähnliche Einkerbungen in die Höhe schlängelten.

»Na, dann mal los.« Lucca atmete tief durch und machte sich an den Aufstieg. Wenige Minuten später erreichte sie eine Spalte im Felsgestein, schob sich hindurch und trat auf ein Plateau hinaus. Dies musste die Stelle sein, die Donata zum Verhängnis geworden war. Lucca sah sich um. Der Vorsprung wurde von Felsen umschlossen, die nur in einer Richtung die Sicht frei gaben, er selbst war von außen uneinsehbar – es sei denn, jemand würde noch weiter hinaufklettern und nähme von dort Einblick in die Nische. Doch als Lucca den Kopf in den Nacken legte und die Felsen hinaufstarrte, erkannte sie, dass das unmöglich war …

Geschäftig schoss sie Fotos aus allen möglichen Winkeln. Als sie sich gerade wieder an den Abstieg machen wollte, fiel ihr Blick auf etwas Glänzendes, das in eine Spalte gerutscht war. Sie beugte sich über das silbrige Ding. Ein Feuerzeug. Sie fotografierte auch das, ließ es aber für die Polizei liegen. Schließlich war es deren Job, sich darum zu kümmern.

Als sie wieder unten angekommen war, saßen Vanessa und Sonja allein bei Donatas Leiche, während sich die anderen etwas weiter abseits versammelt hatten.

»Ich schlage vor, wir warten hier, bis die von Sabine versprochene Hilfe kommt.« Lucca hockte sich neben Sonja.

»Ja, halten wir Totenwache.« In Vanessas Augen glitzerten Tränen.

Lucca blickte zu der Gruppe hinüber, die sich zurückgezogen hatte. »Silke kümmert sich ja rührend um Birgit.«

»Als Medizinstudentin hat sie da jetzt ein ideales Übungsfeld.« Sonja zog die Nase kraus.

»Ruth scheint als Krankenschwester auch ganz in ihrem Element zu sein. Sie hält immer wieder Karins Kopf. Die

Arme besitzt offenbar einen extrem schwachen Magen.« Vanessa wandte sich wieder Donata zu.

Eine gute Stunde lang saßen die drei Frauen schweigend bei der Toten, bis Stimmen die Schlucht heraufdrangen, dann Gestalten in Zivil und Uniform, von denen zwei eine Trage mit sich führten. Unter den Herannahenden erkannte Lucca auch Sabine und Ulrike. »Na dann, wollen wir mal den Profis Platz machen.« Sie stand auf und trat an die Seite.

Bald herrschte eine geschäftige Betriebsamkeit. Einer der Männer untersuchte die Leiche, um dann in sachlichem Ton offiziell den Tod festzustellen. Donatas sterbliche Überreste wurden auf die Trage gehoben, zugedeckt, festgezurrt und fortgebracht.

Ein anderer Beamter fotografierte mit einer Polaroid-Kamera die gesamte Umgebung und stieg anschließend ebenfalls auf das Felsplateau.

Ein Uniformierter nahm die Daten der Frauen auf und fragte nach ihrem Aufenthaltsort zum Zeitpunkt des Unglücks. Doch keine von ihnen erwies sich als Augenzeugin oder konnte irgendwelche konkreten Angaben machen.

Schließlich wurden sie mit der Bitte entlassen, sich in den nächsten Tagen für die Polizei zur Verfügung zu halten, falls es noch weitere Fragen gäbe.

In tiefem Schweigen machte sich die Gruppe auf den Rückweg und erreichte erst bei Einbruch der Dunkelheit den Parkplatz.

»Dramatische Ereignisse machen trotz alledem hungrig, findet ihr nicht auch?« Lucca strich beruhigend über ihren knurrenden Magen.

Nur Sonja nickte mit dem Kopf. »Geht mir genauso.«

Alle anderen sahen sie vorwurfsvoll oder missbilligend an, während sie in den Kleinbus stiegen.

»Komm Sonja, lassen wir die Trauergemeinde ziehen und geben uns der körperlichen Selbsterhaltung hin.« Lucca war der Meinung, sich allmählich auch wieder den eigenen Bedürfnissen widmen zu können. »Das Leben geht weiter, mein Stoffwechsel muss auch wieder etwas zu tun bekommen.«

Zustimmend ließ Sonja sich auf den Beifahrersitz sinken. »Wohin wollen wir?«

»Egal, nur möglichst schnell weg von hier.« Lucca drehte den Zündschlüssel und gab Gas.

»Hoffentlich ist die Betroffenheitswelle abgeebbt, wenn wir im Artemis ankommen. Ein schlimmer Tod, aber mein Bedarf an kollektivem Schluchzen ist für heute gedeckt«, brummte Sonja.

»Wir ziehen uns einfach auf meine Terrasse zurück«, schlug Lucca vor. »Da beehrt uns höchstens Aphrodite mit ihrer Gegenwart.«

*

Als sie zu später Stunde im Artemis ankamen, herrschte im ganzen Haus absolute Ruhe.

Lucca äugte vorsichtig in den Garten. »Niemand zu sehen«, flüsterte sie Sonja zu, die hinter ihr an der Mauer stand.

»Okay, ich gehe kurz auf mein Zimmer und dann komme zu dir.« Sonja stockte. »Natürlich nur, wenn dein Angebot noch gilt.«

»Was denkst du denn? Selbstverständlich. Bis gleich!« Lucca streckte den Daumen hoch, schlich sich an Oleanderbüschen vorbei zum Keller, wo sie mehrere Flaschen Wein kaltgestellt hatte, und holte zwei Gläser aus dem stockdunklen Speiseraum.

Den ganzen Weg über herrschte eine nahezu unheimliche Stille; Lucca hörte nichts als ihre eigenen leisen Schritte. Die Ruhe jagte ihr einen kalten Schauer über den Rücken. Froh, auf der Terrasse angekommen zu sein, atmete sie tief durch. Hier an ihrem Zimmer war alles so wie sonst. Aphrodite lag fett auf der Liege und blickte erwartungsvoll auf.

»Na, Mieze, alles klar?«

Die Katze antwortete mit einem dezenten Miauen und rollte sich einladend auf die Seite.

Lucca schob sich auf die andere Liege und blickte zum Sternenhimmel hinauf. Sie entspannte sich, schrak aber heftig zusammen, als Sonja unvermittelt angestürmt kam und wild mit den Armen fuchtelte.

»Was ist denn jetzt los? Hast du den Leibhaftigen gesehen?«

»Lucca ... bei mir ...« Sonja brachte den Satz nicht zu Ende.

»Was ist bei dir?« Lucca versuchte, ruhig zu bleiben.

Sonja beschrieb mit ihren Händen einen Kreis. »So eine große Spinne sitzt bei mir an der Wand über der Toilette! Soooo groß und schwarz! Es ist ekelhaft.« Sie schüttelte sich wie ein nasser Hund.

»Eine pfannengroße Vogelspinne, ja?« Lucca lachte.

»Lach nicht! Mach sie lieber weg.«

»Ich? Wieso das denn?« Lucca konnte sich etwas Schöneres vorstellen, als Vogelspinnen zu fangen.

»Weil sonst niemand da ist oder alle schon schlafen oder sonst was. Ich gehe auf jeden Fall nicht in mein Zimmer zurück, solange dieses Vieh da noch sitzt und nur darauf wartet, mich heimtückisch anzuspringen.« Sonja schien es ernst zu sein.

»Okay, ich gehe mir das Monster mal ansehen.«

»Nicht nur ansehen, bitte wegmachen!« Sonja drohte hysterisch zu werden.

»Geh wenigstens mit und zeig mir, wo du das arme Tierchen gesehen hast.« Lucca bequemte sich endlich von der Liege und folgte Sonja durch den Garten. An ihrer Terrassentür blieb Sonja stehen und weigerte sich, auch nur einen Millimeter weiterzugehen.

»Da hinten, im Badezimmer«, war das Einzige, was ihr noch zu entlocken war.

»Dann werde ich mich mal um Tarantula kümmern.« Lucca öffnete die Tür, betätigte den Lichtschalter und zuckte augenblicklich zurück.

Dicht neben ihr, auf dem Toilettenkasten, saß die größte, schwärzeste und behaarteste Spinne, die sie jemals gesehen hatte. Lucca warf die Tür wieder zu und hörte im gleichen Moment, wie die Spinne drinnen auf dem Boden landete.

»Scheiße, die springt tatsächlich!« Lucca drehte sich um und ging zu Sonja zurück, die ihr angstvoll entgegensah.

»Du schläfst heute besser bei mir. Ich gehe da nicht mehr rein!« Sie wies mit schiefem Lächeln zum Bad. »Um das Gerät muss sich Sabine morgen kümmern.«

»Ja, aber ...« Sonja blickte ungläubig hinter ihr her.

»Nichts aber. Entweder nimmst du meinen Vorschlag an oder du trommelst dir eine andere Großwildjägerin aus dem Bett.« Sie wollte nur weg von der Spinne.

»Ist ja gut.« Sonja hatte nicht wirklich etwas einzuwenden und folgte ihr, nachdem sie noch schnell die Flasche Ouzo vom Terrassentisch geangelt hatte.

In ihrem eigenen Zimmer knipste Lucca als Erstes das Licht an und kontrollierte Wände und Decke, bevor sie akribisch das Badezimmer inspizierte. Gott sei Dank, keine weitere Mutantenspinne!

Dann löschte sie die Lichter und kehrte zu Sonja zurück, die es sich auf einer Liege bequem gemacht hatte. Sie hatte ihnen Ouzo eingegossen und reichte Lucca eines der Gläser.

»Wir müssen die Spinne runterspülen. Jamas!« Sonja setzte an und leerte das Glas in einem Zug. Lucca folgte ihrem Beispiel. Sie schüttelte sich kräftig, als der Ouzo ihr in der Kehle brannte.

Inzwischen war es fast dreiundzwanzig Uhr, die Nachtluft strich milde über sie hinweg und die Sterne leuchteten so friedlich, als sei nichts Schlimmes geschehen. Schläfrig wandte Lucca den Kopf, als Zigarettengeruch in ihre Nase drang.

»Da qualmt eine wohl die Kippe davor oder danach.« Wer nur? Lucca konnte sich nicht erinnern, bei einer der Frauen Zigaretten gesehen zu haben. »Weißt du, welche der Mädels raucht?« Sie sah hinüber zu Sonja, erhielt aber keine Antwort. Ihr Übernachtungsgast schlief bereits fest.

Nach einem Gläschen Wein war auch Lucca unter freiem Himmel eingeschlafen. Ihre Gedanken daran, warum Donata allein auf den Felsen geklettert war und wie seltsam es wirkte, dass keine der Wanderinnen den Absturz oder auch nur eine der anderen Frauen gesehen hatte, begleiteten sie ins Land der Träume.

*

Für genau diese Punkte interessierte sich am anderen Tag auch der Herr von der griechischen Polizei.

Lucca war gerade auf dem Weg zum Frühstück, als ihr Sabine mit der Bitte begegnete, dass für den späten Vormittag alle Gästinnen zwecks Befragung zur Verfügung stehen sollten. »Sag mal, kannst du mir sagen, wo Sonja ist? Ich kann sie nirgends finden.«

»Ist sie nicht auf ihrem Zimmer?« Lucca versuchte sich in Arglosigkeit.

»Vor fünf Minuten war sie es auf jeden Fall nicht. Aber vielleicht steht sie ja unter der Dusche.« Sabines lächelte wissend. »Euch muss doch von der Nacht auf den Sonnenliegen der Rücken wehtun!«

So viel zum Thema ›Sabine kannte alle Geheimnisse‹.

»In dem Fall steht sie bei mir unter der Dusche«, räumte Lucca ein. »Denn in ihrem Bad hat sich eine riesige Spinne einquartiert. Es wäre ganz gut, wenn du das Viech ausquartieren könntest. Und zwar dauerhaft.«

»Ich werde mich nach dem Frühstück darum kümmern. Gehst du mit?« Sabine schwenkte zu den profanen Dingen des Lebens über. »Möchtest du auch Spiegeleier? Ich habe auf jeden Fall einen Mordshunger.«

Im Speiseraum trafen sie auf Karin, Silke und Vanessa, die sich ihr Müsli zubereiteten.

»Wo wart ihr eigentlich gestern Abend alle? Als wir hier ankamen, herrschte Totenstille.«

»Treffende Vokabel und voller Tritt ins Fettnäpfchen!« Karin sah Lucca missbilligend an. »Hattest du nach diesem schrecklichen Ereignis eine Party erwartet?«

Lucca hatte nicht vor, auf die moralinsaure Übertreibung einzugehen, als Ruth zur Tür hereinkam und sich sofort angesprochen fühlte.

»Also ich musste gestern Abend allein sein. Habe noch ein Weilchen die Sterne betrachtet und lag tatsächlich früh im Bett.« Sie wirkte völlig unbefangen.

Die Frauen zogen mit ihren Kaffeebechern und Müslischalen nach draußen unter die Pergola. Nur Lucca blieb im Speiseraum zurück.

»Es ist schon sehr interessant, wie unterschiedlich die Menschen auf schreckliche Geschehnisse reagieren.« Sabine nahm die Pfanne vom Herd und schob die Spiegeleier auf Luccas Teller. »Entweder wollen sie essen oder schlafen, oder sie wollen Sex.«

»Ich bin eindeutig für Letzteres.« Lucca sprach leise, um keinen neuen Moralapostel auf den Plan zu rufen.

»Tatsächlich? Gestern Abend hattest du nur Hunger, wenn ich mich recht erinnere.« Sabine antwortete ebenso leise. »Wenn du mit mir ge...«

»Guten Morgen!« Ulrike trat lautstark ein, worüber Sabine wenig erfreut wirkte. Lucca nutzte die Gelegenheit und verschwand schleunigst nach draußen, wo soeben auch Sonja erschien, die weiterhin ihre Sonnebrille auf der Nase trug.

»Was macht eigentlich dein Augen-Make up?«, erkundigte sich Karin.

Lasziv ließ Sonja die Gläser sinken. Ihr blaues Auge nahm inzwischen eine bräunlich-gelbe Färbung an.

»Die Herren werden begeistert sein.« Vanessa schlürfte ihren Tee und sah Sabine entgegen, die zu ihnen unter die Pergola kam.

»Wieso? Erwartest du hier Männer?« Blauauge wusste noch nichts vom angekündigten Besuch der Polizei.

»Die Uniformierten kommen ...« Vanessa verdrehte die Augen. »Ich wollte eigentlich zum Strand! Stattdessen müssen wir jetzt hier warten, bis wir die ganze Geschichte noch mal erzählen dürfen.« Sie zog ein grimmiges Gesicht.

»Die Bullen kommen? Wieso das denn? Machen die immer so einen Aufstand bei einem Unfall?« Sonja sah fragend über den Rand ihrer Sonnenbrille.

»Ich weiß nicht, so etwas ist hier noch nie passiert. Wir hatten es noch nicht mit der Polizei zu tun. Und bei der Polizei von Lykra gibt es bestimmt auch Frauen«, versuchte Sabine sie zu beruhigen.

»Das ist doch völlig egal. Männer, Frauen«, echauffierte sich Ruth. »Kontakte mit der Behörde sind nie angenehm.«

Nachdenkliches Schweigen verbreitete sich unter der Pergola.

»Wie geht es eigentlich Birgit?« Vanessa sprach mit vollem Mund. »Hat sie schon jemand gesehen?«

»Ich war heute Nacht bei ihr. Sie ist sehr gefasst.« Bevor Ruth weitersprechen konnte, öffnete sich eine Zimmertür und Birgit trat heraus. Alle Augen richteten sich auf sie, während Ruth sich erhob und zu ihr hinübereilte.

»Findest du nicht auch, dass sich Ruth bei der armen Hinterbliebenen geradezu unanständig einschleimt?« Lucca sah Sonja angewidert an. Diese antwortete lieber nicht, denn die »arme Hinterbliebene‹ kam direkt auf sie zu und blieb schnuppernd am Tisch stehen.

»Hm, das duftet hier lecker nach Spiegeleiern.« Auf Birgits Gesicht schwebte ein madonnenhaftes Lächeln. »Gibt es noch welche?«

»Ich mache dir gleich frische.« Sabine war sofort aufgestanden, um die Pfanne neu anzuwerfen. Zaghaft setzte Birgit sich auf den frei gewordenen Platz.

»Alles klar?« Silke hob eine Augenbraue und setzte ihren medizinischen Blick auf.

»Ja, danke«, antwortete Birgit wie ein Sprechapparat.

Lucca überlegte angestrengt, wie sie hier wegkäme und sich die Zeit bis zur Ankunft der Beamten vertreiben könnte, als sie ein Motorengeräusch hörte.

»Ich glaube, es geht gleich los mit den Interviews.« Sie stand auf und trat um die Hausecke. Noch war nichts zu erkennen, doch das Geräusch wurde immer lauter.

Tatsächlich rollte ein Polizeiwagen auf den Parkplatz und wurde im Schatten der Mauer geparkt.

»Doppelte Ladung Testosteron, Ladies.« Lucca lehnte sich auf ihrem Stuhl zurück und verschränkte die Arme hinter dem Kopf.

Sabine nahm die beiden Beamten in Empfang und führte sie zum Speiseraum, wo die Befragung stattfinden sollte.

»Ich hole mir noch schnell einen Kaffee. Wer weiß, wann wir dort wieder ungehinderten Zugang haben.« Sonja sah Lucca an. »Möchtest du auch noch was?«

»Kaffee wäre prima.« Lucca reichte ihr lächelnd die Tasse.

Wie auf ein geheimes Kommando erschienen Larissa und Luise gerade in dem Moment, als Sabine mit den Polizisten um die Ecke bog.

»Oh, sehr schön. Alle Gästinnen haben sich bereits versammelt.« Sabine sah die Männer an. »Sie können also sofort anfangen. Je eher es losgeht, desto eher kehrt im Artemis wieder Ruhe ein.« Sie verbarg ihre Unruhe hinter einem unschuldigen Lächeln.

Einer der Männer trat einen Schritt vor. »Guten Tag, meine Damen. Mikis Theodopulos. Kriminalpolizei in San Ioannis.« Seine schwarzen Augen musterten die Frauen ungeniert. »Das ist mein Kollege Nikitos Dariakos«, er wies auf seinen Begleiter, der etwas abseits stand. »Ich habe noch einige Fragen und hoffe, ähnlich wie Sie«, damit sprach er Sabine an, »dass wir bald fertig sein werden und Sie Ihren Urlaub auf unserer wunderbaren Insel ungestört fortsetzen können.« Er sah sich um. »Wo ist das Zimmer?«

Sabine führte Theodopulos, der sich nicht mit Smalltalk aufhalten zu wollen schien, in den Speiseraum. Sein Kollege trottete hinterdrein.

Die Frauen sahen sich fragend an.

»Ich bin ja mal gespannt, was das wird.« Larissa fasste nach Luises Hand.

KAPITEL 3

»Fangen wir doch gleich mit Ihnen an, Frau Lohmann. Setzen Sie sich bitte.« Mikis Theodopulos wies auf einen Stuhl. Er bemerkte augenblicklich, wie sehr es die Hotelbesitzerin unangenehm berührte, dass ein Fremder ihr im eigenen Hause den Platz zuwies.

Sabine versuchte, sich nichts anmerken zu lassen, und blickte ihn möglichst gelassen an. »Ist es üblich, dass sich die Kriminalpolizei mit Unfällen befasst?«

»Frau Lohmann.« Theodopulos' Stimme klang, als spräche er mit einem kranken Kind. »Dieser Unfall, wie Sie es nennen, ist deshalb ein Fall für meine Ermittlungsbehörde, weil es in den Bergen aufgrund von Drogenkämpfen in letzter Zeit immer wieder zu sogenannten Unfällen kommt. Und vielleicht«, er lächelte süffisant, »vielleicht ist ja eine Ihrer Damen als Kurier unterwegs.«

»Oder mehrere«, rutschte es Sabine heraus, »und sie haben nichts Besseres zu tun, als sich gegenseitig von Felsen zu schubsen.«

»Sie sagen es.« Der Kommissar grinste schmierig.

Sabine sah unwillkürlich auf sein Haar, das mit Olivenöl getränkt zu sein schien und ihm glänzend am Kopf klebte.

»Sie waren diejenige, die die Ambulanz informiert hat?«

»Ja.«

»Nun, gestern ging es vor allem um die Bergung der Leiche, daher wurden lediglich die Personalien aller Damen aufgenommen. Heute interessiert uns der genaue Unfallhergang.« Er blickte ausdruckslos auf einen Punkt an der Wand. »Was können Sie uns dazu sagen?« Jetzt sah er ihr unvermittelt in die Augen.

»Nicht viel, fürchte ich.« Sabine ließ sich von seinen Spielchen nicht beeindrucken. »Wir waren auf einer Wanderung unterwegs, die ich regelmäßig für die Gästinnen dieses Hotels anbiete.« Sie sah ihn freundlich an. »Wir hielten uns selten alle an einem Ort gleichzeitig auf, die Gruppe teilte sich immer wieder in kleinere Grüppchen, Paare oder auch Einzelpersonen.« Sie kramte einen Moment in ihrer Erinnerung. »Als ich den Schrei hörte, bückte ich mich gerade zu Melina herab. Sie hatte sich einen kleinen Stein zwischen die Zehen getreten und humpelte.«

»Melina?«

»Ja, meine Hündin begleitete uns.«

»Wer war sonst bei Ihnen?« Theodopulos klang gelangweilt.

»Meine Freundin Ulrike. Sie hielt Melina fest, damit ich das Steinchen entfernen konnte.« Nachdem sie den fragenden Blick Theodopulos' gesehen hatte, fügte sie hinzu: »Roleder. Ulrike Roleder.«

»Haben Sie gesehen, wie es zu dem Absturz gekommen ist?« Er machte sich Notizen.

»Nein. Ich hatte nicht mal gesehen, dass Donata ...« Sabine machte eine winzigkleine Pause, »dass Frau Lorch auf den Felsen geklettert war.« Sie zuckte bedauernd mit den Schultern.

»Lebte Frau Lorch noch, als Sie sie fanden?«

»Nein.« Sabine schauderte leicht bei der Erinnerung. »Unter den Frauen sind auch eine Medizinstudentin und eine Krankenschwester. Sie stellten den Tod direkt nach dem Absturz fest.«

Theodopulos sah zu seinem Kollegen, der sich in eine

Ecke gesetzt hatte und das Protokoll schrieb. »Kannten Sie Frau Lorch gut?«

»Gut kennen ist übertrieben. Wie ich eben Gästinnen kenne, die schon einige Male hier waren.« Sie blickte den Polizeibeamten ausdruckslos an.

»Gab es dabei bisher irgendetwas Auffälliges?« Theodopulos schien aufzuwachen.

»Ich verstehe nicht, was Sie meinen.«

»Kam es zum Beispiel einmal zu einem Streit zwischen Frau Lorch und einer anderen Frau? Besuchte sie schon bei ihren früheren Aufenthalten öfter den Teil des Gebirges, an dem sie nun starb? Etwas in der Art, Frau Lohmann.« In der Stimme des Fragers schwang leichte Ungeduld mit.

»Nein. Nicht dass ich wüsste.« Sabine schaute ihm geradewegs in die Augen.

»Ist Frau Lorch allein gereist? Hat sie sich mit jemandem getroffen?«

»Sie hat mit Birgit Krantz gemeinsam Urlaub gemacht.«

»Dann habe ich keine weiteren Fragen mehr an Sie.« Theodopulos schlug eine neue Seite seines Notizheftes auf. »Schicken Sie uns doch bitte Frau Krantz herein.«

*

Alle sahen Sabine gespannt entgegen, keine der Frauen hatte ihren Platz unter der Pergola aufgegeben.

»Er möchte dich sprechen, Birgit.« Sabine blieb am Tisch stehen.

»Gern.« Birgit stand auf und verschwand im Speiseraum, ohne dass ihr Madonnenlächeln sie verlassen hatte.

»Und? Wie war's?« Ulrike sah besorgt aus. »Was wollte er von dir hören?«

»Er wollte genau wissen, wo ich war und was ich gemacht habe, als Donata abstürzte. Ich habe ihm gesagt, was ich wusste.« Sabine sah Ulrike lange an, dann fuhr sie fort: »Jetzt werde ich mich um die Spinne in deinem Bad kümmern, Sonja.« Sie drehte sich um und setzte sich umgehend in Bewegung.

»Bei dir ist sie jetzt?« Ruth sah interessiert auf. »Gestern war sie bei mir.«

Sonja runzelte die Augenbrauen. »Du hättest uns ruhig vor diesem Monstrum warnen dürfen. Vielleicht ist das Vieh ja giftig!« Der Ärger war ihr deutlich anzuhören, traf bei Ruth aber auf wenig Verständnis.

»Reg dich nicht so auf! Sabine kümmert sich drum!«

»Du scheinst nicht zu verstehen, dass für Sonja die Begegnung mit der Spinne gestern Abend kein Spaß war«, mischte Lucca sich erstaunt ein.

»Prämenstruelles Getue! Das legt sich wieder.« Ruth griff unbeeindruckt zu ihrer Kaffeetasse.

*

Birgit stand schüchtern lächelnd vor Mikis Theodopulos, der bei ihrem Anblick an ein kleines Schulmädchen denken musste. Zu seiner Überraschung empfand er nicht den Wunsch, sie zu beschützen. Seine Hand wies auf den Stuhl, auf dem vor wenigen Minuten noch Sabine Lohmann gesessen hatte.

»Nehmen Sie bitte Platz. Frau …?« Er blickte sie fragend an.

»Krantz. Birgit Krantz.« Ihre Stimme war fest und klar.

»Frau Krantz, Sie sind in Begleitung von Frau Lorch nach Lykra gekommen?«

»Ja.«

»In welcher Beziehung stehen Sie zueinander?« Er blickte sie abschätzend an.

»Standen, meinten Sie wohl.« Birgits Stimme gewann überraschend an Kälte.

»Natürlich, standen.« Theodopulos war erstaunt über die Frau, die da vor ihm saß und so ganz anders zu sein schien, als er noch vor wenigen Augenblicken fest geglaubt hatte.

»Wir waren ein Paar«, sie tupfte sich kurz über die Augen, »ein Liebespaar.«

»Seit wann waren Sie ein ... hm«, er räusperte sich, »zusammen?« In der Vorstellung lag etwas, das Theodopulos unangenehm berührte.

»Fast genau ein Jahr. Wir haben uns letzten Sommer hier kennengelernt.« Sie lächelte verklärt und schien innerlich weit fort zu sein.

»Erzählen Sie mir von Ihrem gestrigen Ausflug.« Er blätterte in seinem Notizheft.

»Da gibt es nicht viel zu erzählen. Wir waren in der Schlucht unterwegs und dann stürzte Donata ab.« Birgit sah in bester Katzenmanier knapp an ihm vorbei; ihre Augen füllten sich mit Tränen.

»Haben Sie Ihre Freundin auf den Felsen begleitet?« Theodopulos hob den Blick.

»Nein, ich war nicht mit dort oben.« Es entstand eine kleine Pause. »Ich wollte nicht mit hochklettern, mir war es viel zu heiß für so eine Kletterpartie.«

»Hat Frau Lorch den Aufstieg zu diesem verborgenen Plateau zufällig gefunden?«

»Soviel ich weiß, war sie bei vorherigen Besuchen schon einmal da oben. Ob sie damals allerdings mit einer ortskundigen Begleitung dort war, kann ich Ihnen nicht sagen.« Birgit blickte ihn an. »Könnte ich wohl ein Glas Wasser bekommen?«

»Sie kennen sich hier vermutlich aus. Wenn es Ihnen also nichts ausmacht, bedienen Sie sich selbst.« Theodopulos wies zum Buffet und sah seinen Kollegen strafend an, der schon auf halbem Wege gewesen war, etwas zu trinken zu holen.

Birgit erhob sich langsam, ließ Wasser in ein Glas laufen und kehrte damit wieder an ihren Platz zurück.

»Haben Sie den Absturz gesehen?« Theodopulos nahm den Faden wieder auf.

»Nein. Ich hörte nur ihren entsetzlichen Schrei und ein schreckliches Geräusch, als sie auf dem Boden aufschlug. Es war furchtbar.« Sie erschauerte.

»Woher wussten Sie, dass es Ihre Freundin war, die da schrie? Sie haben sie doch gar nicht gesehen. Es hätte also auch eine der anderen Frauen sein können.« In den Tonfall des Kommissars schlicht sich etwas Lauerndes.

»Wenn Sie so mit jemandem verbunden sind, wie Donata und ich es waren, dann spüren Sie die kalte Hand des Todes, wenn er nach dem geliebten Menschen greift.«

Theodopulos verdrehte die Augen und kämpfte gegen den Impuls, über diese schwülstige Formulierung in Lachen auszubrechen, während ihn Birgit überaus ernsthaft ansah.

»Aber natürlich haben Sie recht: Ich *wusste* es erst, als ich sie dort liegen sah. Zuvor habe ich lediglich *befürchtet*, dass *sie* es gewesen sein könnte, die geschrien hat.« Sie hielt seinem Blick Stand.

»Haben Sie sich in Ihrer ... äh, Beziehung gut verstanden?« Theodopulos schluckte und sah vorsichtshalber nicht zu seinem Kollegen, der den Kopf tief über seine Notizen gebeugt hielt.

Birgit, die mit dieser Frage offensichtlich nicht gerechnet hatte, zuckte leicht zusammen. Mikis Theodopulos nahm die kleine Unsicherheit sofort wahr und hakte nach. »Haben Sie miteinander gestritten?«

»Nein.« Sie hatte sich wieder unter Kontrolle.

»Nie?« Der Polizeibeamte sah sie spöttisch an.

»Nicht mehr als andere Leute auch.« Birgit blieb eisern.

»Und hatten Sie gestern auf der Wanderung oder vielleicht vorher einen dieser Nicht-mehr-als-andere-Leute-auch-Streits?« Er lächelte provozierend.

»Nein.«

»Wer war bei Ihnen, als Ihre Freundin über die Klippe ging?« Theodopulos spürte eine steigende Abneigung gegen diese Frau, die sich als Mäuschen verkaufte, und empfand das dringende Verlangen, sie mit Härte aus der Reserve zu holen. Aus dem Augenwinkel sah er, dass Dariakos alarmiert den Kopf hob.

»Sie haben eine merkwürdige Art, sich auszudrücken, Herr … Polizist. Sollten Sie etwa ein Problem mit meiner Lebensform haben?«

»Frau Krantz, beantworten Sie bitte einfach nur meine Frage. Wer war bei Ihnen?«

»Niemand. Ich war allein. Da ich mich nicht ganz wohl fühlte, habe ich mich auf einen umgestürzten Baum im Bachbett gesetzt und gewartet, dass Donata zurückkommt.«

»Waren Sie krank?« Theodopulos versuchte, sich ein Bild zu machen.

»Nein, ich bin vorgestern in der Dusche ausgerutscht und unglücklich aufgeschlagen. Ich hatte noch leichte Schmerzen und wollte mich erholen.« Birgit widerstand dem Impuls, sich an die Rippe zu fassen, die auch jetzt noch bei jedem Atemzug höllische Schmerzen verursachte. Schmerzen, die allerdings nicht im Entferntesten auf eine misslungene Duschaktion zurückzuführen waren …

»Wo hielten sich die anderen Damen aus Ihrer Wandergruppe zu dem Zeitpunkt auf?« Er lehnte sich zurück und beobachtete sie unter halbgeschlossenen Lidern.

»Ich weiß es nicht. Ich habe die anderen erst wieder gesehen, nachdem das tragische Unglück geschehen war.«

»Hatte Frau Lorch einen besonderen Grund, diesen Ausflug mitzumachen?«

»Ich verstehe nicht, was Sie meinen.« Birgit sah ihn mit großen Augen an.

»Wollte sie jemanden treffen?«

»Jemanden treffen? In der Schlucht?« Birgits Stimme war ein einziges Fragezeichen.

»Ja, vielleicht kannte sie Leute, mit denen sie sich dort treffen wollte.«

»Sie hatte keinerlei Kontakte außerhalb des Hotels. Davon hätte ich gewusst.«

Birgits Miene verriet, dass sie überlegte, was sich hinter dieser Frage verbergen mochte.

»Wann wollen Sie abreisen?« Theodopulos starrte wieder auf seinen Notizblock.

»Sobald Sie den Leichnam freigeben. Ich werde Donata mit nach Hause nehmen.« Ihre Augen fixierten ihn. »Wann wird Ihre Untersuchung abgeschlossen sein?«

»Wir warten noch auf den Bericht des Pathologen.« Den er in seiner vorläufigen Form bereits in der Tasche hatte, aber das ließ er unerwähnt. »Ich hoffe, dass wir den Fall am Wochenende zu den Akten legen können. Noch eine letzte Frage. Welchen Beruf üben Sie aus, Frau Krantz?«

Birgit sah ihn erstaunt an. »Ich habe in Psychologie promoviert und arbeite in einer Werbeagentur.«

»Dann wissen Sie ja, wie man Leute einseift, Frau Doktor Krantz.«

»So, wie Sie es sagen, hört sich das direkt unanständig an.« Sie lächelte überheblich. »Ich nehme es aber gern als Kompliment.«

»Sie können jetzt gehen. Da wir nun alphabetisch vorgehen, schicken Sie uns doch bitte …« Er blickte fragend zu Dariakos.

»… Frau Bork«, ergänzte dieser prompt.

»Gern. Auf Wiedersehen.« Birgit stand auf und schob ordentlich den Stuhl unter den Tisch, ehe sie ging.

Als sie draußen war, wandte sich Theodopulos an seinen Kollegen. »Komisches Weib, kalt wie eine Hundeschnauze.«

*

Birgit blieb vor Lucca stehen. »Du bist dran.«

Sie lächelte nicht mehr.

Lucca sah auf ihre Armbanduhr. Die Sache mit diesen Polizisten zog sich wie Kaugummi. »Das kann ja heute ein langer Tag werden. Na, dann mal los!« Sie erhob sich und nahm die Treppe zum Speiseraum mit einem Satz. Dabei glaubte sie im Augenwinkel einen seltsamen Blick von Ruth aufzufangen und wandte sich ihr zu. »Ist irgendwas?«

»Nein, was soll sein? Außer, dass ich auf so ein Urlaubsevent der besonderen Art liebend gern verzichtet hätte!«

»Das geht uns wohl allen so. Aber du wirkst schon seit Tagen ziemlich gereizt. Hast du was?«, setzte Vanessa mit ihrer Frage noch eins oben drauf.

»Blödsinn«, knurrte Ruth sichtlich verärgert. »Ich dachte, die Fragen stellen die dort drinnen!«

*

Als Lucca den Speiseraum betreten hatte, blieb sie lässig am Tisch stehen.

»Nehmen Sie Platz, Frau Bork. Ich darf uns noch einmal vorstellen: Mikis Theodopulos, mein Kollege Nikitos Dariakos. Er schreibt freundlicherweise das Protokoll.«

»Schön.« Lucca drehte sich um und lächelte Dariakos an. »Ich kenne ausnahmslos freundliche Herren mit Ihrem Vornamen.«

Dariakos grinste tatsächlich zurück und erntete dafür von Theodopulos einen abmahnenden Blick.

»Was kann ich für Sie tun?« Lucca zog den Stuhl so, dass sie beide Männer sehen konnte, setzte sich und blickte von einem zum anderen. »Ich kann Ihnen übrigens gern die Fotos zur Verfügung stellen, die ich gestern an der Absturzstelle gemacht habe.«

»Vielen Dank, Frau Bork, aber wir erledigen unsere Arbeit gern selbst; wir sind nicht auf Amateure angewiesen. Ein Polizeifotograf war vor Ort.«

Lucca glaubte, seine raumfüllende Arroganz mit Händen greifen zu können. Ihre Kooperationsbereitschaft sank augenblicklich auf den Nullpunkt. »Ganz wie Sie meinen. Wenn Sie sich mit Polaroids zufrieden geben wollen ...« Sie als Amateurin zu bezeichnen, kam einer Beleidigung gleich. Theodopulos hatte entweder die Meldeliste des Hotels nicht eingesehen und daher keine Ahnung, wen er vor sich hatte, oder aber er wollte sie absichtlich provozieren. Lucca konnte sich nicht vorstellen, dass er seine Hausaufgaben nicht gemacht und nicht recherchiert hatte, was für Frauen zur Zeit hier im Artemis ihren Urlaub verbrachten. Vielleicht kam der Mann auch einfach nicht mit so viel Frauenpower zurecht ...

»Schildern Sie uns bitte die Ereignisse in der Schlucht.« Theodopulos gab sich kühl.

»Ich war mit Vanessa unterwegs, als ...«

»Nachname?«, bellte der Kommissar, was Lucca leicht zurückzucken ließ.

»Keine Ahnung. Wir haben uns nicht mit Nachnamen, Berufen und Titeln vorgestellt. Das ist hier nicht nötig, Herr Theodopulos.« Lucca lächelte dezent.

»Bitte weiter.«

Lucca sah den Beamten einen Moment schweigend an, bevor sie fortfuhr. »Also, ich war mit Vanessa Soundso unterwegs, deren Namen ich Ihnen jetzt nennen würde, wenn er mir bekannt wäre, und bin dann auf ein Plateau gestiegen, auf das mich Vanessa Meier-Schulze-Schmitz-oder-wie-auch-immer nicht begleiten wollte, sondern es vorzog, unten zu warten.« Sie machte eine Kunstpause. »Dann hörte ich den Schrei und bin wieder runtergeklettert.«

»Und da erwartete Sie Frau Müller?«

Also wusste er den Namen ganz genau. Lucca fand das Gebaren des Polizisten befremdlich. »Nein. Niemand erwartete mich da. Zuerst war weit und breit keine Menschenseele zu sehen, dann begegnete mir Ruth, deren Nachnamen ich Ihnen jetzt ebenfalls sagen würde, wenn ich ihn wüsste.« Sie lächelte schief. »Wir suchten gemeinsam die anderen und fanden sie schließlich am Fuß der Felswand, vor der Toten.« Lucca zuckte mit den Schultern. »Das war's, mehr kann ich Ihnen nicht sagen.«

»Überlassen Sie bitte mir die Entscheidung, ob ich noch Fragen habe oder ob unser Gespräch beendet ist.« Theodopulos' schwarze Augen versprühten Gift. Offenbar war dieser Frau noch nicht ganz klar, wer hier das Sagen hatte!

Lucca nahm sich vor, sich nicht mehr provozieren zu lassen. Sie würde nur noch das sagen, was sie unbedingt sagen musste, keine einzige Silbe mehr.

»Kannten Sie Frau Lorch oder eine der anderen Frauen aus Deutschland oder von einem früheren Urlaub?«

»Wenn Lorch der Nachname von Donata ist, dann lautet die Antwort: nein.« Lucca sah zu Dariakos hinüber, der von der Beschäftigung mit seinem Notizblock völlig gefangen genommen zu sein schien.

»Hatten Sie oder eine der anderen Frauen Streit mit der Toten?« Theodopulos kniff die Augen zusammen.

»Nein.« Sollte er doch selbst drauf kommen, statt seine

Arbeit von Amateuren machen zu lassen! Lucca wollte nicht zeigen, wie genervt sie mittlerweile war.

»Haben Sie etwas Auffälliges oder Ungewöhnliches in der Schlucht beobachtet?«

Sie schüttelte nur stumm den Kopf.

Theodopulos war sich im Klaren darüber, dass er es sich mit Lucca gründlich verscherzt hatte.

»Dann schildern Sie uns doch jetzt bitte noch einmal von vorn, was genau Sie vor dem Absturz von Frau Lorch gemacht haben.«

Lucca starrte ihn wütend an. Plötzlich bemerkte sie eine Bewegung hinter seiner Schulter. Die Klinke der Tür, die den Speiseraum mit dem Wellnessbereich verband, senkte sich. Dann öffnete sich die Tür einen winzigen Spalt breit. Lucca hielt den Atem an, aber weder Theodopulos noch Dariakos schienen etwas bemerkt zu haben.

»Frau Bork, ich warte auf Ihre Schilderung.« Theodopulos trommelte mit den Fingern auf die Tischplatte.

»Entschuldigung.« Lucca behielt die Tür im Auge, die sich jedoch nicht weiter öffnete. »Was wollten Sie wissen?«

»Was Sie vor dem Absturz von Frau Lorch taten.«

»Noch einmal von vorn?« Lucca fragte betont unbeteiligt.

»Wenn es möglich wäre.« Theodopulos blickte sie auffordernd an. »Vielleicht fällt Ihnen ja noch etwas ein.«

Lucca atmete tief durch. »Okay. Also wir waren auf einer Wanderung durch den Zauberwald, ich bin auf ein Plateau geklettert, habe einen Schrei gehört und sah kurze Zeit später die Tote.«

»Gerade haben Sie gesagt, dass Sie in Begleitung von Frau Müller waren, die Sie am Fuß des Plateaus zurückgelassen hatten. Was denn jetzt?« Theodopulos äugte unverschämt zu ihr herüber. »Was entspricht nun der Wahrheit?«

Lucca begann von Neuem, verhaspelte sich aber, als sie sah, dass der Türspalt immer noch offen stand, und verlor dabei augenblicklich den Faden. Schließlich musste sie mehrmals von vorn beginnen, weil sie irgendein Detail ausgelassen hatte. Am Ende war sie um das Wissen reicher, wie es zu einem falschen Geständnis kommen konnte – als Theodopulos sie endlich entließ, glaubte sie fast schon selbst daran, Donata eigenhändig vom Felsen gestoßen zu haben.

»Danke. Ich möchte jetzt Frau Braun sprechen.« Der Kommissar lächelte ironisch und betonte die nächsten Worte übertrieben. »Frau *Silke* Braun.«

Damit war Lucca entlassen. Sie hievte sich vom Stuhl und tat einen Schritt nach vorn, aber dann entschied sie sich anders. Kurzerhand verließ sie den Raum durch die Tür zum Wellnessbereich und schloss sie fest hinter sich. Draußen lehnte sie sich gegen das Holz und atmete tief durch. Was auch immer sie hier erwartet hatte – der schmale Flur war ausgestorben, kein Mensch weit und breit.

*

»Herrje, ist das ein Idiot!« Lucca kochte vor Wut. »Mein Mitgefühl, Silke. Frau *Silke* Braun«, äffte sie Theodopulos nach. »Der Herr Kommissar möchte Sie sprechen!« Sie erntete amüsierte Blicke, während Silke der Aufforderung Folge leistete und im Haus verschwand.

»Hat er dir Stress gemacht?« Ruths Stimme hätte mitfühlend klingen sollen, tat es aber nicht.

»Ich will nicht mehr an ihn denken.« Lucca sah sich nach Sonja um. »Ich könnte einen Ouzo vertragen, Blue-Eye.« Sie verdrehte die Augen.

Sonja tätschelte ihr tröstend die Hand. »Wenn du noch einmal auf mein Veilchen anspielst, kriegst du nie wieder Ouzo von mir.«

»Wenn du mir nur den Ouzo vorenthalten willst, geht es ja noch ...!« Lucca bemerkte, dass Ruth die Flachserei argwöhnisch verfolgte.

»Na, Ruth, auch Lust?«, fragte sie forsch.

»Ich kann mich beherrschen!«, war die entrüstete Antwort.

»Okay, okay. Hey, aber du wirst doch hoffentlich meine Gelüste mit mir teilen?« Einladend grinste Lucca Sonja an und machte sich, ohne eine Antwort abzuwarten, auf den Weg, die Gläser zu holen.

Sonja versuchte sich an einem möglichst gleichgültigen Gesichtsausdruck und sah unschuldig zu Sabine hinüber, die sie aufmerksam musterte.

Als Lucca mit den Gläsern zurückkehrte, stieß auch Silke wieder zu ihnen, deren Befragung sehr kurz ausgefallen war.

»Wer von euch heißt Manderscheidt?« Silke sah in die Runde.

»Luise.« Sabine sah sich um. »Wo ist sie?«

»Sortiert vielleicht ihre Flechten.« Lucca schenkte Ouzo ein.

»Aber ich meine, ich hätte sie vor kurzem noch mit Larissa gesehen.« Sabine sah sich irritiert um und stand auf. »Ich gehe sie holen.«

Dariakos erschien im Innenhof. »Ist eine von Ihnen Frau Manderscheidt?«

Sonja wies sich mit dem Daumen über die Schulter. »Sie wird gerade geholt.«

Dariakos spähte in die angegebene Richtung, aus der im selben Moment Sabine zurückkehrte.

»Also, das verstehe ich nicht.« Sie bog eine ausladende Palme zur Seite. »In ihrem Appartement scheinen sie nicht zu sein. Ich habe laut geklopft, aber alles blieb still.« Ratlos sah sie Dariakos an.

»Die Damen wussten doch, dass sie sich für die Befragung

bereithalten sollten?« Theodopulos war nun auch aufgetaucht. Die Ungeduld stand ihm ins Gesicht geschrieben.

»Ja, ja, natürlich.« Sabine war die Situation offensichtlich unangenehm.

»Welches Appartement hat Frau Manderscheidt?«

»Nummer 5.«

Theodopulos gab seinem Kollegen ein Zeichen, der sich daraufhin in Bewegung setzte. »Nun gut, dann fahre ich in der Zwischenzeit mit Frau ... Frau Wader fort. Larissa Wader«, fügte er hinzu und sah noch einmal zweifelnd auf seinen Block.

»Die ist auch nicht da.« Sabine ruderte aufgeregt mit den Armen.

»Vielleicht bringen sie ja ihre Flechtensammlung in ein sicheres Versteck. Oder ...« Lucca kam nicht dazu, ihren Satz zu beenden, denn Sabine hob Einhalt gebietend die Hand. »Herr Theodopulos, ich kann mir das Verschwinden der beiden ehrlich gesagt nicht erklären.« Sie schien sich persönlich verantwortlich zu fühlen.

»Wir können sie suchen gehen. Vielleicht sind sie im Pool oder auf dem Tennisplatz.« Ulrike erhob sich lahm.

»Au ja, ein Einsatz à la ›Drei Engel für Charly‹ oder ›Mit Schirm, Charme und Flechte‹.«

Theodopulos ignorierte Luccas Frotzeleien und vertiefte sich in seine Notizen. In diesem Moment kam Dariakos atemlos aus dem Garten zurück und schüttelte den Kopf.

»Vielleicht haben wir ja mit Frau Sommer mehr Glück.« Theodopulos sah mit zusammengekniffenen Augen in die Runde.

Ruth stand betont langsam auf und folgte den beiden Beamten in den Speiseraum.

»Was haben die denn überhaupt so viel zu fragen? Ich verstehe den ganzen Aufwand nicht.« Ulrike fuhr sich nervös übers Gesicht.

»Offenbar bezweifeln sie, dass es ein Unfall war.« Sonja sprach offen aus, was alle dachten.

»Das fehlte uns gerade noch: Mord und Totschlag im Artemis!« Ulrike raufte sich die Haare.

*

»Haben Sie den Sturz beobachtet, Frau Sommer?« Theodopulos sehnte seinen Feierabend herbei, obwohl die Mittagszeit erst knapp überschritten war.

»Nein. Ich hörte nur den Schrei. Als ich mal für kleine Mädchen war.«

Theodopulos sah sie fragend an.

»Ich musste pinkeln.« Ruth lächelte harmlos.

»Waren Sie dabei allein? Oder in Begleitung?« Er traute diesen Frauen inzwischen alles zu.

Sie lachte laut auf. »Selbstverständlich war ich allein!«

»Wo waren die anderen Damen zu dem Zeitpunkt?« Theodopulos schielte hoffnungsvoll auf seine Armbanduhr. Vielleicht hatte die Zeit ja ein Einsehen mit ihm und tat einen Sprung?

»Sabine und Ulrike waren gemeinsam unterwegs. Silke und Karin habe ich nicht gesehen.« Sie dachte nach. »Larissa habe ich nach Luise rufen hören, dass sie ihr etwas Sensationelles zeigen müsse.« Sie überlegte weiter. »Donata schien sich über Birgit zu ärgern, ich konnte aber nicht hören, worum es ging. Es interessierte mich auch nicht sonderlich, muss ich sagen.« Ruth legte eine Pause ein und sah grüblerisch zur Decke. »Wo die anderen waren, weiß ich nicht. Die Gruppe war ziemlich auseinandergerissen.«

Theodopulos überging den Hinweis auf einen Streit so kurz vor dem Absturz, ließ auch das Konglomerat von

Vornamen unkommentiert und fragte stattdessen: »Kannten Sie Frau Lorch näher?«

»Ich? Nein.« Ruth untersuchte ihre Fingernägel.

»Waren Sie ihr vorher schon einmal begegnet? Hier oder in Deutschland?«

»Sie war auch hier, als ich im letzten Jahr meinen Urlaub im Artemis verbrachte, aber ich wollte sie nicht näher kennenlernen. Sie war mir unsympathisch, ich mochte sie nicht.« Ruth sah von ihren Händen auf und geradewegs in schwarze Augen, die fest auf sie gerichtet waren.

»Wer mochte das Opfer denn ebenfalls nicht?« Theodopulos fühlte ein erwartungsvolles Kribbeln.

»Ach, es hat Spannungen zwischen ihr und Lucca gegeben und ihre Freundin Birgit ist von Donata auch nicht immer nur toll behandelt worden.« Ruth blickte völlig unbeteiligt, während sie den Fokus auf die anderen beiden verschob.

»Wie sahen die Spannungen zwischen Frau Lorch und Frau Bork aus?« Die Augen des Kommissars glänzten.

»Sie konnten sich ganz offensichtlich nicht leiden. Zwei Mal kam es sogar zu handfesten Auseinandersetzungen. Hier und in der Solokos-Schlucht.« Ruth schien sich nichts dabei zu denken, diese Information an den Mann zu bringen. »Birgit wurde von Donata manchmal behandelt wie ein Fußabtreter. Also, ich fand das ausgesprochen unangemessen.«

»Fußabtreter?« Theodopulos' Stimme klang schneidend.

»Ja, Donata beschimpfte sie und demütigte sie im Beisein anderer Frauen.« Sie verzog den Mund. »Na ja, wem's gefällt.«

»Hat Frau Krantz sich nicht dagegen gewehrt?« Theodopulos hatte noch sehr genau deren Befragung vor Augen.

»Zumindest nicht in meinem Beisein. Da hat sie eigentlich immer nur gelächelt.« Ruths Augen glitzerten.

»Danke, Frau Sommer. Sie können gehen.«

»So, so«, murmelte Dariakos, als Ruth den Raum verlassen hatte. »Es hat kurz vor dem Sturz also doch Streit gegeben. Warum hat uns Frau Doktor Krantz nichts davon erzählt?«

Sein Chef strich sich über das ölige Haar. »Wir hören für heute auf, Dariakos, und sichten die Aussagen. Dann machen wir morgen weiter.«

Dariakos stand eilig auf und packte seine Notizen ein. »Mit Verlaub, aber ich halte es für reine Zeitverschwendung, diesen Touristinnen weiter den Urlaub zu vermiesen. Hier haben wir weder Drogenkuriere noch Totschlägerinnen.«

Mikis Theodopulos quittierte den Einwand mit einem müden Lächeln.

*

»Meine Güte, welch ein Zwergenaufstand!« Lucca reckte die Glieder, nachdem Theodopulos ihnen noch einen schönen Tag gewünscht hatte und mit seinem Begleiter Richtung Parkplatz davongerauscht war.

»Morgen müssen wir uns den Mist noch mal antun und hier stundenlang unsere kostbare Ferienzeit verplempern?« Karin stand entnervt auf. »Ich brauche jetzt eine Kippe!«

»Sie raucht?« Lucca sah der Davoneilenden erstaunt nach.

Silke, die nur zu genau wusste, bei welchen Gelegenheiten Karin sonst nach ihren Zigaretten griff, überhörte die Frage geflissentlich. »Mädels, ich ziehe mich auch dezent zurück. Sehen wir uns zum Essen?«

»Ich habe noch keinen Plan für den Tag. Irgendwie fühle ich mich total zerschlagen. Das spricht dafür, dass ich zu Irini gehen werde. Vielleicht sehen wir uns da?« Lucca streckte sich erneut. »Oder danach hier im Hotel?«

Silke hob die Hand und marschierte ab.

Ruth und Ulrike schlugen angesichts der Lage vor, die Weinrunde ausnahmsweise bereits am frühen Nachmittag auf Ruths Terrasse zu eröffnen. Ulrike blickte Lucca erwartungsvoll an, doch die schüttelte nur den Kopf. »Nee, danke. Ich brauche jetzt Bewegung.« Sie musste raus aus dem Artemis, etwas anderes sehen und erleben als die Tristesse des bisherigen Tages.

»Am liebsten würde ich noch schwimmen gehen. Kommt du mit?« Sonja legte den Kopf schief und lächelte gewinnend. »Lass uns zum Strand fahren.«

Sie musste nicht lange auf Antwort warten.

»Ich hole mein Handtuch!«

KAPITEL 4

»Was für ein Tag«, seufzte Lucca und legte sich so dicht ans Wasser, dass die Wellen sanft ihre Beine umspülen konnten.

Sonja setzte sich neben sie in den Sand und blickte aufs Meer hinaus.

»Du siehst mit deinem Veilchen irgendwie possierlich aus. So wie der Hund bei den Kleinen Strolchen.« Lucca drehte sich auf die Seite, stützte den Kopf auf die Faust und grinste.

»Selten so gelacht!« Sonjas ließ ihre Hände wie Hundeohren wedeln, was wiederum Lucca zum Lachen brachte.

»Komm, Beauty, stürzen wir uns in die Wellen und ramponieren deinen restlichen Körper auch noch.« Sie stand auf. »Übrigens, tolles Fell ... das du da nicht hast.« Sie grinste von einem Ohr zum anderen. Der Nackbadestrand von Limni bot eine prächtige Aussicht, nicht nur aufs Meer.

»Mir ist schon aufgefallen, dass du dich sehr für meine Intimrasur interessierst!« Sonja grinste ebenfalls und blickte langsam an Lucca hoch.

»Ja, da wo ich herkomme, tragen sie ein dichtes Haarkleid, so wie ich. Ich bin ein Tier, ich will es sein.« Damit warf sich Lucca aufjaulend ins Wasser, um bald wieder an den Strand zu kriechen und sich demonstrativ auf den Bauch fallen zu lassen.

»Ein schöner Rücken kann auch entzücken.« Sonja, deren Abkühlungsbad extrem kurz ausgefallen war, trocknete sich bereits ab.

Lucca ließ sich demonstrativ auf ihre Kehrseite rollen. »Ein schöner Bauch tut's auch.«

»He, du gestrandetes Walross, sollen wir jetzt wieder fahren, oder willst du noch lange bleiben?« Sonja rubbelte sich die Haare trocken, konnte dabei die Augen aber nicht von Lucca lassen, die mit weit ausgebreiteten Armen im Sand lag und zum Himmel sah.

»Walross, ja? Ich bin stolz auf mein Fleisch!« Lucca stemmte beide Arme in die Seiten und setzte sich auf die Knie.

»Offensichtlich. Und so wie du aussiehst, ist dein Fleisch sogar schon fertig paniert.«

Wortlos sprang Lucca auf und lief zurück ins Wasser, um sich den Sand vom Körper zu spülen.

»Pass nur auf, dass kein Sand im Getriebe bleibt. Das könnte unangenehm werden.« Sonja, immer noch nackt, sah die auf sie zukommende Lucca herausfordernd an.

»Du scheinst dich ja bestens auszukennen.« Lucca beschäftigte sich intensiv mit ihrem Handtuch.

Der Strand hatte sich vollständig geleert, die Sonne war bereits untergegangen und es gab keinerlei Gastronomie, die dazu eingeladen hätte, noch länger zu verweilen.

Sonja, die bemerkt hatte, dass Lucca auf Sicherheitsabstand blieb, klaubte ihre Sachen zusammen. »Irini? Oder sollen wir heute woanders essen? Ich kenne eine nette kleine Taverne, die fast am Weg liegt.«

»Dann probieren wir doch mal etwas anderes aus.« Der beiläufig geäußerte Satz erhielt durch Luccas Blick eine etwas andere Bedeutung.

Sie konnte es einfach nicht lassen.

*

Wenn Dariakos geglaubt hatte, dass sein Chef den Feierabend einläuten würde, so sah er sich gründlich getäuscht, denn statt der Route nach San Ioannis schlug Theodopulos den Weg zum Zauberwald ein. In halsbrecherischer Fahrt jagte der Geländewagen in die Berge und nahm röhrend den immer schmaler werdenden Pfad, bis er vor dem Einstieg in die Schlucht zum Stehen kam.

Dariakos fragte sich, wo es hier wohl eine Möglichkeit gab, den schweren Wagen zu wenden, und befürchtete, dass sie nachher im Rückwärtsgang hinabfahren mussten. Keine berauschende Vorstellung.

»Ich will den Unfallort mit eigenen Augen sehen, Nikitos, und Polaroidaufnahmen reichen mir auch nicht.« Theodopulos dachte an Luccas Worte und zog ein grimmiges Gesicht. »Mal sehen, ob das alles stimmt, was sie da erzählt haben.« Theodopulos bezweifelte stark, dass sich die Frauen einander tatsächlich so vollständig aus den Augen verloren haben konnten, wie sie es behaupteten.

Dariakos folgte seinem Chef mit verhaltener Begeisterung in die Schlucht; die drohende Dunkelheit machte die Exkursion nicht besser.

*

Die Taverne lag an einem Bach, der zwischen Schilf verschwand und auf dem ein paar Enten schwammen.

»Fast schon kitschig.« Sonja wirkte unsicher.

»Nö, ich finde es eher idyllisch.« Lucca hatte inzwischen zu alter Sicherheit zurückgefunden.

Seit ihrer Abfahrt aus der Bucht war die Stimmung zwischen ihnen nicht mehr so unbefangen; ein Unterton hatte sich eingeschlichen, der sie vermeiden ließ, sich anzusehen.

Sie setzten sich an einen kleinen Holztisch, der ihnen einen freien Blick auf den Bachlauf gewährte. Junge Katzen tobten wie Derwische über den Kies und jagten sich wild einen Baum hoch, rissen Blätter von den Ästen, die trudelnd zu Boden schwebten.

»Temperamentvolle kleine Biester.« Lucca verfolgte das Spiel mit Amüsement.

Der Kellner trat zu ihnen, bevor Sonja das antworten konnte, was ihr auf der Zunge lag. Sie gab stattdessen ihre Bestellung auf und versuchte sich ein wenig zu entspannen. Mit einem Mal kam ihr zu Bewusstsein, dass der Urlaub sich schon dem Ende näherte. Am Montag war sie zwei Wochen hier. In wenigen Tagen würden sich ihre Wege trennen.

»Wann fliegst du eigentlich nach Hause?«

»Übermorgen, am Samstag. Und du?« Lucca ging auf den leichten Ton ein.

»Anfang nächster Woche« Nach einer kleinen Pause fügte sie hinzu: »Glaubst du, die lassen uns überhaupt fliegen?«

»Wer sollte uns denn nicht fliegen lassen?« Lucca machte große Augen.

»Die Polizei. Was ist, wenn es kein Unfall war?« Sonja sah den Enten zu, die in den Bach abtauchten.

Lucca schwieg. Sie wollte kein Wort mehr über Donata sprechen.

»Vielleicht hat eine aus der Gruppe nachgeholfen?« Sonja sah sie an. »Ich könnte verstehen, wenn Birgit ihrer Zuchtmeisterin einen kleinen Stoß gegeben hätte.«

»Das ist nicht dein Ernst!« Lucca lachte. »Das Mäuschen?«

»Das Mäuschen, wie du sie nennst, steckt uns alle in die Tasche. Wenn jemand weiß, wie man manipulieren kann, dann dürfte sie das sein.« Sonja sah Lucca nachdenklich an.

»Und wieso konnte sie sich nicht wehren, wenn sie doch so kompetent ist, wie du sagst?«

»Schon mal was von sexueller Hörigkeit gehört?« Sonja sprach im vollen Ernst.

»Schwester Dominata hörig zu sein ist für mich schwer vorstellbar ...«, bekannte Lucca mit hochgezogenen Brauen.

»Sieh mich nicht so an! Sie wäre nicht die Erste und Einzige, die Donata verfallen ist.«

»Sprichst du wieder von einem der berüchtigten Artemis-Geheimnisse, von denen ich keine Ahnung habe?«

Sonja schwieg, denn nun erschien der Kellner mit einem üppigen Vorspeisenteller und einem Salat des Hauses.

»Hm, das sieht aber lecker aus.« Lucca griff beherzt zu und vergaß für einen Moment Donata und ihre vermeintlichen Gespielinnen. Doch dann nahm sie den Faden wieder auf. »Und? Heraus mit der Sprache: Wer hat mit Donata die Kissen geteilt und sich diesem Ausbund an Charme und Grazie hingegeben?« Es war ihr ein Rätsel, wer freiwillig zu dieser Frau ins Bett gestiegen sein sollte. Als Sonja nicht antwortete, sah sie von ihrem Teller auf. »Sag nicht, dass ich eine davon hier kennen gelernt habe!«

»Menschen haben recht unterschiedliche Bedürfnisse ...« Sonja lächelte schief. »Aber es ist eigentlich egal. Sie können es dir ja selbst erzählen.«

»Sie? Gleich mehrere laufen hier rum? Ich bin in Donatas Harem gelandet?« Lucca legte theatralisch ihr Besteck ab und Sonja zuckte nur mit den Achseln.

»Das habe ich gerne! Erst wirfst du mir den Köder vor die Füße und dann ... Aber stimmt schon, mich interessiert das im Grunde genommen gar nicht. Schäbiger Sex ist desillusionierend, findest du nicht?« In Luccas Augen erschien wieder das berüchtigte Glitzern.

Eine halbe Stunde später brachen sie auf und fuhren zum Artemis zurück. Es war bereits dunkel, als sie vor dem Hotel aus dem Wagen stiegen. Vom Swimmingpool her hörten sie Lachen.

Sonja, die zuerst am Tor war, drehte sich so abrupt um, so dass Lucca heftig auf sie auflief und Sonjas Sonnenbrille auf dem Boden landete. In der nächsten Sekunde küssten sie sich wild und leidenschaftlich. Und sie küssten sich noch eine Sekunde und noch eine Sekunde und noch eine ...

Zwischen ungestümem Nesteln an verschiedenen Kleidungsstücken flüsterte Sonja in Luccas Ohr: »Wie kommen wir an den anderen vorbei, ohne dass sie uns sehen?«

»Kommen höre ich gerne, aber vielleicht nicht unbedingt hier am Tor.« Lucca streichelte Sonjas Brust. »Wir biegen am Hibiskus ab und nehmen die Abkürzung.«

Sie ergriff Sonjas Hand, legte den Finger verschwörerisch auf die Lippen und zog sie durchs Tor. Auf Zehenspitzen schlichen sie durch den Garten zum Zimmer.

Lucca wollte eben den Schlüssel ins Schloss stecken, als beide Frauen erschrocken zurückwichen.

Vor der Tür hatte sich eine braune Schlange eingekringelt, die jetzt erschrocken den Kopf hob und sich aufrichtete. Sie öffnete ihr Maul und gab ein fauchendes Geräusch von sich.

»Meine Güte, was ist das denn? Eine Kobra?« Sonja trat ängstlich hinter Lucca. Ihre Stimme zitterte.

Die Schlange reckte sich und schwang ihren Körper hin und her, als hörte sie auf das Flötenspiel eines Schlangenbeschwörers.

»Wie kriegen wir die da weg?« Lucca, die schon vor der Spinne kläglich versagt hatte, sah sich erst recht nicht als Schlangenjägerin. Während sie das Tier anstarrten, erschienen plötzlich Aphrodite und Zeus, der sich der Schlange neugierig näherte und seine Pfote nach ihr ausstreckte.

»Er macht ihr den Garaus«, flüsterte Sonja hoffnungsvoll.

Sie hatte die Worte gerade ausgesprochen, als die Schlange blitzschnell nach vorne stieß und Zeus das Kunststück vollbrachte, gleichzeitig einen halben Meter rückwärts und in die Höhe zu springen.

Lucca und Sonja schraken zusammen und folgten dem Beispiel des Katers. Unsanft landeten sie vor der Hauswand.

»Teufel noch mal!« Lucca musste ein sehr dämliches Gesicht gezogen haben, denn trotz aller Gefahr schien Sonja jeden Moment in schallendes Gelächter auszubrechen. Gebieterisch legte sich Luccas Hand über ihren Mund.

»Willst du, dass uns die anderen hören? Dann finden wir uns gleich in munterer Runde im Innenhof wieder, statt in meinem Bett!«, flüsterte Lucca.

Sonja schüttelte den Kopf, ihre Augen sprühten Blitze. »Auf gar keinen Fall«, presste sie zwischen Luccas Fingern hervor und verlieh dem Nachdruck, indem sie mit ihrer Zungenspitze leicht über die Handinnenfläche strich.

In diesem Augenblick betrat Hera die Szene. Sie zeigte Erbarmen mit den beiden, nahm die Schlange beherzt ins Maul und schleppte sie weg. Aphrodite und Zeus folgten ihrer Mutter und beobachteten aufmerksam, wie Hera zwei Meter weiter kurzen Prozess mit dem Reptil machte.

»Tja, so kann es gehen«, staunte Lucca, während energische Frauenhände sie aus ihrer Bewunderung rissen und ins Zimmer zogen. Willig ließ sie Mund und Zunge sprechen. Bald brannte Sonjas Körper und fiel in eine leidenschaftliche Ekstase, die sie Zeit und Raum vergessen ließ.

Stunden später klebten ihnen die Laken an den völlig erschöpften Körpern.

»Oh, mein Gott!«

»Göttin, meinst du doch wohl!« Lucca hob den Kopf und spürte eine neue Welle der Lust in sich aufsteigen. Ihre Finger machten sich ohne Zögern auf Wanderschaft. Sonjas »Du bringst mich um!« klang nicht sehr überzeugend, denn ihr Körper sagte das Gegenteil. Gierig schlang sie die Arme um Lucca und schob deren Kopf da hin, wo sie ihn haben wollte.

Draußen war bereits die Sonne aufgegangen, als sie endlich in tiefen Schlaf fielen.

*

Es pochte an der Zimmertür. Lucca drehte sich unwillig auf die andere Seite, doch das Klopfen ging weiter.

»Okay, okay, ich komme ja schon!« Sie verzichtete auf das langwierige Suchen nach Kleidung und öffnete die Tür so weit, dass sie den Kopf hinausstrecken konnte.

»Sabine, du? Was ist los?«, müde blinzelte sie in die Sonne.

»Theodopulos ist da und hat gerade mit der Befragung von Vanessa begonnen.« Sabine versuchte, einen Blick an Lucca vorbei ins Zimmer zu erhaschen. »Sag Sonja, dass sie wahrscheinlich die Nächste auf seiner Liste ist und sich beeilen soll.« Sie lächelte wissend. »Kaltes Wasser soll Wunder wirken!« Damit wandte sie sich ab. Was sollte es, noch war nicht aller Tage Abend und sie war keine, die so einfach aufsteckte ...

Unterdessen versuchte Lucca auch schon Sonja zu wecken, die in einen todesähnlichen Schlaf gefallen war. »Hey, Yellow-Eye, aus den Federn mit dir!«

Die Antwort war nur ein Brummen.

»Der freundliche Herr von der griechischen Polizei möchte dich interviewen.«

»Was? Wie spät ist es denn?« Sonja gähnte herzhaft. »Ich habe das Gefühl, gerade erst eingeschlafen zu sein.«

»Kurz vor High Noon.«

Mit einem Satz war Sonja aus dem Bett, in ihre Sachen gestiegen und durch die Terrassentür verschwunden.

»Adios muchacha!« In Luccas Hinterkopf tauchten vage Gedanken an Alana und Sophia auf.

Sie würde sich erst einmal unter die Dusche verziehen.

*

»Zum Zeitpunkt des Sturzes war ich mit Lucca Bork zusammen. Sie bewunderte gerade meine Andenkensammlung.«

»Was meinen Sie mit Andenkensammlung?« Theodopulos sah Vanessa aufmunternd an.

»Ich habe Ziegenknochen gesammelt, um sie meinem Freund mitzubringen.« Sie lächelte entwaffnend.

»Ihr Freund hat Interesse an Ziegenknochen?« Dariakos, der wieder seinen Platz in der Ecke eingenommen hatte, sah von seinem Protokoll auf. Man konnte förmlich sehen, wie er sich innerlich an die Stirn tippte.

»Na ja«, räumte Vanessa ein, »eigentlich ist er mehr an Menschenknochen interessiert. Er ist Physiotherapeut«, fügte sie erläuternd hinzu.

»Ah ja.« Theodopulos versuchte, seine Gesichtszüge unter Kontrolle zu behalten.

In diesem Moment wurde die Tür mit Schwung aufgezogen. Eine junge Frau mit Rucksack platzte in den Speiseraum und blickte überrascht zwischen Vanessa und den beiden Beamten hin und her. »Oh, ich dachte, ähm, ich meine, äh, ich suche ...«, stotterte sie und trat sofort den Rückzug an. »Entschuldigung, ich wollte nicht stören.«

Genauso plötzlich, wie sie gekommen war, verschwand sie auch wieder und stieß die Tür hinter sich zu.

Theodopulos blickte ihr verdutzt nach. Dann wandte er sich wieder Vanessa zu. »Bitte fahren Sie doch fort«, bat er kopfschüttelnd.

»Also, ich traf Lucca einige Minuten vor dem schauerlichen Unfall. Sie saß auf einem Stein und sprach mich auf einen Widderschädel an. Wir unterhielten uns und sie machte dann den Vorschlag, gemeinsam auf ein Plateau zu steigen, das von stinkenden Ziegen nur so wimmelte.« Sie schüttelte sich angewidert. »Wissen Sie, Knochen sind eine Sache, aber lebende Ziegen eine ganz andere. Sie werden verstehen, dass ich dankend ablehnte. Also ging sie allein. Ich setzte mich auf einen Stein und verschnaufte ein wenig. Plötzlich flogen jede Menge Ziegenköttel vom Plateau, Lucca rief etwas – das einzige, was ich verstand, war »Skelett«. Ich suchte mir ein schattiges Plätzchen, wo mich kein Ziegenkot mehr treffen konnte. Dann hörte ich auch schon den Schrei und begann nach den anderen zu suchen.«

»Haben Sie niemanden gesehen oder gehört?«

»Nein. Nachdem Lucca die Wand hochgeklettert ist, war ich mutterseelenallein.« Vanessa sandte Theodopulos einen unschuldigen Augenaufschlag.

»Kannten Sie Donata Lorch?«

»Von kennen kann da keine Rede sein. Sie machte hier Urlaub, so wie ich auch, aber ich hatte überhaupt keinen Kontakt zu ihr.« Ihre Stimme klang abweisend.

»Haben Sie einen Streit zwischen Frau Lorch und einer anderen Frau miterlebt?« Theodopulos wartete gespannt auf die Antwort.

Vanessa zögerte. »Einen Streit?«

»Einen Streit. Zwischen der Toten und ihrer Begleiterin zum Beispiel, oder mit Frau Bork.«

»Mit Lucca?« Vanessa schluckte hörbar.

»Ja. Frau Müller – waren Sie nicht auch dabei, als es zu einem Handgemenge zwischen Frau Lorch und Frau Bork kam?« Er wurde ungeduldig.

»Handgemenge hört sich aber sehr dramatisch an, Herr Theodopulos.« Vanessa machte kugelrunde Augen.

»Beantworten Sie bitte meine Frage. Waren Sie dabei?« Er ließ sich nicht beirren.

»Donata war, wie ich fand, ziemlich aggressiv und versuchte Lucca zu provozieren. Offenbar war ihr eine Laus über die Leber gelaufen und sie suchte Streit. Sie konnte damit aber nicht landen. Und das war auch schon alles.« Es war Vanessa deutlich anzusehen, dass sie überlegte, woher Theodopulos von dieser Szene wusste.

»Und dann sind Frau Lorch und Frau Bork gemeinsam auf eine Wanderung gegangen und Frau Bork hat sich revanchiert …« Er lächelte triumphierend.

»Niemals!« Vanessa sah ihn entrüstet an. »Sie sind ja nicht allein gegangen, wir waren doch alle dabei!«

»Konnten Sie sehen, ob Frau Bork tatsächlich die ganze Zeit auf dem Plateau war?«

Er hatte sich gestern in der Schlucht genau umgesehen. Dabei war ihm aufgefallen, dass es zwei Zugänge zu dem Platz gab, an den sich die Ziegen offenbar nachts zurückzogen. Für eine einigermaßen sportliche Frau dürfte es kein Problem sein, vom Plateau aus relativ schnell den zweiten Ziegensteig herunterzuklettern, den Felsen zum Opfer hochzusteigen und es mit einem kleinen Schubs über den Rand zu befördern.

»Ich habe Lucca dort oben gehört.« Vanessa sah ihn aufmerksam an und wurde vorsichtig.

»Wie viel Zeit verging denn, seit Frau Bork aus Ihrem Sichtfeld verschwand, bis zu dem Moment, als Sie den Schrei hörten?« Theodopulos beugte sich vor.

»Ich habe auf keine Uhr gesehen.« Vanessa verschränkte die Arme vor der Brust.

»Was schätzen Sie denn, wie viel Zeit vergangen war?« Auch er lehnte sich wieder zurück.

»Ich habe nicht die geringste Ahnung.« Vanessa holte tief Luft. »Dauert die Befragung noch lange?«

»Eine Minute, fünf oder eher zehn Minuten?« Er zeigte kein Erbarmen und ließ nicht locker.

»Ich weiß es wirklich nicht, Herr Theodopulos.« Vanessa machte plötzlich einen angeschlagenen Eindruck. »Ich habe im Schatten gesessen und mich mit den Knochen beschäftigt.« Sie sah sich Hilfe suchend nach Dariakos um, dessen Gesicht völlig ausdruckslos blieb.

»Danke, Frau Müller. Sie können gehen, aber halten Sie sich bitte weiter zu unserer Verfügung.«

Vanessa schluckte und stand auf. »Am Montag ist mein Urlaub zu Ende.«

»Wir werden sehen, Frau Müller, wir werden sehen. Vielleicht brauchen wir Sie hier noch.« Theodopulos sah sie ernst an. »Wenn Sie Frau Schneider sehen, sagen Sie ihr doch bitte, dass wir sie sprechen möchten.«

Vanessa sah ihn verständnislos an.

»Sonja«, sprang Dariakos für seinen Chef ein. »*Sonja* Schneider.«

Damit war Vanessa entlassen.

*

Als Lucca um die Ecke bog, sah sie Sonja mit Ulrike und Karin bei einer Tasse Kaffee auf die Vernehmung warten.

»Wie lange sollen wir denn noch hier herumhängen?« Sonja wirkte abgehetzt und übernächtigt, verschluckte sich aber fast an ihrem Kaffee, als Vanessa sich neben sie setzte und erschöpft sagte: »Du bist dran.«

»Na, dann ...« Sie bedankte sich mit einem Lächeln bei Lucca, die ihr demonstrativ die Daumen drückte, und stellte entschlossen die noch dampfende Tasse auf den Tisch.

Nachdem sie verschwunden war, erschien auch Sabine.

»Wenn wir das hier hinter uns haben, sollten wir uns etwas Gutes tun und heute Abend zusammen bei Panos essen gehen.« Sie lächelte in die Runde, ihr lieber Blick wirkte aufmunternd. »Ich werde uns gleich einen Tisch reservieren.« Damit drehte sie sich auch schon wieder um und eilte in die Richtung, aus der sie gekommen war.

Luccas Magen knurrte vernehmlich. Mechanisch ergriff sie Sonjas halbvollen Pott. Der Kaffee war noch heiß.

»Frau kommt zu gar nichts mehr, nicht wahr?« Ulrike

sah über den Rand der Sonnenbrille zu ihr her. »Nicht mal für ein ordentliches Frühstück ist Zeit, wenn es ein Maxilari gibt.«

*

Dieselben Fragen, dieselben Antworten. Theodopulos raufte sich die Haare. Auch Sonja Schneider wollte allein gewesen zu sein und keine der anderen gesehen haben.

»Ist Ihnen vielleicht ein Wanderer begegnet?« Die Frage war rein rhetorisch gemeint, doch sein Gegenüber sah nachdenklich auf.

»Tatsächlich! Da war jemand, daran habe ich gar nicht mehr gedacht.« Sonja lächelte überrascht. »Ich habe eine Frau mit einem Rucksack gesehen. Sie lief allerdings in einiger Entfernung und machte kehrt, als sie mich sah.«

Theodopulos warf seinem Kollegen einen schnellen Blick zu. »Eine Frau mit Rucksack? Wie sah sie denn aus?«

»Tut mir leid, ich kann nichts Genaueres sagen. Sie war zu weit entfernt.«

»Haben Sie sie schon mal woanders gesehen? Zum Beispiel hier im Hotel?«

Ein Schulterzucken war die Antwort.

Theodopulos klopfte nachdenklich auf den Tisch. »Ist Ihnen sonst noch etwas Ungewöhnliches aufgefallen? Ein Streit oder ähnliches?«

»Auf der Wanderung?«

»Dort oder hier im Haus. Wo auch immer Ihnen etwas Ungewöhnliches aufgefallen sein mag, Frau Schneider!«, drängte der Kommissar genervt.

»Nein. Nichts.« Sonja betrachtete ihre Fingernägel.

»Wissen Sie etwas über eine Auseinandersetzung zwischen Donata Lorch und ihrer Begleiterin oder zwischen ihr und Frau Bork?«

Jetzt sah sie ihn gehetzt an. »Nein. Donata gestaltete ihre Beziehungen aber wohl sehr eigenwillig. Wo sie auftauchte, verbreitete sich eine angespannte Stimmung.«

»Kannten Sie sie näher?«

»Nicht wirklich«, kam es ausweichend, doch Theodopulos war sich sicher, einen gewissen Unterton herausgehört zu haben. »Wann haben Sie Donata Lorch kennengelernt?«, fragte er, hellwach geworden.

»Im Sommer letzten Jahres.« In Sonjas blauen Augen lag ein eigentümlicher Schimmer. Sie holte tief Luft und schien sich überwinden zu müssen, ehe sie weitersprach. »Wir hatten eine kurze Affäre. Einen Urlaubsflirt sozusagen«, ergänzte sie und vertiefte sich wieder in die Betrachtung ihrer Fingerspitzen.

Der Ermittler schwieg abwartend.

»Das, was ich in der Zeit von ihr kennen gelernt habe, reichte mir voll und ganz.« Sonja blickte von ihren Händen auf.

»Wer hat denn wen von der Bettkante geschubst?«, interssiert beugte Theodopulos sich vor.

»Wie meinen Sie das?« Sie konnte nicht verhehlen, dass der Mann ihr zutiefst zuwider war.

»Welche von Ihnen beiden hat die Beziehung beendet?« Ein rabenschwarzes Augenpaar musterte sie eindringlich.

»Donata.«

»Hatte sie eine andere Frau lieber als Sie?«

Im Hintergrund vernehmliches Räuspern. Dariakos reagierte immer nervös, wenn sein Chef zu viel Unverfrorenheit an den Tag legte. Und gerade wurde er wieder unverschämt. Die Zeugin war ganz offensichtlich mental angeschlagen, was seinen Vorgesetzten aber nicht abhielt, rücksichtslos die Gefühle der Frau hinwegzugehen.

»Ist Frau Krantz Ihre Nachfolgerin?« Theodopulos, der wusste, was Dariakos von seinen rüden Befragungsmethoden hielt, erinnerte sich an Birgit Aussage.

Findet es doch selbst heraus, dachte sich Sonja erbost. Laut sagte sie: »Ich war abgereist, bevor Frau Krantz ankam. Ich habe sie damals gar nicht mehr kennen gelernt.«

»Für wann hatten Sie diesmal Ihre Abreise geplant?«

Die Formulierung ließ Sonja zusammenfahren. »Mein Rückflug ist fest für Montag gebucht.«

»Sie werden hier auf Lykra bleiben müssen, bis die Untersuchung abgeschlossen ist. Sie erfahren rechtzeitig, ob dies bis Montag der Fall sein wird.« Mikis Theodopulos lächelte sie übertrieben freundlich an.

*

»Karin Reiners« war alles, was Sonja herausbrachte, als sie zu den anderen an den Tisch trat. Die Angesprochene erhob sich eilig.

»Geht's dir nicht gut?« Sabine, die mittlerweile auch mit in der Runde saß, goss Sonja einen Tee ein. »Setz dich und trink einen Schluck.« Sie klopfte mit der Hand auf den freien Stuhl neben sich und schob ihr die Tasse hin. »Was ist passiert?«, erkundigte sie sich besorgt.

»Ich muss bleiben, bis die Untersuchung abgeschlossen ist. Auch wenn das länger dauert als mein Urlaub.«

»Das scheint mir aber nun wirklich über eine normale Unfallermittlung hinauszugehen«, murmelte Lucca überrascht.

Sonja stand auf, Tränen schwammen in ihren Augen.

»Seht mal, wer da kommt. Die Ausreißerinnen!« Lucca erspähte Larissa und Luise, die sich eben in ihr Appartement schleichen wollten.

»Da seid ihr ja! Wo wart ihr denn nur?« Sabine war mit einem Satz aufgesprungen, um zu verhindern, dass die beiden still und leise verschwinden konnten.

Larissa sah Luise an, deren Wangen sich röteten.

»Na, wenn die beiden nicht das Schuldbewusstsein in Person sind, fresse ich einen Besen.« Ungerührt verfolgte Lucca, wie Luise sich verschämt hinter ihre Partnerin schob.

»Ja, also«, Larissa stockte, »wir hatten gestern unseren Jahrestag und, na ja, wir, wir hatten das nicht geplant, aber auf einmal ...«

»Was?« Sabine verstand nichts.

»Jetzt kommt die große Beichte, pass auf.« Lucca klopfte Vanessa auf den Unterarm.

»Nun ja, wir waren unten am Strand und ...«, stammelte Larissa. »Ach, ihr versteht das sowieso nicht. Komm, Luise, wir gehen uns umziehen.« Sie lächelte verlegen in die Runde und schob ihre nicht minder betreten dreinblickende Partnerin in den Flur.

»Die beiden haben sich im Sand gewälzt, ich glaube es nicht!«, Lucca kicherte. »Sex im Alter!«

»Je oller, je doller«, fügte Vanessa trocken hinzu.

Endlich verstand auch Sabine. »Ach so! Ja, das ist doch schön. – Dann werde ich mal die beiden Herren informieren, dass Larissa und Luise jetzt da sind.«

»Nicht nur schön ist das, sondern es hat offensichtlich auch lang gedauert. Die haben es ordentlich krachen lassen!«, grinste Lucca breit.

»Lucca!« Vanessa stieß ihr den Ellbogen in die Rippen.

»Ich würde gern Theos Gesicht sehen, wenn er sie gleich nach dem Grund ihres Verschwindens fragt.« Lucca blickte verträumt Karin nach, die Kurs auf den Speisesaal nahm.

*

Karin Reiners bestätigte Silke Brauns Aussage. Die beiden wollten es zur fraglichen Zeit miteinander getrieben haben. Theodopulos zog zwar in Erwägung, dass die Frauen genug Zeit gehabt hatten, um ein gegenseitiges Alibi abzusprechen, aber die Art und Weise, wie sein Gegenüber hier auftrat, ließ keinen Zweifel an der Geschichte zu.

»Welche Fragen kann ich Ihnen noch beantworten?«, drängelte Karin nach einer kurzen Unterbrechung durch Sabine, die die Beamten von der Ankunft der beiden Flechtensammlerinnen in Kenntnis setzte.

»Wissen Sie etwas über mögliche Beziehungen seitens Frau Lorch zu anderen Frauen, die hier Urlaub machen?«

»Vermuten Sie, hier könnten Rivalinnen mit den Hüfchen gescharrt haben?« Es war deutlich zu hören, dass Frau Reiners diese Vorstellung ausgesprochen absurd fand. »So eine heiße Nummer war sie wohl kaum!«

»Wie heiß muss jemand sein, um Eifersucht zu wecken?« Theodopulos' Stimme klang abwesend.

»Doch nicht Donata!« Karin lachte laut. »Wen konnte die denn schon hinter dem Ofen hervorlocken?«

»Sie würden sich wundern, Frau Reiners.« Theodopulos klang gönnerhaft. Er war davon überzeugt, dass diese Frau, was den Sturz anging, die wenigste Ahnung von allen hatte. Immerhin war sie so wild auf Sex, dass sie es selbst während einer Wanderung treiben musste. Er sah genauer hin und stellte mal wieder fest, dass die unscheinbarsten Typen es faustdick hinter den Ohren hatten. »Haben Sie Spannungen zwischen Donata Lorch und anderen Frauen beobachtet?«

»Ich habe nicht viel Zeit mit ihr verbracht. Ich fand sie nicht besonders sympathisch. Sie war ziemlich beleidigend ihrer Freundin und Lucca gegenüber und hat versucht, sie zu schlagen ... also, Lucca zu schlagen. Aber dazu ist es gar nicht gekommen, denn Lucca war sehr reaktionsschnell und hat den Schlag abgefangen.« Sie grinste arglos.

»Tatsächlich? Frau Bork scheint ja über einige Talente zu verfügen.«

Da Karin nicht verstand, was Theodopulos damit meinte, sah sie ihn nur schweigend an.

»Ich wünsche Ihnen eine gute Heimreise, Frau Reiners.« Er lächelte. »Jetzt fehlt uns nur noch Frau Ulrike Roleder.«

*

»Auf geht's! Gib den Affen Zucker!« Karin winkte hinter Ulrike her, die zu ihrer Befragung aufbrach, und wandte sich dann den anderen zu. »Tja, dann werde ich mal meinen Koffer packen. Morgen Mittag geht es ab nach Hause.«

»Dich lassen sie fahren?« Lucca sah Karin mit zusammengekniffenen Augen an.

»Ja, wieso auch nicht? Wir sehen uns spätestens heute Abend bei Panos.« Karin winkte erneut und ging.

»Hat Theodopulos schon was zu deinem Abflug gesagt?« Sabine wartete auf Luccas Antwort, doch die schüttelte nur stumm den Kopf. »Wenn du noch bleiben musst, kannst du dein Zimmer gerne noch behalten. Es ist erst ab Mittwoch wieder vermietet.«

»Danke, gut zu wissen.« Lucca sah bedrückt aus. Sie war unruhig und fühlte sich nicht wohl in ihrer Haut. Etwas braute sich zusammen, das spürte sie ganz deutlich, hatte aber keine Ahnung, was. Fröstelnd strich sie sich über die Arme.

»Mach dir keine Sorgen, Lucca, es wird schon wieder.« Sabine lächelte begütigend.

»Muss das blöde Frettchen so einen Ärger machen?« Lucca sah Sabine wütend an, die nun nicht umhin konnte, ihr zärtlich über das Haar zu streichen.

*

»Frau Roleder, was wissen Sie über Frau Lorch?«

Ulrike, durch die Erzählungen der anderen vorgewarnt, hatte sich über diese Frage bereits Gedanken gemacht.

»Ich bin zwar regelmäßig hier im Hotel Artemis, um meine Jugendfreundin zu besuchen, aber Frau Lorch kannte ich bisher nicht persönlich, obwohl sie wohl oft hier war.« Sie räusperte sich. »Herr Kommissar, ich habe nicht die Absicht, eine oder gar mehrere der Gästinnen in irgendeinen Schlamassel zu bringen. Ich bin der festen Überzeugung, dass Donata nicht durch eine zur Zeit im Hotel anwesenden Frau zu Tode gekommen ist, sondern dass alles auf einen schrecklichen Unfall zurückgeht.«

Theodopulos lächelte sie milde an, dann warf er den Köder aus. »Wir wissen, dass es mehrere hässliche Szenen zwischen Frau Lorch und der Fotografin gegeben hat.«

»Fotografin?«

»Frau Bork.«

»Das würde ich nicht überbewerten. Außerdem ist gar nichts passiert! Haben Sie tatsächlich vor, Lucca Ärger zu machen?« Sie sah ihn entrüstet an.

»Frau Krantz war allem Anschein nach nicht nur glücklich in der Beziehung zu Frau Lorch.« Er warf ihr das nächste Häppchen vor die Füße.

»Nun, Unstimmigkeiten gibt es in jeder Partnerschaft. Zuviel Harmonie ist langweilig, kleine Unstimmigkeiten sind doch das Salz in der Suppe.« Ulrike sah vieldeutig auf seinen Ehering. »Schließlich gibt es doch nichts Schöneres, als sich wieder zu versöhnen, nicht wahr?«

»Wissen Sie etwas über andere Freundinnen? Vorgängerinnen von Frau Krantz?« Er nahm seine Hände vom Tisch.

»Nein.«

»Spricht Frau Lohmann nie mit Ihnen über die Frauen, die in ihrem Hotel absteigen? Da gäbe es doch sicherlich einiges zu erzählen.«

»Nein. Sabine ist doch keine Klatschtante! Diskretion ist ihr sehr wichtig.«

»Nun gut, Frau Roleder, kein Grund, sich aufzuregen. Ich danke Ihnen für Ihre Mitarbeit.« Der Kriminalbeamte stand auf. »Eine letzte Frage habe ich noch. Frau Lohmann ist doch regelmäßig in der Schlucht unterwegs. Macht sie dort nur Führungen oder wandert sie auch allein?« Theodopulos hatte weder den Drogenschmuggel aus den Augen verloren noch die junge Frau mit dem Rucksack, die vorhin hereingestolpert war. Wen oder was suchte sie hier im Hotel?

»Sie sammelt manchmal Kräuter. Wo genau, das kann ich Ihnen nicht sagen.«

»Kräuter, ja?« Er grinste abschätzig. Erst heute Morgen hatte ihm ein Kollege von einem Tipp berichtet, demzufolge im Gebirge zur Zeit wieder Heroin auf verschiedene Kuriere verteilt wurde.

»Genau. Frau Lohmann sucht Kräuter.« Ulrike stellte sich direkt vor ihn und sah ihm fest in die Augen.

»Nun gut.« Theodopulos begleitete sie zur Tür und ließ sie hinaus. Er selbst blieb im Rahmen stehen und sah auf die Gruppe, die sich, ähnlich wie gestern, komplett um den Tisch versammelt hatte. Sein Blick blieb an Lucca hängen. »Frau Bork, Sie müssen Ihre Abreise leider verschieben. Ich möchte Sie, Frau Doktor Krantz und Sie, Frau Schneider, nochmals sprechen. Dazu kommen Sie bitte morgen um elf Uhr in mein Büro nach San Ioannis.« Dann wandte er sich an Sabine. »Ich möchte Ihre Freundlichkeit nicht über Gebühr beanspruchen. Der Speiseraum ist gleich wieder frei. Vielen Dank für Ihre Kooperationsbereitschaft, Frau Lohmann. Wir sind in fünf Minuten weg.«

Kurz darauf trat er, gefolgt von Dariakos, aus dem Haus

und reichte der Hotelinhaberin die Hand. »Meine Visitenkarte liegt auf dem Tisch, für alle Fälle.«

Dariakos murmelte leise ein »Auf Wiedersehen« in die Runde, dann verschwanden die Beamten durch den Garten. Bald darauf hörten die Frauen den Wagen davonfahren.

Die Starre löste sich nur langsam. Lucca war die Erste, in die wieder Leben kam. Eilends sprang sie auf. »Verflixt, ich muss schnellstens meinen Rückflug verschieben!«

»Das kann ich doch für dich machen«, erbot sich Sabine. »Gib mir deine Flugnummer und ich werde umbuchen.«

»Danke. Ich hole dir meine Unterlagen.« Lucca war sichtlich erleichtert.

Die anderen Frauen blieben noch eine ganze Weile wie benommen sitzen und schwiegen.

*

»Unterm Strich haben wir keinerlei Anhaltspunkte dafür, dass es etwas anderes war als ein tragischer Unfall.«

Während Theodopulos den Wagen steuerte, ging Dariakos Punkt für Punkt seine Notizen durch.

»Auch die nachträglichen Aussagen der beiden älteren Damen haben keine neuen Erkenntnisse gebracht. Das vorläufige Endergebnis der Gerichtsmedizin lautet: Keinerlei Hinweise an der Leiche, die auf Fremdverschulden hindeuten. Der Pathologe schließt einen Suizid nicht aus. Die Spurensicherung hat ebenfalls keine Anhaltspunkte auf die Anwesenheit einer zweiten Person auf dem Felsen gefunden. Außerdem wurden keinerlei Drogen an oder in der Toten gefunden, auch ihr Rucksack war sauber.« Er machte eine Pause und sah seinen Chef abwartend an. »Meines Erachtens fehlt uns jede Handhabe, die Frauen länger festzuhalten. Es sei denn, Sie machen aus diesem Unfall eine ordentliche Morduntersuchung.«

Dariakos sah die Fakten gelassen. Er verstand nicht, warum sein Chef so verbissen an die Sache heranging.

»So wie ich es sehe, Nikitos, geben sich Sabine Lohmann und Ulrike Roleder gegenseitig ein Alibi, ebenso Silke Braun und Karin Reiners. Desgleichen die beiden Älteren. Alle diese Frauen sind damit außer Verdacht.« Theodopulos sah seinen Kollegen finster an. »Fünf andere waren zum Zeitpunkt des Todes allein unterwegs. Ruth Sommer und Vanessa Müller. Birgit Krantz, die von ihrer Freundin erniedrigt und gedemütigt wurde. Lucca Bork, die, warum auch immer, Streit mit der Toten hatte, und Sonja Schneider, die unfreiwillig abgelegte Geliebte aus vergangenen Tagen. Diese drei haben für mich ein klares Motiv und könnten beim Absturz nachgeholfen haben.«

»Sie glauben wirklich an einen Mord?« Dariakos staunte.

»Es geht hier nicht um glauben! Ich werde den besagten Damen morgen noch ein wenig auf den Zahn fühlen. Vielleicht haben wir dann auch den abschließenden Bericht des Pathologen …«

»… und können die Akte abschließen«, beendete Dariakos Satz mit Nachdruck.

»Oder ich schicke vielleicht doch noch die Drogenfahndung in das saubere Hotel!« Theodopulos trat das Gaspedal durch.

KAPITEL 5

Lucca war dankbar, dass ihr Sabine die Umbuchung abnahm. Gegenwärtig waren ihre Nerven mehr als angespannt. Nachdem sie die Reiseunterlagen aus dem Zimmer geholt und übergeben hatte, trat sie wieder ins Freie. Die Sitzecke hatte sich geleert. Nur Ruth saß noch unter der Pergola, während im Speiseraum aufgeregte Stimmen durcheinander plapperten.

»Da drin wird darüber spekuliert, was der Grund dafür sein könnte, dass die Polizei Birgit, Sonja und dich noch einmal sprechen will. Es wird vermutet, dass ihr verdächtigt werdet, die arme Donata vom Felsen gestoßen zu haben.« Ruth sah Lucca durch halbgeschlossene Lider an.

»Das ist doch gequirlter Mäusemist! Wahrscheinlich noch wir drei gemeinsam!« In Lucca rumorte es. Sie hatte das Gefühl, dass etwas Wichtiges nicht zur Sprache gekommen war, aber sie kam nicht darauf, was es gewesen sein könnte. Es machte sie verrückt, dass sie das Bild nicht zu fassen bekam, das ihr wie ein Schemen durch den Kopf geisterte.

Ruth beobachtete sie. »Tja, da soll eine durchblicken.«

»Hm.« Lucca hatte gar nicht zugehört. »Ich ziehe mich mal ein Weilchen zurück, vielleicht klärt sich ja dann das Durcheinander in meinem Kopf.« Sie wollte auch Alana anrufen und ihr mitteilen, dass sie nicht wie geplant am Sonntagabend zu Hause sein würde. Wer wusste, wann sie hier überhaupt wegkam! Seufzend schloss sie die Zimmertür auf.

Aphrodite thronte mitten auf ihrem Bett und begrüßte sie mit leisem Miauen.

»Altes Flohmutterschiff, das ist gar keine gute Idee von dir. Abmarsch!« Lucca scheuchte die Katze zur Terrassentür hinaus und zog die Holzläden zu. Sie legte sich aufs Bett und überlegte, wann sie Alana am besten erreichen konnte.

Warum nur mussten Leute unter merkwürdigen Umständen sterben, wenn sie rein zufällig in der Nähe war?

Es hatte keinen Sinn zu grübeln. Sie musste einfach versuchen abzuschalten und zur Ruhe zu kommen. Versuchsweise schloss sie die Augen und war fast augenblicklich eingeschlafen.

Ziegen liefen über sie hinweg und meckerten. Es stank bestialisch. Lucca sah zum Himmel empor. Über einen Felsen zog Qualm, so, als würde dort oben jemand Rauchzeichen geben. Dazu verkündete eine dumpfe Stimme in monotonem Sing: »Tötet sie! Tötet sie!« Der Wind pfiff und zerrte. Ein Gewitter kam auf, das Donnergrollen wurde immer lauter.

»Lucca! Lucca, bist du da?«

Lucca riss die Augen auf. Langsam wurde ihr klar, dass sie das Donnergrollen nicht träumte, sondern offenbar jemand an ihrer Tür randalierte. Sie rappelte sich auf und öffnete schlaftrunken.

»Oh, du hast geschlafen. Tut mir leid, ich wollte dich nicht stören.« Ulrike sah sie entschuldigend an. »Sabine und ich waren uns nicht sicher, ob du nachher mit zu Panos fährst. Bist du dabei?«

»Natürlich fahre ich mit. Wir lassen uns doch nicht die Stimmung vermiesen!« Lucca zwang sich zu einem Lächeln und fügte trotzig hinzu: »Heute Abend hauen wir richtig auf den Putz!« Sie gähnte.

»Dann solltest du dich vielleicht kalt duschen, sonst wird das nichts mit der Stimmung. In einer Stunde geht es los.« Damit war Ulrike wieder verschwunden.

Nach dem Duschen kuschelte Lucca sich mit dem Handy aufs Bett.

»Hallo Schatz!« Alana hatte die Nummer gleich erkannt. Ihre Stimme trieb Lucca eine Gänsehaut über den Rücken.

»Selber Schatz! Ich habe gar nicht damit gerechnet, dich direkt an der Strippe zu haben.« Sie freute sich sehr, nicht mit dem Anrufbeantworter sprechen zu müssen.

»Siehst du, ich bin immer für eine Überraschung gut. Wie geht es dir? Nahtlos gebräunt? – Hallo, bist du noch dran?«

»Ich habe mir nur gerade deine Augen vorgestellt.« Lucca lächelte.

»Lange musst du ja nicht mehr warten ...«

»Aber länger als gedacht!«

»Ist etwas passiert?« In Alanas Stimme schwang Sorge.

»Ich kann übermorgen noch nicht zu Hause sein, denn leider ist die Polizei an mir interessiert.«

»Was hast du denn angestellt?«

»Ich habe gar nichts angestellt! Aber hier ist eine Frau unter bisher nicht geklärten Umständen ums Leben gekommen und die Untersuchung läuft noch.« Während sie sich so reden hörte, hoffte sie, dass sie Alana mit der Sache nicht zu sehr beunruhigte.

»Das ist nicht dein Ernst!«, schallte es prompt herüber.

Schlimmer, als dass Alana sich beunruhigte, wäre, wenn sie das Ganze womöglich als Ausrede für eine verlängerte Affäre sah!

»Leider ist es genauso, wie ich es sage. Am Mittwoch hat auf einer Wanderung, an der auch ich teilgenommen habe, eine Frau den Abflug gemacht.«

»Was hat sie gemacht?!«

»Sie ist von einem Felsen gestürzt.«

»Aber ...« Alana ließ die Mitteilung einen Moment sacken. »Aber es wird doch wohl kein großes Problem sein, festzustellen, dass du nicht nachgeholfen hast, oder?«

»Ich habe kein Alibi«, verkündete Lucca düster. »Dafür aber in den Augen der Polizei vielleicht ein Motiv.«

»Wie soll ich *das* verstehen? Ich glaube allmählich, ich bin in einem schlechten Film!«

»Ich war zum Todeszeitpunkt allein unterwegs. Niemand hat mich gesehen oder war bei mir. Im Vorfeld hatte ich ... äh, zwei winzigkleine Auseinandersetzungen mit der Frau.«

»Wie beruhigend! Wann wird sich das klären, Lucca? Brauchst du Hilfe?« Alanas Stimme vibrierte vor Kummer.

»Bisher liegt der Abschlussbericht der Gerichtsmedizin noch nicht vor. Ich muss morgen zu einer polizeilichen Befragung nach San Ioannis.« Könnte sie nur sofort heim! Dann fiel ihr etwas ein, das Alana vielleicht ein wenig Trost spendete: »Aber ich bin nicht die Einzige, die verdächtigt wird!«

»Wie beruhigend! Und? Hast du sie gestoßen?«

»Alana! Nein, natürlich nicht! Dass du mir so etwas zutraust, hätte ich ja nun wirklich nicht von dir gedacht ...«

»Liebling, dir ist so ziemlich alles zuzutrauen. Allerdings kein Mord, das gebe ich zu. Nun, dann war es entweder eine Andere oder aber Selbstmord oder einfach ein Unfall.«

»Ich werde allerdings das Gefühl nicht los, etwas Wichtiges vergessen zu haben, Alana. Das macht mich ganz kirre.« Lucca klang verzweifelt.

»Lenk dich ab, armer Schatz. Mach etwas Schönes, dann fällt es dir von ganz allein wieder ein.« Im Hintergrund machte sich Sophia lautstark bemerkbar. »Wir sind übrigens schon zu Hause und ich reiche den Hörer jetzt an deine Tochter weiter, die derweil versucht, dem armen Rüdler Tee einzuflößen. Ich liebe dich, Lucca! Bestimmt bist du bald wieder hier! Darauf freu ich mich.« Alana küsste in den Hörer. »Sobald du etwas Neues weißt, melde dich bitte. Notfalls hole ich dich da unten ab!«

Lucca lachte. »Okay, dann reich mir mal die Quietschkommode.« Auch sie küsste durchs Telefon und lauschte dann konzentriert ins Leere.

»Hallo, Soffi! Hörst du mich? Hier ist Lucca.«

Aus dem Hörer drangen undefinierbare Töne und plötzlich, laut und deutlich: »Lutta!«

»He, Baby Soffi, sprichst du mit mir?« Lucca strahlte über das ganze Gesicht.

»Lutta«, erklang es bestätigend. Mehr war aus Sophia allerdings nicht herauszubekommen und Alana übernahm nach einer Minute des Schweigens, in der die Kleine den Apparat fest ans Ohr gepresst hielt, die Verabschiedung.

*

Kaum hatte Alana aufgelegt, drehte sie sich hektisch zu ihren beiden Besucherinnen um. »Ihr glaubt nicht, was Lucca schon wieder passiert ist!«

Anna und Susanne, die am großen Küchentisch saßen, sahen sie erwartungsvoll an. Sie hatten das Telefonat mitgehört und rechneten mit dem Schlimmsten.

»Ich fasse mal zusammen: Es gibt eine Tote, Lucca ist umringt von Frauen, hat sich schwer in Szene gesetzt und kriegt jetzt Ärger.« Alana schüttelte verzweifelt den Kopf.

»Yeah!« Anna trommelte auf den Tisch. »Das ist ja mal ganz was Neues.«

»Und was für Ärger?« Susanne behielt die Ruhe.

»Wenn ich sie richtig verstanden habe, geht es wieder mal um Tod und Teufel. Wie schafft sie das nur, zielsicher in einem Morast aus Mord und Totschlag zu landen?« Alana ließ sich auf einen Stuhl fallen, während Sophia zum Rüdler ins Körbchen krabbelte und sich neben ihm einrollte.

Anna sah von einer zur anderen. »Lucca allein unter

Frauen in der Hitze des Südens – das kann nur Probleme geben!« Nach einer Pause, in der sie Alana mitleidig musterte, fügte sie hinzu: »Ich weiß echt nicht, wie du es mit ihr aushältst.«

*

Panos' Taverne lag in einer schmalen Bucht direkt am Strand. Der Wirt begrüßte Sabine, als seien sie die besten und ältesten Freunde, und bezog voller Herzlichkeit ihre Begleiterinnen gleich mit ein. Dann wies er auf einen großen Tisch, den er als seinen besten bezeichnete und schon vollständig eingedeckt hatte. Während die Gruppe sich setzte, verschwand er, um mit großen Karaffen voll Wasser und kleineren voll Ouzo zurückzukehren, während seine Frau Brot, Oliven und Tomaten brachte. Jetzt, wo dem schlimmsten Hunger und Durst fürs Erste begegnet war, zogen die Wirtsleute zwei Stühle vom Nachbartisch heran und setzten sich mit an den Tisch. Panos gab seine Empfehlung für das Essen ab und seine Frau verschwand schließlich mit der Bestellung in der Küche.

»Gibt es Spannungen zwischen euch?« Ulrike saß neben Lucca und musterte sie intensiv.

»Zwischen wem?«

»Na ja, zwischen dir und Sonja. Oder vielleicht habt ihr euch ja auch ein Beispiel an Karin und Silke genommen. Tagsüber geht ihr euch aus dem Weg und nachts lasst ihr die Puppen tanzen.«

»Du kommst auf Ideen!« Lucca lachte.

Sie sah sich nach Sonja um, die am anderen Ende der Tafel saß und sich gerade angeregt über den Tisch hinweg mit

Vanessa unterhielt. Gewiss war auch Sonja klar, dass es keine Fortsetzung des Liebesspiels geben würde. Erst als Lucca den Kopf geradeaus wandte, bemerkte sie, dass Birgit ihr gegenüber saß, die maskenhaft herüberlächelte. Zudem schob sich an ihr Bein plötzlich ein anderes, das nur Nachbarin Ruth gehören konnte. Lucca rückte entschlossen ein Stück beiseite.

»Tja, dir bleibt wirklich nichts erspart, Miss Loverlover!« Ulrike, die die Bewegung verfolgt hatte, hob ihr Glas und stieß mit Lucca an. Ihrem Beispiel folgte augenblicklich auch Birgit.

Birgit. Als Lucca zu ihr hinsah, fiel ihr wieder der Traum vom Nachmittag ein. Was war der Auslöser dafür? Erinnerte Birgit sie an eine Ziege? So streng roch sie jedenfalls nicht …

Panos riss sie aus ihren Gedanken, der sich unter allerlei Scherzen erhob, ihren Tisch verließ und anderen Gästen zuwandte.

»Wie schade, dass ich meinen Fotoapparat vergessen habe.« Ulrike sah bedauernd in die Runde.

In Luccas Hirn setzte sich ein Rädchen in Bewegung, das allerdings genauso schnell wieder zum Stehen kam, wie es Schwung genommen hatte.

Das Gespräch am Tisch plätscherte ungezwungen weiter und streifte ganz unterschiedliche Themen. Immer wenn Lucca das Wort ergriff, streiften sie bewundernde Blicke von Birgit. Irgendwann konnte Lucca es nicht mehr ertragen.

»Herrje. Wer hält mir nur diese Frau vom Leib? Die ist mir unheimlich!«, jammerte sie vor dem Handwaschbecken und sah dabei ratsuchend in Ulrikes Spiegelbild.

Ulrike, die ihr auf die Toilette gefolgt war, nickte. »Mit ihrem permanenten Grinsen kann sie ganz schön nerven!«

»Soll sie doch angrienen, wen sie will, aber nicht mich!«

Die Toilettentür flog auf und Sabine erschien. »Konspirative Sitzung?«

»Birgit hat Lucca ins Visier genommen«, verkündete Ulrike unheilschwanger.

»Schön. Sie ist doch sehr nett.« Offensichtlich begriff Sabine überhaupt nichts.

»Ich will aber nicht, dass sie nett *zu mir* ist!« Lucca runzelte die Brauen.

»Dann müssen wir beide wohl ein Auge auf dich haben.« Sabine zwinkerte Ulrike bedeutungsvoll zu. »Muss eine von euch aufs Klo oder kann ich?«

»Macht, was ihr wollt.« Lucca verschwand grimmig nach draußen. Am Tisch fand sie diesmal Ruth und Birgit im Gespräch, das aber beide wie auf Kommando unterbrachen, um sich ihr zuzuwenden.

»Wir haben gerade überlegt, dass Birgit doch eigentlich mit dir und Sonja nach San Ioannis fahren könnte. Sie hat ja kein Auto und mit dem Bus ist sie ewig unterwegs.« Ruth tat arglos.

»Das wäre wirklich sehr lieb von dir«, ergänzte Birgit mit obligatorischem Lächeln; ihre Stimme klang ungewohnt kräftig. Lucca, die dies erstaunt bemerkte, fühlte sich bedrängt, wollte aber nicht unhöflich sein. »Also gut. Ich frage Sabine, wann wir morgen los müssen.«

»Ich habe meinen Namen gehört?« Ulrike kam in diesem Moment mit Sabine an den Tisch zurück.

»Wann müssen wir morgen los, um pünktlich bei Theodopulos zu sein?«

»Lucca ist so lieb und nimmt mich mit.« Birgit schickte ein strahlendes Lächeln auf die Reise.

»Jamas, liebe Lucca!« Ulrike hatte Ouzo eingeschenkt und setzte boshaft hinzu: »Da hast du dein nächstes Maxilari.« Das hätte ihr fast einen Tritt unter dem Tisch eingebracht, doch Lucca beherrschte sich und zeigte nur dezent die Zähne.

»Was macht ihr beiden da?« Sabine entging nichts.

»Deiner Jugendfreundin juckt das Fell«, war Luccas Kommentar. »Hast du nicht noch Flohspray? Vielleicht verschafft ihr das Erleichterung.«

»Was haltet ihr davon, wenn wir zurückfahren und den Abend im Hotel mit einer kleinen Party ausklingen lassen?« Sabine beugte sich fragend über den Tisch.

»Das ist eine schöne Idee«, fand nicht nur Larissa.

*

Eine Stunde später dröhnten im Artemis die Musikboxen. Es wurde ausgelassen gesungen, gehüpft und getanzt, bis alle die bedrückende Stimmung der letzten Tage aus ihren Herzen gelöscht hatten. Birgit, die nicht wiederzuerkennen und völlig aus dem Häuschen war, bewegte sich mal völlig losgelöst und selbstvergessen, mal wie ein wild gewordener Derwisch über die improvisierte Tanzfläche.

Die Stimmung kochte so hoch, dass Sabine gleich noch eine Hotelpremiere feierte und die erste Beschwerde wegen nächtlicher Ruhestörung aus der entfernten Nachbarschaft in Empfang nehmen durfte. DJane Silke hatte daraufhin ein Einsehen und legte ruhigere Musik auf.

Lucca fand sich plötzlich Wange an Wange mit Sonja, die ihr ins Ohr raunte: »Ich werde wohl nicht mehr so oft Gelegenheit haben, dir so nahe zu sein. Da wollte ich die Gunst der Stunde nutzen.« Sonja hob den Kopf und zwinkerte. »Du machst es anderen leicht, sich in dich zu verlieben, aber keine Bange: Prinzip ist Prinzip!«

Die Einstellung, nicht für mehr als eine Nacht Sex mit einer Frau zu haben, war Lucca durchaus vertraut, und so gab es nichts einzuwenden.

»Ich werde dich also für die restliche Damenwelt freigeben. Das dürfte für mich gesünder sein und einige können es auch, glaube ich, kaum abwarten, dass ich endlich das Feld räume.« Sonja sah sich um.

»Quatsch, ich bin doch kein Wanderpokal!«, protestierte Lucca.

»Du bist nicht der Wanderpokal, sondern der Hauptgewinn. Das scheint dir nicht klar zu sein.«

»Sicher ... der Hauptgewinn für eine Nacht«, setzte Lucca ironisch hinzu.

»Wahrscheinlich ist das mehr, als manche hier zu hoffen wagen darf.«

Die Musik hatte aufgehört. Sonja gab Lucca einen leichten Kuss auf den Mund und verschwand. Wenig später saß sie bei Sabine und Ulrike, die die Gelegenheit nutzten, sich von der wilden Tanzerei auszuruhen.

Lucca verdrängte die aufkommenden Gedanken an Alana und gesellte sich zu den anderen.

Ein neues Lied begann, dem sie mit Entsetzen lauschte. »Wer ist denn für diese Schauermusik verantwortlich?« Sie traute ihren Ohren nicht. »Silke hat doch vorhin nicht so schreckliches Zeug gespielt!«

»Birgit legt jetzt auf, Silke ist verschwunden.« Sabine lächelte vielsagend.

»Karin fährt morgen nach Hause, da hat sie keine Zeit zu verlieren.« Ulrike verdrehte die Augen.

»Ich versuch mal zu retten, was noch zu retten ist, bevor die Rausschmeißermusik Erfolg hat.« Vanessa erbarmte sich und steuerte auf die Anlage zu. Nach einem kleinen Wortwechsel mit Birgit übernahm sie die Musikauswahl.

»Die Herrin der Ziegen hat gesiegt!« Lucca war wieder obenauf.

Kurze Zeit später gab es erneut eine Beschwerde wegen zu lauter Musik und Sabine verordnete streng die Halbierung der Lautstärke, sonst würde sie alle ins Bett scheuchen.

KAPITEL 6

Unter den tiefhängenden Wolken der Voreifel lag zur selben Zeit Anna grübelnd im Bett. Sie war sich sehr sicher, dass ihre gute Freundin Lucca wieder einmal Kapriolen geschlagen und sich auf Lykra in eine unmögliche Lage gebracht hatte. Nach einer Weile schüttelte sie Susanne aus dem Tiefschlaf. »Wach auf, ich mache mir Sorgen!«

»Was ist denn los?« Susanne versuchte mühsam den Grad von Wachheit zu erreichen, den Anna scheinbar noch gar nicht verlassen hatte.

»Ich kann mir die Situation gut ausmalen.« Anna wedelte lebhaft mit den Händen, während Susanne noch überlegte, worum es eigentlich ging.

»Stell es dir doch nur mal vor«, Anna setzte sich ruckartig im Bett auf. »Hitze. Wabernde Hormone. Nacktbadestrand, Sonnenöl. Dazu Alkohol, Sexualduft und Lockstoffe ... Das vernebelt die Sinne. Vor allem Luccas!« Sie sah Susanne grimmig an. »Zumal bei ihrer Nase! Keine von uns springt derart auf Geruch an wie sie.« Annas Blick wurde sorgenvoll. »Und in dieser aufgeheizten Sommerluft da unten also unser erotisches Alphatier, unsere Platzkuh, in perfekter Selbstinszenierung und überzeugt davon, dass Frauen Wachs in ihren Händen sind. Natürlich glaubt sie, mit ihnen machen zu können, was sie will.«

Susanne verschränkte die Arme hinter dem Kopf und wartete ab, worauf Anna hinaus wollte.

»Und peng ...!«, Anna klatschte in die Hände, was Susanne zusammenzucken ließ, »sitzt unsere Freundin mal wieder im tiefsten Schlamassel, weil sie vor lauter Flirten und sonst was nicht mitkriegt, dass dieser angebliche Unfall gar kein Unfall war und sie die Mörderin bereits in ihrem Bett hatte oder dort hineinkriegen will.« Anna unterbrach sich, um Luft zu holen. »Hey! Lucca kriegt es fertig, sich auch noch umbringen zu lassen!« Erregt ergriff sie Susannes Hand. »Ich habe Angst!«

»Übertreibst du jetzt nicht?« Susanne gähnte.

»Nein, was ich dir sage, ist eher untertrieben. Erinnere dich zum Beispiel an Diana Schwarze ... auch da musste Lucca, hormongesteuert wie sie ist, doch förmlich gerettet werden.« Sie sah Susanne ernsthaft an. »Sie braucht einen Bodyguard.«

»Manchmal tust du so, als wäre Lucca schwachsinnig.«

»Susanne, ich bitte dich! Du weißt, wozu sie fähig ist, vielmehr, wozu sie *nicht* fähig ist«, empörte sich Anna.

»Alana scheint sich nicht so viele Gedanken um sie zu machen wie du«, versuchte Susanne einzuwenden.

»Sie macht sich garantiert Gedanken, glaub mir! Aber sie will Lucca nicht einschränken und setzt darauf, sie dauerhaft halten zu können.« Anna seufzte. »Ich weiß nur nicht, ob die Rechnung aufgehen wird. Zumal Treue, so befürchte ich, für Lucca wohl weiterhin ein Fremdwort ist.«

»Was du immer hast! Die beiden sind doch wie füreinander gemacht. Du darfst ruhig mal etwas Vertrauen haben.«

»Tss, Vertrauen! Auf Lucca muss man ein Auge haben, sonst stürzt sie sich kopfüber in sämtliche Katastrophen, die am Wegesrand lauern.«

Susanne war nun wach und ließ sich von Annas Sorgen anstecken. »Wir müssten erst einmal wissen, was da unten überhaupt passiert und wie die Ermittlungslage ist. Vielleicht missversteht Lucca etwas.« Sie dachte nach.

»Du könntest doch deinen Job als Kriminalbeamtin nutzen und Informationen einholen.« Anna sah einen Lichtstreif am Horizont, doch Susanne schüttelte den Kopf.

»Lykra ist zu weit weg für eine kleine Anfrage.«

»Aber du könntest es versuchen ...« Anna sah ihre Freundin flehend an. »Bitte!«

»Auf jeden Fall sollten wir mit Alana reden.« Es musste unbedingt verhindert werden, dass Lucca die Aktion als Hinterherspionieren interpretieren konnte.

Anna sprang wie von der Tarantel gestochen aus dem Bett und griff nach dem Telefon. »Ich rufe Alana an.«

»Jetzt?« Susanne sah auf die Uhr.

»Morgen könnte es zu spät sein!« Anna hatte bereits gewählt.

*

Sabine hatte wirklich alle ins Bett gescheucht, indem sie auf die Polizei verwies.

»Ich kann euch drei übrigens morgen im Auto hinbringen, denn ich habe in San Ioannis noch etwas zu erledigen.«

Dieser Vorschlag wurde begeistert angenommen. Abschließend sorgte Sabine noch dafür, dass Birgit, die schon eine ganze Weile auffallend um Lucca herumgestrichen war, allein ihr Zimmer aufsuchte. Schließlich zog auch sie sich erschöpft in ihr Appartement zurück.

Sie hatte vorgehabt, sofort ins Bett zu gehen, denn morgen standen einige Ab- und Anreisen an. Das bedeutete immer viel Arbeit. Den Transfer zum Flughafen hatte sie bereits mit Johanna geklärt, die sich damit Geld verdiente, und die Putzhilfe war auch bestellt. Aber statt schlafen zu gehen, hörte sie ihren Anrufbeantworter ab, fuhr den PC hoch und checkte die Emails.

*

Am anderen Morgen herrschte eine gedrückte Stimmung im Auto, niemand sprach viel. Lucca hatte ihr Handy nicht finden können und war überzeugt davon, dass dies kein gutes Vorzeichen für die Vernehmung war.

Als Einzige schien Sabine unverkatert und fröhlich wie immer. Lucca saß vorne neben ihr, starrte stumm geradeaus und hielt es im Moment für eine schlechte Idee, nicht selbst das Steuer in der Hand zu halten.

»Liebste Sabine, könntest du vielleicht etwas defensiver fahren?« Sie kämpfte gegen einen Würgereiz an.

»Nimm das. Du musst sie nur lutschen, dann geht's dir schnell besser.« Statt ihren Fahrstil zu ändern, reichte Sabine eine kleine Schachtel ohne Aufschrift herüber.

»Zu nett von dir.« Lucca nahm misstrauisch eine der Pillen.

Nach fast neunzig Minuten überwiegend schweigsamer Fahrt bremste Sabine vor einem trutzig anmutenden Gebäude und ließ die Frauen aussteigen. »Spätestens in einer Stunde bin ich wieder zurück und hole euch ab. Solltet ihr früher fertig sein, wartet einfach hier, sonst finden wir uns womöglich in dem Trubel nicht wieder.«

Um sie herum tobte der Verkehr, eine Hupe löste die andere ab. Sabine winkte kurz, dann gab sie auch schon wieder Gas.

»Na los, dann wollen wir mal.« Sonja steuerte auf den Eingang zu und sah sich suchend nach einem Menschen um, der ihnen den Weg zu Theodopulos' Büro weisen konnte. Eine Empfangsdame, deren Freundlichkeit sich in engen Grenzen hielt, meldete sie immerhin telefonisch an und befahl ihnen, zu warten, bis sie abgeholt würden. Dabei wies sie auf einige Stühle in der Ecke der Halle.

Froh darüber, noch einige Minuten der Sammlung zu haben, schloss Lucca die Augen, während Sonja in einem der langen Gänge verschwand.

»Alles in Ordnung?«

Lucca fühlte eine Hand auf ihrem Oberschenkel und öffnete ein Auge. Birgit blickte sie mitfühlend an. »Ich hole dir etwas Wasser.«

»Die Jagdzeit ist eröffnet!« Ob Sonja, die soeben wieder auftauchte, damit Birgit meinte oder das Erscheinen von Dariakos kommentierte, der soeben die Eingangshalle betrat, blieb ungeklärt. Der Polizist begrüßte sie freundlich und bat sie, ihm in den zweiten Stock zu folgen. Sie gingen schweigend hinter ihm die Treppe hinauf und wurden auf eine unbequeme Wartebank verwiesen, die vor der verschlossenen Zimmertür des Kommissars stand.

»Theo macht es aber spannend.« Lucca sah sich um. »Hier sieht es nicht besonders einladend aus.«

»Du willst hier ja wohl kaum Wurzeln schlagen. Hoffentlich lässt er uns nicht so lange zappeln.« Sonjas Nerven flatterten sichtlich. Nur Birgit war die Ruhe in Person und ergoss ihr permanentes Lächeln nicht nur über ihre beiden Begleiterinnen, sondern über jeden, der auf diesem dunklen Flur an ihnen vorüberging.

Endlich, nach gefühlten Stunden, erschien Dariakos wieder, um Birgit in ein helles Büro zu führen, dessen Fenster auf den Innenhof gingen. An der rechten Seite befanden sich ein Spiegel, daneben führte eine Tür in einen Nebenraum. An der linken Wand saß Theodopulos hinter seinem Schreibtisch und wies auf einen Besucherstuhl.

»Frau Doktor Krantz, ich grüße Sie. Nehmen Sie doch bitte Platz.«

»Den Doktor können Sie ruhig weglassen, Herr Theodopulos.« Birgit sah ihn mit einem undurchdringlichen Blick an und setzte sich.

Er lächelte. »Ich nehme doch an, dass Sie sich den Grad ehrlich erarbeitet haben?«

Sie überging seine Bemerkung und schwieg.

»Nun gut, ich will es heute kurz machen. Rauchen Sie?«

»Nein, vielen Dank.« Erst da begriff sie, dass die polizeiliche Befragung bereits begonnen hatte. »Wie kommen Sie denn darauf? Nein, ich rauche nicht.«

»Sagen Sie mir doch bitte, wer im Hotel Artemis raucht.« Theodopulos war katzenfreundlich.

Sie sah ihn verständnislos an. »Darauf habe ich noch nie geachtet.«

Im Nebenzimmer stand Janis Jamanidis, der Polizeichef von Lykra, an der verspiegelten Scheibe, hinter der er den Beginn der Befragung verfolgt hatte, und wählte die Nummer des Diensthandys, das neben Theodopulos auf dem Tisch lag. »Mikis! Kommen Sie bitte sofort nach nebenan!«

Der Kommissar, der das Gerät reflexartig aufgenommen hatte, nickte nur knapp. »Ich komme gleich wieder, Frau Krantz. Mein Kollege leistet Ihnen so lange Gesellschaft.« Damit stand er eilig auf und verschwand im Nebenraum.

Dariakos sah ihm verwundert nach.

»Was machen Sie da, Mikis?« Der Chef wanderte verärgert vor dem Spiegelglas entlang und wartete keine Antwort ab. »Ich habe Ihren vorläufigen und den abschließenden Bericht der Gerichtsmedizin gelesen – ich verstehe Sie nicht. Sie sind nicht der Hauptdarsteller einer amerikanischen Krimiserie! Wir haben nicht die Zeit, nicht das Geld und nicht die technischen Möglichkeiten für langwierige DNA-Untersuchungen und den Abgleich von Fingerabdrücken auf Zigarettenkippen oder was Sie sonst noch am Unglücksort gefunden haben. Diese ominösen Fundstücke können von wer weiß wem stammen und wer weiß wie lange schon dort herumliegen.« Er machte eine Pause, um Luft zu holen. Theodopulos wollte die Gelegenheit zu einer Erwiderung nutzen, doch der Polizeichef hob herrisch die Hand. »Es besteht nicht der geringste Anlass für derlei Maßnahmen! Ich hoffe, dass ich mich klar ausgedrückt habe, Mikis. Die Untersuchung wird sofort eingestellt!« Jamanidis drehte sich um und wollte den Raum verlassen, blieb jedoch noch einmal an der Tür stehen. »Fehlt nur noch, dass eine der Damen auf die Idee kommt, sich über Sie zu beschweren. Ich sehe schon die Schlagzeile vor mir: ›Lykrische Polizei schikaniert lesbische Urlauberinnen‹!« Damit ließ er seinen Mitarbeiter stehen, der einen Moment brauchte, um zu sich zu kommen.

Zerschlagen ging Mikis Theodopulos zurück in sein Büro und setzte ein Haifischlächeln auf, ehe er Birgit verkündete: »Wir werden den Leichnam Ihrer Begleiterin noch heute freigeben.«

Dariakos sah überrascht von seinem Block auf und folgerte messerscharf, dass dem Chef der Stecker gezogen worden war.

»Die Untersuchung ist beendet. Ihr Ergebnis lautet: tragischer Unfall mit Todesfolge ohne Fremdeinwirkung. Sie können nach Hause fahren.«

*

»Was sollte das denn?« Lucca sah Sonja und Birgit verständnislos an. Sie standen draußen vor dem Gebäude und wunderten sich über die unerwartete Entwicklung, die die polizeiliche Befragung genommen hatte. »Das hätte er auch am Telefon mitteilen können. Dafür mussten wir doch nicht extra hierher kommen!«

In dem Moment erklang eine Autohupe und Sabine winkte ihnen wild zu. Sie schlängelten sich durch den Verkehr hinüber auf die andere Straßenseite und ließen sich in den Wagen fallen. Lucca verzog sich diesmal nach hinten.

»Wie ist es gelaufen?« Sabine sah sie erwartungsvoll an.

Birgit, die sich diesmal nach vorn gesetzt hatte, berichtete vom überraschenden Ende der Untersuchung. »Vorher hat er mich noch gefragt, ob ich rauche oder wüsste, welche Frauen im Artemis rauchen. Und das war's.«

Rauchen. Lucca erinnerte sich plötzlich wieder an ihren Traum und den Qualm, der über einen Felsen zog. Irgendetwas sollte ihr jetzt klar werden, so viel war sicher, aber was?

»Was hast du denn in der Zwischenzeit gemacht?« Sonja wollte auf andere Gedanken kommen.

»Ich habe meine Kräutermischung in einem Laden abgegeben, der für mich den Verkauf übernimmt. Dann bin ich noch beim Flughafen vorbeigefahren und habe das Gepäck einer neuen Frau abgeholt, die ab heute bei uns zu Gast ist. Sie selbst hat ein Motorrad gemietet und ist auf den Weg zum Artemis.« Sabine versuchte, sich auf den Straßenverkehr zu konzentrieren.

»Wow, eine wilde Rockerin.« Lucca hatte schon wieder einen Spruch auf den Lippen. »Wie heißt sie denn? Angel?«

»Rebekka.« Sabine sah Lucca im Rückspiegel an. »Ich glaube, sie ist eher soft. Eine ganz liebe Frau.«

Was immer sie damit auch meinte, es blieb unkommentiert, denn Lucca musste sich erneut auf Sabines Fahrstil einstellen, der jedenfalls eher unsoft zu nennen war. Schweigend verfolgte sie, wie Sabine den Wagen durchs Gelände heizte. Erst kurz vor dem Ziel tauchte sie wieder aus den Tiefen des Rücksitzes auf. »Hey, ich hänge da wie eine Fliege am Fliegenfänger. Hat eine von euch etwas zu trinken dabei? Mir klebt die Zunge am Gaumen.«

Birgit reichte ihr prompt eine Wasserflasche. »Du kannst sie gerne austrinken.«

Was Lucca sich nicht zweimal sagen ließ.

Bald darauf kamen sie auf dem Hotel-Parkplatz an.

»Alles klar?«, fragte Sabine in die Tiefen des Fonds, als sich dort nichts regte.

Lucca machte keinerlei Anstalten, auszusteigen. »Ich glaube, ich werde krank.« Sie fühlte sich matt und zerschlagen. Erschöpft strich sie sich über die Stirn.

»Fieber hast du aber nicht.« Sabine legte ihr den Handrücken an die Wange. »Leg dich ein bisschen hin. Das ist nur die Aufregung. Heute Abend bist du wieder fit.«

Lucca fühlte sich so elend, dass sie sich auf dem schnellsten Weg in ihr Zimmer verzog und keine Augen für die große Geländemaschine hatte, die ein Stück unterhalb des Tores des Artemis geparkt war.

*

»Verflixt, warum geht sie denn nicht an ihr Handy? Sie trägt das blöde Ding doch sonst immer mit sich rum.« Alana sah unwirsch zu Anna, die zur großen Freude des Rüdlers mit ihrem Hund Siegfried vorbeigekommen war. »Ich habe jetzt zum x-ten Mal nur die dämliche Mailbox dran. Lucca ruft einfach nicht zurück!«

»Erst macht sie uns verrückt und dann lässt sie nichts mehr von sich hören? Das passt eigentlich nicht zu ihr.« Anna runzelte die Brauen in der ihr unnachahmlichen Art.

»Vielleicht hat sich die ganze Angelegenheit in Wohlgefallen aufgelöst und sie genießt die restliche Urlaubszeit.« Alana nahm Sophia auf den Schoß. »Deine Zweitmama hat vermutlich einfach nur vergessen, uns zu benachrichtigen, was?«

»Meinst du wirklich?« Anna war skeptisch.

»Lutta«, lautete Sophias Kommentar.

*

Unter der Pergola fanden sich neue Gästinnen ein und machten sich mit den Frauen bekannt, die dort bereits ihren Kaffee oder Tee genossen. Unter den Neuzugängen war ein frischverliebtes Paar, das zum Flittern hergekommen war. Sabine holte sofort eine Flasche Sekt und alle stießen auf die junge Lebenspartnerschaft an.

Rebekka, immer noch in Motorrad-Lederhose, hielt sich etwas abseits und schien darauf bedacht zu sein, jederzeit ohne viel Aufhebens verschwinden zu können.

Vanessa raunte Ulrike ihre Vermutung zu, dass die wilde Rockerin möglicherweise sehr schüchtern war, was Ulrike dazu veranlasste, ihr einen zweiten, sehr interessierten Blick zu schicken.

Und auch Sonja sah ausgesprochen wohlwollend zu Rebekka hinüber, die gerade danach fragte, ob noch weitere Frauen hier Urlaub machten.

»Ja, warte mal«, Sabine blickte sich um. »Silke, Birgit, Ruth und Lucca. Wo stecken sie denn?«

»Lucca hat sich hingelegt«, ergänzte Ulrike. »Sie sah sehr mitgenommen aus, als wir aus San Ioannis zurückkamen.« Sie wandte sich an Sonja, die heftig mit dem Kopf nickte.

»Silke packt ihre Sachen, Ruth ... «

»... aalt sich mal wieder am Strand.« Ulrike konnte dieser übertriebenen Sonnenanbeterei nichts abgewinnen.

»... und was Birgit treibt, entzieht sich meiner Kenntnis.« Sabine lächelte Rebekka gewinnend an. »Du bist nun bestens informiert.«

In der nächsten Viertelstunde leerte sich der Innenhof nach und nach. Rebekka machte einen Rundgang durch das Haus, schaute beim Fitnessraum vorbei, besichtigte kurz das Zimmer mit der Massageliege, schlenderte schließlich durch den Garten am Swimmingpool entlang und machte sich mit den Örtlichkeiten eingehend vertraut.

*

Janis Jamanidis hatte die Anfrage eines Kollegen aus Deutschland zügig beantwortet und Auszüge aus der Akte Lorch, soweit sie ihm vorlag, an die durchgegebene Emailadresse geschickt. Bald hatte Susanne die Unterlagen und den Bericht umfassend studiert. Auf den ersten Blick musste sie dem Polizeichef recht geben; andererseits konnte sie aber auch die Bedenken des Kollegen Theodopulos verstehen und seiner Argumentation folgen.

Es war eine vertrackte Sache und die Möglichkeit, dass sich Lucca in ernsthafte Schwierigkeiten manövrierte, verdichtete sich zu einer Fifty-Fifty-Chance ...

*

Lucca fühlte sich wie in Watte. Nebel umgab sie, dichter, undurchdringlicher Nebel. Mühsam versuchte sie die Augen zu öffnen, aber ihr Blick verschwamm, immer wieder driftete ihr Verstand ab. Offensichtlich lag sie auf ihrem Bett, so viel hatte sie begriffen. Sie versuchte sich aufzurichten, doch das war unmöglich. Nicht einmal die Hände, die irgendwo über ihrem Kopf im Nichts verschwanden, bekam sie unter Kontrolle.

Sie hörte ein leises Stöhnen, das nicht von ihr stammte, und spürte eine Zunge an ihrem Hals.

Mühsam riss Lucca erneut die Augen auf. Was sie sah, ließ sie schlagartig zu Bewusstsein kommen.

Sie war nackt und auf ihr saß rittlings und ebenso nackt Birgit, die sich genüsslich über sie beugte und ihr die Brüste übers Gesicht streifen ließ.

Sie wollte Birgit fortstoßen. Da begriff sie, dass ihre Hände am Bettpfosten festgebunden waren.

»Was soll das?! Hör auf damit!«

Die Strenge, die in ihrer Stimme lag, ließ Birgit zusammenzucken.

»Mach mich sofort los!« Wütend zerrte Lucca an ihren Fesseln. »Mach schon, bevor ich mich vergesse!«

Birgit rutschte von ihr herunter und nestelte an dem Tuch, mit dem sie Lucca fixiert hatte. »Entschuldige bitte …« In Nullkommanichts war der Vamp zum devoten Mäuschen geschrumpft. Lucca fiel das in ihrer Wut ebenso wenig auf wie die Tatsache, dass Birgits Körper mit blauen Flecken übersät war.

»Ich dachte, es macht dir Spaß«, flüsterte Birgit unterwürfig.

»Für mich musst du nicht denken! Das erledige ich schon selbst!« Lucca kochte und beachtete die Frau nicht weiter, die in Erwartung eines Schlages vor ihr stand.

»Du kannst mich gerne bestrafen, wenn du willst …«

»Tickst du noch ganz richtig? Du gehst jetzt sofort!« Lucca angelte ihre Klamotten vom Stuhl und begann sich hastig anzuziehen. Der Schädel brummte ihr ganz fürchterlich, die Welt drehte sich vor ihren Augen.

Verdammt, fluchte sie im Stillen. Sie verabscheute die Lage, in die sie geraten war, und sie verabscheute Birgit, die sie da hineingebracht hatte. Die sie vermutlich betäubt, ihr den Willen geraubt hatte! Wozu war diese Frau noch fähig?! In Lucca erhob sich eine Welle aus Wut und Angst, die sie eilig herumfahren ließ.

Sie war allein. Birgit hatte das Zimmer bereits leise über die Terrasse verlassen.

*

»Hoppla!«, rief Rebekka, doch die Gestalt, die plötzlich vor ihr aufgetaucht war, stob erschrocken vorbei, schlüpfte schnell hinter einen Granatapfelbaum und war auch schon in der Tiefe des Gartens verschwunden. Welche der Frauen, die sie noch nicht kannte, mochte das gewesen sein? Rebekka blieb noch einen Moment auf ihrem Posten stehen, bis ein Motorengeräusch von der Straße her an ihre Ohren drang. Sie sah, dass ein Auto vor dem Hoteltor hielt. Eine Frau stieg aus und warf achtlos ihre Zigarette weg. Rebekka schüttelte missbilligend den Kopf. Wieso gab es nur überall solche hirnlosen Leute! Sie zog sich leise auf ihre Terrasse zurück, von der sie einen herrlichen Überblick genoss, und legte sich auf eine Liege.

Einen Augenblick später erschien ihre Zimmernachbarin auf der Nebenterrasse – Rebekka erkannte die Frau mit der Zigarette. Auch das noch! Sie nickte ihr nur kurz zu und zog sich ins Zimmer zurück. Drinnen blieb sie allerdings auf der Schwelle stehen und spähte durch die Lamellen der Holzläden. Womöglich setzte die Pafferin gleich den Garten in Brand ...

Die Frau draußen trat gerade an den gegenüberliegenden Terrassenrand. »He, Lucca! Wie war es bei Theodopulos und was machst du nachher?«

Aus geringer Entfernung kam die prompte Antwort. »Feiern! Die Untersuchung wurde eingestellt.«

»Toll. Darauf stoßen wir heute Abend an. Bis später, ich muss jetzt duschen.«

»Da geht es dir nicht anders als mir. Bis dann.«

Die Nachbarin hob die Hand und ging lächelnd hinein. »Na also, geht doch«, hörte Rebekka noch, bevor die Läden des Nachbarzimmers sich schlossen.

Fast im gleichen Moment erklang vor ihrer Tür ein freundliches »Hallo«. Rebekka fuhr herum und öffnete.

»Ich wollte dich nur fragen, ob du mit uns zu Costas Grill fahren möchtest. Vielleicht gehen wir dann noch auf einen Cocktail in die Athena-Bar am Strand. Ich würde mich sehr freuen, wenn du mitkommst.« Ulrike gab sich redlich Mühe.

»Danke, aber heute möchte ich lieber früh ins Bett«, erklärte Rebekka zurückhaltend.

»Schade. Vielleicht ein anderes Mal?« In Ulrikes Wortschatz fehlte die Vokabel für aufgeben.

Rebekka belohnte ihre Ausdauer mit einem Lächeln.

*

Unter der Pergola war an diesem Abend fast alles versammelt, was Beine besaß und zum Artemis gehörte. Die neuen Gästinnen wurden ganz selbstverständlich mit einbezogen. Lucca hatte es übernommen, einen Aperitif zu verteilen.

»Suchst du wen?« Ihr war aufgefallen, dass Ulrikes Augen immer wieder durch die Gegend wanderten.

»Ich dachte, dass Rebekka vielleicht doch noch kommt.«

»Die Motorradbiene? Heiße Braut?« Lucca lachte und stieß sie mit dem Ellbogen leicht in die Seite.

»Hm.« Ulrike nahm einen Schluck Wein. »Auf das glückliche Ende dieser unseligen Untersuchung.«

»Auf bessere Zeiten.« Lucca hob nickend ihr Glas. »Wann fahren wir los? Mir hängt der Magen in den Kniekehlen.«

»Jetzt.« Sabine stand auf.

Die Dämmerung hatte eingesetzt und langsam legte sich die Dunkelheit über das Artemis. Acht Frauen verteilten sich auf zwei Autos und fuhren gut gelaunt los. Keine bemerkte, dass ihnen wenig später ein Motorrad folgte.

*

Sie saßen bei Costa an einer großen runden Tafel. Die Kerzen warteten nur noch darauf, angezündet zu werden.

»Wie schön der Tisch aussieht! Hat eine von euch mal ein Feuerzeug?« Sabine sah sich fragend um.

»Natürlich ...!« Auf einmal kam Lucca die Erleuchtung. Sie schlug sich vor die Stirn. »Das Feuerzeug! Ich Idiotin! Rauch, Qualm über dem Felsen. Wie kann ein einzelner Mensch nur so blöd sein!« Einige Augenpaare richteten sich auf sie, von denen eines einen lauernden Ausdruck bekam.

»Was ist nun mit Feuer? Hast du ein Feuerzeug?« Sabine sah Lucca ahnungslos an.

»Nein, aber ...« Sie verschluckte den Rest.

Warum hatte Theodopulos Birgit gefragt, ob sie rauchte beziehungsweise welche der Artemis-Frauen es tat? Hatte er Zigarettenstummel gefunden? Wenn ja, war diese Spur nicht ergiebig gewesen, sonst hätte man die Ermittlungen nicht eingestellt. Aber hatte Theo auch das Feuerzeug entdeckt, das in den Felsspalt gerutscht war? In Lucca keimte ein Gedanke. Womöglich war sein Misstrauen berechtigt und Donatas Abgang war doch nachgeholfen worden?

Sie blickte auf und sah direkt in Birgits Augen, die sie eindringlich musterten. Lucca starrte kalt zurück. Im nächsten Augenblick reichte Birgit ein Feuerzeug über den Tisch, womit Sabine die Kerzen anzündete.

»Sabine, besteht im Hotel die Möglichkeit, die Speicherkarte meiner Kamera lesen zu lassen?«, fragte Lucca angespannt.

»Mein Laptop kann das auf jeden Fall. Komm nachher bei mir vorbei.« Sabine schien sich über die Frage in keinster Weise zu wundern.

Lucca sah in die Runde. Vielleicht saß hier ja die ›nachhelfende Hand‹ … vielleicht war sie aber auch schon wieder in Deutschland? Sie spürte ein nervöses Kribbeln im Magen und fragte sich, wem sie überhaupt noch vertrauen konnte. Mit einem Mal fühlte sie sich von potenziellen Gewalttäterinnen umgeben.

Aber kamen wirklich alle in Frage? Sabine und Ulrike hatten sich im Moment des Absturzes um Melina gekümmert, das hatten sie zumindest erzählt. Welchen Grund sollten sie haben, sich das nur auszudenken? Vielleicht war der Verdacht, der ihr gerade durch den Kopf schoss, ja auch nur ein großes Hirngespinst!

»Alles okay?« Ruth sah sie aufmerksam an. »Man hört förmlich das Rattern in deinen Hirnwindungen. Jeden Moment wird Qualm aus deinen Ohren kommen.«

»Lucca, ich habe ein Netbook mit Kartenleser dabei. Du könntest sofort schauen, wenn du möchtest.« Silke nestelte an ihrem Rucksack.

»*Was* hast du mal eben dabei? Ein Netbook? Das ist ja schlimmer, als mit Börsenfuzzies unterwegs zu sein.« Vanessa runzelte die Augenbrauen.

»Ach, Vanni, das ist doch nur ein kleines Ding. Nimmt kaum Platz weg und wie du weißt, bereite ich mich auf meine Prüfung vor. So habe ich meine Lerndateien immer dabei und sehe sie mir regelmäßig an. Ich habe damit auch schon am Strand gesessen, ist dir das nicht aufgefallen?« Sie hielt das Gerät schon in der Hand und wollte es Lucca reichen.

»Danke, Silke, aber meine Kamera liegt sowieso im Zimmer.« Lucca winkte freundlich dankend ab. »Es ist auch gar nicht so wahnsinnig wichtig«, versuchte sie das Thema herunterzuspielen.

Es dauerte dann auch nicht lange, bis die Gespräche wieder in Gang kamen und keine mehr über Feuerzeuge oder Fotos sprach. Nach dem Essen schlenderten die Frauen in die Athena-Bar und gaben sich leckeren Cocktails hin.

Die Bar lag direkt am Strand, verfügte über eine angenehm schummrige Beleuchtung, man konnte in niedrigen Liegestühlen versinken, genüsslich am Glas nippen und aufs Meer oder in den Himmel sehen.

Eine sah anscheinend woanders hin. Jedenfalls wurde Lucca das Gefühl nicht los, dass Augen auf sie gerichtet waren, die ihre kleinsten Bewegungen verfolgten. Aber sooft sie sich auch über die Schulter blickte, sie konnte nicht ausmachen, wer sie beobachtete. Ob sie sich das nur einbildete? Vielleicht litt sie allmählich unter Verfolgungswahn? Die Lampen erhellten nur einen schmalen Streifen Strand. Jemand, der dort drüben im Schatten stand, konnte die Frauen zwar sehen, blieb selbst aber unsichtbar. Es machte also keinen Sinn, ins Dunkel zu starren ...

»Erwartest du jemanden?« Sonja war neben ihr aufgetaucht. »Du siehst dich so laufend um.«

»Nein. Ich habe nur einen neben mir gehen, das ist alles.«

»Vielleicht hast du ja einen deiner Drinks nicht vertragen.« Sonja lächelte. »Das haben diese bunten Happymaker manchmal so an sich.«

»Ich habe nicht die Absicht, mir hier die Kante zu geben, Schätzelein. Ich muss noch fahren.«

»Brave Lucca.« Sonja machte sich offensichtlich über sie lustig, um sie dann leidenschaftlich auf den Mund zu küssen. »Weniger brav gefällst du mir allerdings erheblich besser.« Damit machte sie kehrt und verschwand in Richtung Theke.

»Brav ist wohl eher ein dehnbarer Begriff.« Ruth stieß mit Lucca an. »Vor allem, in Verbindung mit dir.«

Bevor sie etwas Passendes antworten konnte, war Lucca bereits wieder sich selbst überlassen, den Ruth wurde von Sabine ins Gespräch gezogen.

Dafür versuchte jetzt Birgit ihr Glück. »Ich würde gerne noch mal mit dir über die Sache von heute Nachmittag sprechen.«

Lucca zog sich bei dieser Ankündigung der Magen zusammen. Eilig fasste sie Birgit am Arm und zog sie von den anderen fort in Richtung Meer. Es musste nicht das ganze Artemis mithören.

»Zwischen uns gibt es nichts zu besprechen. Klar?« Lucca spürte wieder unbändige Wut in sich aufsteigen.

»Ich wollte dir doch nur sagen, dass ich dich ganz toll finde und …«

»… und nichts, Birgit!« Lucca rang nach Worten. »Das war eine äußerst bescheuerte Idee von dir! Ich will nichts mehr davon hören und nicht mehr daran denken.« Sie funkelte ihre Begleiterin wütend an und hatte große Lust, ihr das Dauergrinsen aus dem Gesicht zu wischen. Zugleich war sie sauer darüber, dass diese Frau es immer wieder schaffte, heftige Aggressionen in ihr zu wecken. »Ich möchte keinerlei Kontakt zu dir, Birgit. Lass mich einfach in Ruhe!«

Im Schutz der Dunkelheit beobachtete eine unerkannte Strandläuferin die beiden, ohne dass sie ein Wort von dem verstehen konnte, worüber sie so aufgeregt sprachen. Sie sah aber, wie Birgit bald darauf mit Tränen in den Augen wieder in die Frauenrunde zurückkehrte und ihr das madonnenhafte Lächeln nur noch härter in den Mundwinkeln einbetoniert war.

Lucca stand nach wie vor abseits der Gruppe, starrte aufs Wasser und versuchte sich wieder einzukriegen. Sie war mit sich überhaupt nicht zufrieden und hoffte, ihr Temperament zukünftig besser in den Griff zu bekommen. Es ging nicht, dass sie sich von einer solch schrägen Frau in deren fragwürdige Machtspielchen verwickeln ließ!

»Zählst du fliegende Fische, oder was?« Vanessa trat neben sie.

»Vanessa, du als Quotenhete, errette mich vor mir selbst!« Lucca fiel theatralisch vor ihr auf die Knie.

»Steh auf, Unheilvolle«, Vanessa stieg bereitwillig auf das

Theater ein, »und nimm sogleich die Strafe für dein schändliches Betragen entgegen.«

»Schändlich?« Lucca tat erstaunt. »Oh, Herrin der Ziegen, lasset Gnade walten.« Sie streckte flehentlich die Hände empor.

Sabine beobachtete das Schauspiel lachend und machte die anderen darauf aufmerksam.

»Gnade, ja?«

»Gnade, Herrin der Ziegen. Oder sagt mir, wie ich Euch besänftigen kann.« Lucca blinzelte herausfordernd.

»Ein Kuss schenkt dir die Freiheit zurück, Herzensbrecherin.« Vanessa war selbst von ihren Worten überrascht.

»Ein Kuss?« Lucca staunte und Vanessa nickte tapfer. »Herrin der Ziegen«, Luccas Stimme wurde weicher, »Euer Wunsch sei mir Befehl. Ihr habt es nicht anders gewollt.« Sie stand auf, nahm Vanessas Gesicht sanft zwischen ihre Hände und küsste sie.

Erst nach geraumer Zeit und auch nur, weil die anderen riefen und klatschten, löste Lucca ihre Lippen von Vanessas weichem Mund. »War es das, was du dir vorgestellt hattest?« fragte sie leise.

Die Antwort kam ebenso leise: »Du bist eine Teufelin, Lucca.« Vanessa stellte fest, dass ihr Herz bis zum Hals klopfte.

Die Teufelin lächelte breit und reichte ihr galant den Arm. »Ich hoffte, Euch zu begeistern.« Sie verbeugte sich tief. »Kommt, Herrin der Ziegen, Euer Volk wartet schon.«

Lucca führte Vanessa zu den anderen zurück, die sie mit Applaus und Gelächter in Empfang nahmen.

*

Sabine, Ulrike und Lucca waren die Letzten, die in dieser Nacht ins Hotel zurückkamen; die anderen hatten sich zu fünft in ein Auto gequetscht, waren eine halbe Stunde vor ihnen aufgebrochen und nirgends mehr zu sehen.

»Ich hole nur eben schnell meine Kamera. Bin gleich wieder da«, sagte Lucca.

Sabine nickte. »Ich warte im Büro.«

Als Lucca ihre Zimmertür öffnete, stutzte sie. Hatte sie die Terrassentür nicht geschlossen, bevor sie zu Costa aufgebrochen war? Sie war sich sicher, zumindest den Haken vorgelegt zu haben. Nun stand sie weit offen.

Irritiert blickte sie sich um und erschrak. Es musste jemand hier gewesen sein. Ihre Sachen waren offensichtlich durchsucht worden. Vorsichtig zwar und ohne großes Chaos anzurichten, aber Lucca erkannte es sofort.

Sie sah sich suchend nach ihrer Kamera um, als ihr mit einem Mal einfiel, dass sie ja im Kofferraum des Mietwagens lag. Wie dumm! Sie hätte also Silkes Netbook benutzen und die Fotos schon bei Costa ansehen können! Wo hatte sie ihr Hirn? Unwirsch schüttelte Lucca den Kopf über sich selbst, als Aphrodite hereinstolzierte.

»Na, Kugelkatze, hast du gesehen, wer hier drin war?«

Die Katze fixierte sie mit unergründlichem Blick.

»Was sollte das? Nach was ist hier gesucht worden? Es fehlt nichts!« Lucca hatte sich schnell einen Überblick verschafft. Sowohl ihre Ausweispapiere als auch Bargeld lagen unberührt auf dem Tisch.

»Also, Kuka, du könntest mir ruhig einen Tipp geben, wie ich das verstehen soll.«

Aphrodite miaute, setzte sich neben die leere Fototasche und putzte sich.

»Die Kamera? Du meinst, jemand war auf den Apparat scharf?« Lucca sinnierte vor sich hin. »Das würde bedeuten, dass die Fotos, die ich gemacht habe, für jemanden wichtig genug sind, um einen Einbruch zu veranstalten, denn so muss ich das hier wohl nennen.« Lucca setzte sich aufs Bett. »Wer weiß denn von den Bildern?«

Aphrodite sprang zu ihr und ließ sich streicheln.

»Vanessa und Sonja waren dabei, als ich am Felsen fotografiert habe. Heute Abend beim Essen habe ich von den Bildern gesprochen; alle Frauen am Tisch können das gehört haben. Verdammt, Aphrodite, das gefällt mir überhaupt nicht!«

Die Katze auf ihrem Schoß fühlte sich an, als ob sie unter Strom stünde. Lucca setzte sie auf die Bettdecke. Aphrodite schloss langsam ein Auge, mit dem anderen fixierte sie Lucca weiter.

Lucca stand auf, um nach ihrem Handy zu suchen. Nein, das konnte nicht gestohlen sein, denn sie hatte es natürlich dabei gehabt, wie immer. Aber wo hatte sie es hingetan? Litt sie allmählich unter der Krankheit mit A...? Nach einigen Minuten erfolgloser Suche ließ sie sich wieder nieder. Das Gerät würde sich finden. Die Frage war eher, ob sich eine Erklärung für die übrigen Rätsel fand.

»Könnte Donata einen Grund gehabt haben, sich selbst vom Felsen zu stürzen, Kugelkatze? Oder andersrum gefragt: Welche der Frauen hätte nachhelfen können und wollen?«

Die Katze starrte sie wie hypnotisiert an und verharrte reglos.

»Ich habe keine Ahnung. Aber wir werden es herausbekommen.« Lucca stand auf, löschte das Licht und trat gedankenverloren auf die Terrasse hinaus, um die Kamera aus dem Auto zu holen.

Die Frau, die sich hinter den Holzläden der Terrassentür verborgen hielt, zuckte zurück und hielt den Atem an.

*

Als sie die Küche betrat, erwähnte Lucca den Einbruch in ihr Zimmer mit keinem Wort.

»Ich dachte schon, du kommst gar nicht mehr rüber.« Sabine, die längst das Büro verlassen hatte und sich mit Ulrike unterhielt, hantierte am Waschbecken.

»Ich glaube, auf den letzten Caipi hätte ich besser verzichten sollen. Morgen werde ich mit einem Brummschädel aufwachen.« Ulrike rieb sich schon jetzt die Schläfen.

Sabine überging diesen Hinweis mit der Eröffnung eines Angebotes. »Was haltet ihr davon, wenn ich uns jetzt meinen Spezialcocktail mixe?«

»Dann sterbe ich, aber es wird ein schöner Tod sein!« Ulrike sah zu Lucca hinüber. »Weißt du, den Drink bietet sie nicht oft und nicht jeder an.«

»Macht er hemmungslos und gefügig? Das wird ja dann ein lustiger Dreier!« Lucca war nicht ganz bei der Sache, denn sie suchte den Kartensteckplatz an Sabines Laptop.

»Schön wäre es!« Sabine sah Ulrike an, doch die zog hinter Luccas Rücken einen Flunsch und schüttelte den Kopf. »Manches mache ich allerdings lieber nur zu zweit«, ergänzte Sabine und fuhr fort: »Hier, an der Seite!« Sie beugte sich vor, um auf den Steckplatz zu deuten, was Lucca eine Prise Parfümduft in der Nase und Sabines Busen an ihrer Schulter bescherte.

Ulrike beobachtete die beiden. »Hey, Sabine, mix uns jetzt mal lieber die Drinks.«

Lächelnd kümmerte Lucca sich weiter um die Speicherkarte.

»Nun ja, den Versuch war es wert«, raunte Sabine Ulrike zu, als sie an ihr vorbei in die Vorratskammer ging, um die Zutaten zusammenzusuchen.

»Wo sind eigentlich die anderen abgeblieben?« Lucca wunderte sich, dass keine der Frauen mehr auftauchte.

»Ruth, als gute Krankenschwester, kümmert sich liebevoll

um Birgit, die an ihren Swimmingpool-Cocktails besser nur gerochen hätte, als sie ernsthaft zu trinken.« Ulrike schüttelte sich beim puren Gedanken an das süße Zeug.

»Vanessa muss sich von deinem Kuss erholen oder vielmehr, sie musste sich in Sicherheit bringen, so wie es aussah.« Sabine schaltete sich in das Gespräch ein. »Die Gute wurde ja fast ohnmächtig.« Sie zwinkerte. »Ich könnte glatt neidisch werden.«

»Sabine, Sabine ...« Lucca hob spielerisch tadelnd ihren Finger. »Wie soll ich das verstehen? – hey! Hier sind die Fotos!« Sie starrte auf den Bildschirm.

»Und hier ist Sabines *Special.*« Mit Schwung wurde ein giftgrünes Getränk neben sie auf den Tisch gestellt. »Kommt, wir setzen uns besser an die frische Luft.«

Lucca folgte ihnen grübelnd, nachdem sie die Aufnahmen vom Unfallort durchgegangen war.

*

Gleich nach dem Cocktail hatte Lucca sich wieder nach drinnen an den Laptop verzogen, eine kurze Email an Alana geschickt und sich verabschiedet.

Nun lag sie auf ihrer Terrasse in der Sonneliege, starrte in den Nachthimmel und ließ ihre Gedanken wandern.

Die Bilder waren so wichtig, weil sie etwas zeigten, das Aufschluss über ... ja, über was eigentlich gab? Darüber, wer mit auf dem Felsen gewesen war?

Birgit? Sie hatte Donata ganze vierundzwanzig Stunden am Tag genießen dürfen und war vielleicht eher froh, einen Moment für sich allein sein zu können. Möglicherweise stieg sie aber doch hinter Donata her, es kam zum Streit, vielleicht zu einem Handgemenge und ... schwupps.

Dann musste es aber Spuren eines Kampfes auf dem Felsen gegeben haben. Wenn das so wäre, hätte Theodopulos die Untersuchung andererseits nicht eingestellt.

Was dann? Und was wäre Birgits Motiv gewesen?

Ein Feuerzeug besaß sie immerhin. Rauchte sie heimlich?

Lucca atmete tief durch. Es war müßig weiterzugrübeln, so würde sie auf keinen grünen Zweig kommen.

Letzten Endes war Donata vermutlich von allein gesprungen, bloß um den Frauen den Tag zu verderben ... Das war ihr ohne weiteres zuzutrauen. Lucca beschloss, endlich ins Bett zu gehen, erhob sich von der Liege und streckte sich in alle Richtungen.

Drei Augenpaare beobachteten jede ihrer Bewegungen. Eines davon gehörte Aphrodite, die es sich, kaum dass Lucca aufgestanden war, auf deren Liegenplatz bequem machte.

KAPITEL 7

Lucca kam spät zum Frühstück. Ruth, Sonja, Birgit, Ulrike und Vanessa waren bereits fertig und ließen den Tag unter der schattigen Pergola angehen.

»Schade, jetzt hast du Bekki schon wieder verpasst.« Ulrike sah ihr bedauernd entgegen.

»Bekki?« Der Name sagte Lucca rein gar nichts.

»Ja. Rebekka. Gerade saß sie noch hier, jetzt ist sie weg.«

»So was soll vorkommen.« Lucca war ohnehin nicht an einer Bekki oder Rebekka interessiert, sie hatte Wichtigeres vor. Beim Einschlafen hatte sie einen Plan gefasst und wollte sich gleich auf den Weg machen.

»Du wirkst reichlich abwesend, was enthältst du uns vor?« Ruth schlug einen leichten Ton an. »Außerdem, Bekki könnte dir auch gefallen. Ihr hättet bestimmt viel Spaß miteinander.« Sie ließ ihrer Bemerkung einen schnellen Seitenblick auf Sonja folgen.

»Was veranstaltet ihr hier mit mir? Eine Kuppelshow?«, fragte Lucca gereizt.

»Nein, ich glaube eher, Ruth hat zu viel und zu lange in der Sonne gelegen.« Sonja machte wilde Zeichen an ihrem Kopf. »Oder zu viel Alkohol.« Sie bleckte die Zähne.

»Ärgere dich nicht über Ruth. Ich vermute, unsere gemeinsame Nacht ist ihr nicht verborgen geblieben«, flüsterte Lucca in Sonjas Ohr, dann wandte sie sich an Ulrike: »Ist Silke eigentlich schon weg?«

»Nein, sie sitzt bei Sabine im Büro.« Die Antwort kam von Birgit.

»Dann werde ich mich mal von ihr verabschieden, bevor ich losfahre.« Sie schlenderte in die Küche.

»Was hat Lucca denn vor? Will sie etwa allein an den Strand?«, fragte Vanessa eher nebenbei.

»Ich habe das auch nicht so ganz verstanden. Gestern Abend hat sie zu Sabine etwas von Feuerzeug und Schlucht gesagt, und dass es wichtig sei, dass sie heute dort hinfährt. Es hat irgendwas mit Theodopulos zu tun.« Ulrike hob die Schultern. »Aber fragt mich nicht, wie das zusammenhängt.«

Es fragte auch keine mehr nach, denn Silke kam, um sich zu verabschieden. Sie begann ihre Tour bei Sonja, die sie fest in den Arm nahm. Als sie ihre Runde beendet hatte, hob sie winkend die Hand und wurde von Sabine zum Wagen begleitet.

»Wann startet Lucca denn zu ihrem Ausflug?«, fragte Birgit, als sich Sabine kurz darauf wieder zu ihnen gesellte.

»Lucca? Aber die ist vor wenigen Minuten losgefahren, kurz vor Silke.«

»Schade, ich hätte sie gern begleitet, um für Donata eine Kerze aufzustellen.« Birgits Bemerkung führte zu betretenem Schweigen. Dann brach eine unerwartet hektische Geschäftigkeit aus. Sonja erhob sich als Erste. »Also bis später. Ich muss noch einiges erledigen.«

Auch Ruth, Birgit und Vanessa hatten es plötzlich eilig, das Artemis zu verlassen, um schwimmen, wandern oder einkaufen zu gehen. Nur Ulrike und Sabine blieben sitzen.

Nach und nach wurden die verschiedenen Motoren angeworfen. Bald war der Hotelparkplatz wie leergefegt.

*

Auf der Fahrt in die Berge schossen Lucca die wildesten Ideen zu allen möglichen Motiven durch den Kopf, die mal die, mal jene der Frauen zur potenziellen Mörderin machten. Ebenso schnell verwarf sie die Gedankenmodelle wieder, weil sie ihr völlig sinnlos erschienen. Sie würde ganz einfach das Feuerzeug holen; sollte sich Theodopulos Gedanken dazu machen, wenn es denn überhaupt welche zu machen gab.

Auf der Straße herrschte nicht viel Verkehr, nur ab und zu kam ihr ein Wagen entgegen. Von den meisten Einheimischen, denen sie nicht schnell genug unterwegs war, wurde sie rasant überholt. Sie überlegte, ob sie nicht im nächsten Ort anhalten und eine Kleinigkeit essen sollte. Ihr Frühstück hatte nur aus einer Tasse Kaffee bestanden und nun knurrte der Magen.

Plötzlich fiel ihr die Taverne ein, die sie beim ersten Mal auf dem Weg in die Schlucht gesehen hatte. Am höchsten Punkt der Straße gelegen, bot sie gewiss eine fantastische Aussicht. Es konnte eigentlich nicht mehr weit bis dorthin sein. Lucca gab Gas, hatte tatsächlich nach wenigen Minuten ihr Zwischenziel erreicht und bog in die Auffahrt ab.

Beim gewohnheitsmäßigen Blick in den Rückspiegel bemerkte sie einen Wagen, der weit hinter ihr jählings am Straßenrand hielt, ohne zu blinken, und schnittig von einem Motorrad überholt wurde. In diesem Land nahm man es mit den Verkehrsregeln eben nicht allzu genau.

Auf dem Parkplatz standen nur wenige Autos. Lucca entschied sich für einen kleinen Tisch, von dem aus sie das erwartungsgemäß tolle Panorama genießen konnte. Auf der Straße, die vor der Taverne eine scharfe Kurve beschrieb, herrschte nach wie vor nicht viel Verkehr, so dass jedes vorbeifahrende Fahrzeug ein echter Hingucker war.

Lucca widmete sich gerade ihrem Salat, als an der Zufahrt ein Traktor hielt. Eine junge Frau kletterte herunter, die den ihr zugeworfenen Rucksack locker auffing und dem

Fahrer zum Abschied zuwinkte. Sie drehte sich zur Taverne und ließ ihren Blick suchend über die Gäste wandern. An Lucca blieb er schließlich hängen. Zielsicher kam die junge Frau auf sie zu.

»Hallo. Wie geht es deinem Arm?« Sie blieb am Tisch stehen und sah Lucca freundlich an.

»Selber hallo. Und danke der Nachfrage.« Nach kurzem Überlegen hatte Lucca die Rucksacktouristin vom Flughafen wiedererkannt, die sie gleich bei ihrer Ankunft so unsanft angerempelt hatte.

»Du siehst so aus, als würdest du die Passstraße weiter hoch in die Berge fahren.« Die Frau stellte den Rucksack ab.

»Und wie sehe ich sonst noch aus?« Lucca ließ ihren Blick amüsiert über die Tramperin schweifen und wartete gespannt, wie sie weiter vorgehen würde, um sich eine Mitfahrgelegenheit zu organisieren.

»Na ja, ungefähr so, dass du nicht nein sagen kannst, wenn ich dich bitte, mich ein Stück mitzunehmen.«

Lucca lehnte sich zurück. »Dann musst du allerdings so lange warten, bis ich in Ruhe aufgegessen habe.« Sie wies auf einen Stuhl an ihrem Tisch.

»Ich heiße übrigens Jette und mein Blick hat mich offenbar mal wieder nicht getäuscht.« Sie lachte und hielt Lucca die Hand hin.

»Lucca.«

»Hast du noch so viel Zeit, dass ich mir auch einen Salat bestellen kann?« In Jettes Augen lag ein besorgter Ausdruck.

»Kein Problem. So viel Zeit habe ich sicherlich.« Lucca studierte ihr Gegenüber. Die Frau war mindestens zehn Jahre jünger als sie selbst. »Fährt man heute nach dem Abitur nicht mehr nach Asien, sondern in die Antike?«

»Abitur?« Jette sah sie für einen Moment verständnislos an, dann brach sie in Lachen aus. »Oh, vielen Dank für das Kompliment, aber ich habe mein Studium bereits abgeschlossen.« Sie stand auf. »Ich werde mal in die Küche gehen und mir was aussuchen.«

Nachdenklich sah Lucca ihr hinterher. Sie hatte den Eindruck, dass Jette nicht zum ersten Mal hier war.

*

Verdammt, das wäre beinahe schiefgegangen, aber Gott sei Dank hatte die Fahrerin des PKW nur Augen für die vorausfahrende Lucca besessen und das vorbeiziehende Motorrad keines Blickes gewürdigt.

Jetzt stand die Geländemaschine im Schatten eines überhängenden Felsens, von wo man einen geschützten Blick direkt auf die Terrasse der Taverne hatte. Von hier aus sah Rebekka auch den Wagen, der jäh gestoppt hatte, als Luccas Fahrzeug plötzlich verschwunden war. Die Fahrerin war kurz ausgestiegen, hatte mit ein paar eiligen Schritten die Biegung genommen und Luccas Auto auf dem Parkplatz entdeckt. Dann war sie zu ihrem Wagen zurückgekehrt und rauchte jetzt eine Zigarette nach der anderen.

Die überraschende Bremsaktion hatte Rebekka dazu gezwungen, an der Taverne vorbeizufahren, aber Lucca, die in dem Moment der Straße den Rücken zugekehrt hatte, schien nichts bemerkt zu haben.

Vor wenigen Augenblicken hatte sich eine junge Frau zu Lucca an den Tisch gesetzt, war dann in der Küche verschwunden und durch eine Seitentür wieder herausgekommen. Jetzt redete sie vehement auf einen Mann ein.

Lucca hatte der Frau aufmerksam hinterhergesehen. Ob die beiden sich kannten und hier verabredet waren? Von ihrem Beobachtungsposten sah es jedenfalls so aus, als hätte die Frau Lucca ohne Zögern direkt angesteuert.

*

Jette setzte sich an den Tisch und nahm den Gesprächsfaden wieder auf, als hätte es keine Unterbrechung gegeben.

»Ich mache ganz normal Urlaub, bevor ich in wenigen Tagen einen Job antrete. Ich bin Informatikerin.« Sie sah Lucca an und deutete auf eine kleine Weinkaraffe, die sie mitgebracht hatte. »Möchtest du auch ein Glas?«

»Nein, danke.« Lucca hob dankend eine Hand. »Ich will ja gleich weiterfahren und einen kühlen Kopf behalten.«

»Okay, dann werde ich mich allein berauschen.« Sie goss sich ein und prostete Lucca fröhlich zu.

Während des Essens sprachen sie über Jettes Studium und ihren neuen Job. Lucca erfuhr von der bereitwillig Plaudernden einige Anekdoten aus einem recht eigenwilligen Leben mit ziemlich vielen Reisen. Im Moment sei sie noch allein unterwegs, erzählte Jette, aber heute Abend würde sie in einem Bergdorf alte Bekannte treffen.

»Apropos Treffen. In fünf Minuten geht es weiter.« Lucca winkte, um zu bezahlen.

*

Es war früher Nachmittag, als sich Aufbruchstimmung in der Taverne verbreitete. Rebekka, die vor sich hindöste, kam hellwach auf die Beine.

Der Helm war schnell aufgesetzt, die Maschine sprang bereitwillig an. Im Leerlauf verursachte sie fast kein Motorengeräusch.

Lucca saß bereits im Auto und schien auf ihre Begleiterin zu warten, von der im Moment nichts zu sehen war. Wenig später war allerdings auch die junge Frau zur Stelle, verstaute ihren Rucksack im Kofferraum und stieg ein.

Sie wirkte nicht wie eine gewöhnliche Anhalterin.

Lucca ließ den Wagen auf die Straße rollen und schlug die Richtung ein, die weiter hinauf in die Berge führte. Kaum wurde ihr Auto in der nächsten Kurve sichtbar, flog eine Zigarettenkippe aus dem Fenster des weiter unten wartenden Wagens. Zügig nahm er seine Verfolgung wieder auf.

Rebekka ließ noch ein paar Momente verstreichen, ehe sie ihr Motorrad ebenfalls in Bewegung setzte. Das Ziel war schließlich klar und ab hier gab es weder Abfahrten noch Kreuzungen. Also bestand kein Grund zu Eile oder Unvorsichtigkeit …

*

Jette faltete eine Karte auseinander und studierte sie intensiv. »Wenn ich diesen Fetzen richtig lese, kannst du mich schon in ungefähr fünf Kilometern rauslassen.« Sie starrte durch die Windschutzscheibe in die klüftige Berglandschaft.

»Hier? Mitten in der Botanik?« Lucca sah sie erstaunt an.

»Ich sagte gleich, nicht hier. Du kannst also ruhig weiter Gas geben.« Jette lächelte. »Ich kenne das Dorf, nur komme ich sonst immer von der anderen Seite.«

»Ein einsames Bergbauerndorf? Wie aufregend und romantisch.« Lucca spürte ein gesundes Misstrauen in sich aufkeimen. Sie musste an die Drogendörfer denken, die abgeschottet in den Bergen versteckt lagen und von Bewaffneten abgesichert wurden, so dass selbst die Polizei keinen Zugriff wagte. »Ich nehme an, du weißt, was du tust.« Sie beäugte Jette kritisch von der Seite und war nicht mehr so erbaut davon, diese Anhalterin mitgenommen zu haben.

»Oh, mach dir keine Sorgen. Ich weiß genau, was ich tue.«

Nach wenigen Minuten gab sie das Signal zum Anhalten. »Danke fürs Mitnehmen. Da drüben bei dem Felsen ist der Ziegenpfad. Vielleicht sehen wir uns noch mal, ich würde mich freuen.« Damit schwang Jette sich aus dem Wagen, holte ihren Rucksack aus dem Kofferraum und verschwand zwischen Geröll und Olivenbäumen.

Lucca, die ihr eine Zeit lang nachsah, hörte hinter sich ein Autogeräusch und sah in den Rückspiegel. Als kein Wagen auftauchte, glaubte sie, sich geirrt zu haben, und fuhr weiter.

Sie hatte das Gefühl, inzwischen schon eine Ewigkeit unterwegs zu sein, und seufzte. Irgendwie kam ihr die Idee, das Feuerzeug zu holen, nicht mehr ganz so toll vor. Was wollte sie mit dem blöden Ding beweisen? Vermutlich nur, dass sie eine Idiotin war und sich lächerlich machte. Es würde garantiert keine Geheimnisse preisgeben. Ohnehin war der Fall längst abgeschlossen.

Was hatte sie sich nur gedacht? Sie hätte besser Theodopulos angerufen und ihn informiert. Lucca schüttelte über sich selbst den Kopf.

»Lucca Bork, du Ausbund an Intelligenz, jetzt bist du hier, jetzt bringst du den Schwachsinn auch zu Ende!« Sie hatte laut gesprochen und wäre fast an dem Weg hinauf zum Zauberwald vorbeigefahren. Sie stieg hart auf die Bremse und lenkte den Wagen an den Straßenrand. Wenn sie Glück hatte, wäre sie bei Einbruch der Dunkelheit wieder zurück. Wenn nicht, musste sie eine neckische Nacht bei den Ziegen verbringen. Sie nahm ihre Wasserflasche und marschierte los.

Als von der Straße nichts mehr zu sehen war, rollte ein gelber Kleinwagen langsam vorbei, fuhr noch einige Meter weiter bergauf, ehe er wendete und ein Stück unterhalb geparkt wurde. Die Fahrerin stieg aus und folgte Lucca.

*

Sabine und Ulrike saßen im Strandcafé bei einem kühlen Getränk.

»Was denkst du eigentlich wirklich über den Unfall?« Ulrike blickte den vorbeiflanierenden Touristen nach.

»Ach, den habe ich schon fast vergessen.« Sabine gähnte gelangweilt.

»Blödsinn! Ich weiß, dass du eine Meisterin im Verdrängen unangenehmer Ereignisse bist, damit kannst du mich nicht beeindrucken«, missmutig starrte Ulrike in ihr Glas. »Aber es ist nicht gut fürs Geschäft, wenn das Artemis mit dem Thema Tod in Verbindung gebracht wird.«

»Du machst dir zu viele Gedanken.« Sabine lächelte einem Kind am Nebentisch zu.

»Und du zu wenig!«

»Ullili«, Sabine tätschelte ihre Hand, »glaub mir, das ist für uns kein Problem.«

»Warum fährt dann Lucca in die Schlucht, um wer weiß was zu suchen?«

»Weil sie es für möglich hält, dass eine unserer Gästinnen Donata einen Schubs verpasst und dabei ihr Feuerzeug verloren hat.« Sabine lächelte wie ein weiser Buddha.

»Aber das Feuerzeug beweist doch gar nichts!« Ulrike tippte sich an die Stirn. »Selbst wenn die Polizei Fingerabdrücke darauf findet, bedeutet das noch lange nicht, dass bei dem Sturz nachgeholfen wurde.«

»So ist es. Aber, wenn es so war, wird diejenige vielleicht nervös und macht einen Fehler.«

»Sabine, du redest wie Derrick!« Ulrike sah ihre Freundin belustigt an, um im selben Moment blass zu werden. »Aber weiß das auch Lucca? Ich meine, weiß sie, in welche Gefahr sie geraten könnte?« Sie riss entsetzt die Augen auf.

»Ulrike! Lucca ist eine erwachsene Frau, sie kann bestimmt auf sich aufpassen. Die Göttin wird schon auf sie achten.« Damit war für Sabine das Thema beendet.

*

Endlich hatte Lucca den Einstieg in die Zauberschlucht erreicht. Der Schweiß rann ihr in Strömen über den Körper. Sie setzte sich auf einen großen Stein, um einen Augenblick zu verschnaufen. Um sie herum herrschte absolute Stille, kein Vogel sang, kein Ziegenglöckchen war zu hören, selbst die Zikaden schwiegen.

Nachdem sie einen Schluck Wasser getrunken und mit einem Blick auf die Uhr festgestellt hatte, dass die Zeit nur so verflog, machte sie sich wieder auf den Weg.

Vorsichtig stieg sie in die Schlucht und registrierte erleichtert, dass es nun endlich etwas kühler wurde. Die Felswände warfen Schatten, so dass die Sonne nur noch an wenigen Stellen zu ihr durchdrang.

Als sie das Flussbett erreichte, musste sie dennoch erneut pausieren und trinken. Ihr Wasservorrat neigte sich zügig.

Plötzlich rollten Steinchen herunter und fielen dicht neben ihr zu Boden. Erschrocken blickte Lucca an der Felswand empor, aber über ihr war nichts entdecken. Die Vorstellung, dass dort oben womöglich eine Ziege abschmierte und vor ihren Füßen zerschmetterte, ließ sie schaudern.

»Verflixte Viecher«, murmelte sie und fühlte sich alles andere als wohl in ihrer Haut.

Nach einer Viertelstunde war sie fast am Unglücksfelsen angekommen, als erneut ein Knacken und Knirschen an ihr Ohr drang. Sie blieb abrupt stehen.

Dort vorn trappelten keine Ziegen. Was sie hörte, waren

Schritte. Lucca lauschte angestrengt. Ja, es war ganz offensichtlich, dass jemand auf sie zukam. Sie war keineswegs die einzige, die hier unterwegs war.

Mit heftigem Herzschlagen ging Lucca weiter und sah an der nächsten Biegung Jette auftauchen, die den Blick fest auf den Boden gerichtet hielt.

Es dauerte noch einen Moment, bis Jette aufsah und zusammenzuckte. »Herrje, hast du mir einen Schrecken eingejagt!« Sie stützte sich an einem Felsen ab. »Für einen Augenblick dachte ich, du bist ein Gespenst oder so was. Hier ist es echt unheimlich!«

Lucca lächelte entschuldigend. »Tut mir leid. Ich wollte dich nicht aufmischen.«

»Hier wimmelt es von toten Ziegen und überall sind Blutlachen.« Jette rollte dramatisch mit den Augen.

»Blutlachen?« Das war Lucca noch nicht aufgefallen.

»Ja, gleich da hinten ist ein riesiger Blutfleck.« Jette deutete in Richtung des Unglücksfelsens. »Entweder wurde dort ein Tier geschlachtet oder so ein stinkendes Vieh ist da abgestürzt. Ich hätte nicht gedacht, dass aus einem so kleinen Körper so viel Blut austreten kann.«

Sie meinte offensichtlich Donatas Aufschlagstelle. Lucca sah sie nur schweigend an.

»Hätte ich gewusst, dass es hier so erbärmlich stinkt und man ständig über Knochen stolpert, hätte ich auf diese Extra-Tour verzichtet.« Jette schien ziemlich fertig.

»Du hättest es dir auf jeden Fall leichter gemacht, wenn du weiter mit mir gefahren wärst. Ich glaube, dass der Pfad, den ich heraufgekommen bin, zu einem Dorf führt.« Lucca wies in die Richtung, aus der sie gekommen war.

»Ich habe die Karte falsch gelesen«, gestand Jette kleinlaut. »Aber jetzt muss ich weiter, sonst erreiche ich das Nest erst nachts.«

»Musst du denn da noch hoch?« Lucca überlegte, ob sie

ihr anbieten sollte, sie nachher mit dem Wagen weiter in die Berge hinauf zu bringen.

»Ja, und je früher ich dort bin, desto besser. Also, mach's gut.« Jette winkte und zog los.

*

Der braune Fleck zeichnete sich deutlich auf dem Gestein ab. Hier unten hatte Donata gelegen. Lucca kam es so vor, als blickte sie wieder in deren tote Augen.

»Wen hast du zuletzt gesehen?«, flüsternd stellte sie die Frage und blickte zum Felsen empor. Donata war auf dem Rücken gelandet ... Bedeutete das, dass sie auch rückwärts gesprungen war? Lucca sah wieder auf den Fleck. »Oder bist du vor jemandem zurückgewichen, wurdest vielleicht sogar gestoßen?«

Wahrscheinlich würde das nie mehr jemand erfahren.

Betroffen machte sie sich an den Aufstieg und stand einige Zeit später auf dem abschüssigen Felsvorsprung. Ihr Blick glitt suchend über den Boden. Komisch, das Feuerzeug hatte doch hier gelegen! Sie kniete sich nieder, um besser in die Spalte sehen zu können.

Da war es, dort blinkte Metall. Das Feuerzeug war tiefer in die Spalte gerutscht oder vielleicht auch eingetreten worden und so den Blicken der Polizisten entgangen.

Lucca nahm einen Bleistift aus ihrem Rucksack und beförderte es vorsichtig zu Tage, um etwaige Abdrücke nicht zu zerstören. Als sie den Fund zwischen spitzen Fingern ins Licht hielt, sah sie, dass es nicht irgendein billiges Feuerzeug war. Offenbar war es aus echtem Silber und besaß sogar eine Gravur ... Lucca pfiff durch die Zähne und ließ das Feuerzeug in eine Plastiktüte fallen.

»Gib es mir!« Eine kalte Stimme zerschnitt die Stille.

Lucca fuhr der Schreck durch alle Glieder. Mit einem Satz kam sie auf die Füße und drehte sich um. »Ruth!« Entsetzt starrte sie die Frau an, die offenbar hinter ihr auf den Felsen geklettert war und nun über die Steine auf sie zukam.

»Wen hast du erwartet? Mutter Theresa?« Ruth streckte herrisch die Hand aus. »Gib es mir! Mach schon, los!«

Lucca stopfte die Tüte in ihre Hosentasche. »*In Liebe D für R.* ... Interessant! Donata für Ruth!« Sie sah die Herantretende ungläubig an. »Ihr hattet also eine Affäre?«

»Affäre!« Ruth schnaubte empört. »Du hast doch überhaupt gar keine Ahnung!« Sie ließ Lucca nicht aus den Augen.

»Offensichtlich nicht.«

Ruths Stimme war eiskalt, ihr Blick bohrend. Eine Gänsehaut überzog Luccas Arme.

»Niemand hat eine Ahnung davon, was mir diese Beziehung bedeutet.« Jetzt klang die Stimme weicher. »Selbst Sabine nicht, die sich doch für eine große Spürnase hält.«

Ruth machte einen Schritt auf Lucca zu, die instinktiv zurückwich, ohne zu ahnen, wie nah sie bereits am Abgrund stand. »Und dann serviert Donata mich ab.« Ruth konnte es immer noch nicht fassen. »Nach einer Woche mit wahnsinnigem Sex!« Ihre Augen funkelten wild, dann verengten sie sich zu Strichen. »Und jetzt gib mir verdammt noch mal das Feuerzeug!« Die letzten Worte schrie sie heraus. Mit vorgereckter Hand kam sie weiter auf Lucca zu. »Wenn du gestern Abend nicht plötzlich davon angefangen hättest, währe ich nie drauf gekommen, dass ich es hier verloren habe.« Sie lächelte. »Los, Lucca, spiel dich nicht künstlich auf.«

»Hast du sie gestoßen?«

»Natürlich nicht! Es war ein Unfall, Lucca. Sie stand da, so wie du jetzt auch. Sie sah mich völlig überrascht an und kam sich verdammt toll vor.« Ruths Mundwinkel verzogen sich verächtlich. »Und dann fing sie plötzlich an, mit den Armen zu furchteln …«

Lucca überlegte fieberhaft, wie sie mit heiler Haut aus dieser Lage herauskam. Im Moment traute sie Ruth alles zu. Diese Frau konnte in ihrer Wut Donata den Felsen hinuntergestoßen haben und jeden Moment auch ihr einen tödlichen Schubs verpassen, wenn sie ihr nicht augenblicklich das vermaledeite Corpus Delicti übergab.

»Wenn es ein Unfall war, können wir ja jetzt gehen.« Lucca versuchte ein Lächeln. Sie trat vorsichtig einen Schritt nach vorn, knickte dabei aber mit dem rechten Knöchel um. Dann verlor sie das Gleichgewicht. Mit den Armen rudernd, fiel sie auf die Knie und geriet auf dem abschüssigen Felsen ins Rutschen. Ihre Hände versuchten Halt zu finden, doch sie griffen ins Leere.

Langsam glitt Lucca über den Rand des Felsens, bis sie sich mit den Fingern an einer Spalte festkrallen konnte. Die Felskante schnitt hart in ihre Finger, während sie mit den Füßen verzweifelt nach einem Vorsprung tastete, der ihr eine Stütze bieten konnte.

Ruth sah ungerührt zu und machte keinerlei Anstalten, sie zu halten.

»Hilf mir bitte!«, Lucca richtete flehend ihren Blick auf Ruth, die sie über die Felskante hinweg ansah.

»Gib mir erst das Feuerzeug! Du hast es in der rechten Hosentasche.« Ruth hatte sich auf den Bauch gelegt und schaute Lucca mitleidlos zu.

»Bitte! Ruth! Ich kann mich nicht lange halten!« Lucca lief der Schweiß in die Augen.

»Na ja, ich kriege das Feuerzeug so oder so. Wir treffen uns spätestens unten.« Mit hämischem Schnauben verfolgte sie Luccas verzweifelte Rettungsversuche. Plötzlich legten sich zwei Hände mit eisernem Griff um ihre Knöchel. Eine Stimme sagte ruhig, aber unmissverständlich: »Pass gut auf!

Wenn sie abstürzt, werde ich dich hinterherschleudern, verlass dich drauf! Also pack sie und halt sie fest!«

Ruth stockte der Atem. Gehorsam umfasste sie Luccas Handgelenke.

»Hast du sie?« Die Stimme war immer noch vollkommen ruhig.

»Ja.« Ruth hielt still, brüllte aber sogleich: »Zappel doch nicht so herum!«

Die arme Lucca, die noch keine Ahnung hatte, dass eine weitere Person auf den Felsen geklettert war und soeben für ihre Rettung sorgte, ruderte panisch mit den Beinen, um Halt unter ihre Füße zu bekommen.

»Halt sie fest!« Kräftige Arme zogen Ruth an den Beinen Zentimeter für Zentimeter nach hinten.

Endlich gelang es Lucca, den rechten Fuß auf einem kleinen Felszacken abzustützen. Mit letzter Kraft schob sie sich nach oben und wurde mit einem Ruck über den Rand gezogen. Während sie schwer atmend und zitternd liegen blieb, fiel Ruth erschöpft auf den Rücken. Dann setzte sie sich langsam auf und drehte sich um.

»Rebekka! Wo kommst du denn her?« Ruths Augen rundeten sich vor Erstaunen.

»Woher wohl? Von unten!«

Lucca stutzte. Diese Stimme war ihr vertraut. Sie hob mühsam den Kopf. »Was machst du denn hier?! Und wieso Rebekka?!« Sie glaubte einer Fata Morgana aufzusitzen. Dann erfasste sie allmählich das Ausmaß der Gefahr, in der sie geschwebt hatte, und ihre Augen füllten sich mit Tränen.

»Erstens: auf dich aufpassen. Zweitens: Rebekka ist mein zweiter Vorname«, erläuterte ihr Schutzengel bereitwillig.

»Ihr kennt euch?« Ruth sah verblüfft von einer zur anderen und verstand gar nichts mehr.

»Klar kenne ich Susanne!« Und dann weinte Lucca hemmungslos.

*

Seit fast einer Stunde lief Ulrike wie eine Tigerin im Käfig auf der Hotelterrasse hin und her und sah immer wieder zur Straße und zum Parkplatz. »Wo bleiben sie denn nur?«

»Sie werden schon kommen.« Sabine, die ruhig im Garten saß und Aphrodite kraulte, war nicht aus der Ruhe zu bringen. »Um wen machst du dir denn die meisten Sorgen?«

»Was ist das für eine Frage? Um Lucca natürlich!«

»Und ich dachte schon, es könnte Rebekka sein ...« Sabine tat unschuldig.

»Pah, was soll der Blödsinn?« Ulrike wiegelte ab.

»Sie gefällt dir doch, gib es ruhig zu.«

»Na und? Das heißt noch gar nichts.« Ulrike, die sich kurz niedergelassen hatte, erhob sich, um ihre nervöse Wanderung erneut aufzunehmen.

*

Lucca war so weit wieder zu Kräften gekommen, dass sie sich langsam aufsetzen und den Rücken gegen die Felswand lehnen konnte. Sie beobachtete Ruth, die ihr zunehmend Rätsel aufgab. »Warum hat Donata die Beziehung zu dir denn beendet?« Sie konnte ihre Neugier nicht bezähmen und überging das leichte Kopfschütteln von Susanne, die sofort erkannt hatte, dass die Angesprochene in einem instabilen psychischen Zustand war.

»Sie hatte mich satt.« Ruth starrte stumpf vor sich hin. »Diese Sexspiele haben sie gelangweilt, das hat sie zumindest gesagt.«

»Sexspiele?«, steuerte Lucca weiter arglos auf Eskalation.

Susanne versuchte einzugreifen. »Hey, lass sie! Wir sollten uns jetzt auf den Rückweg machen, kommt.« Sie stand auf.

Doch Ruth stieg nur allzu bereitwillig auf Lucca ein. »Ja, Sexspiele. Sie mochte es am liebsten, wenn sie mich hart rannehmen konnte. Brutale Ficks waren ihre Leidenschaft.«

»... na, wenn du auf so was stehst.« Lucca versuchte auf die Füße zu kommen.

»Das war wohl das Problem«, über Ruths Gesicht zog ein Schatten. »Ich wollte nicht nur gefickt werden.«

»Also stand sie auf passive Typen. Wie kam Birgit dann ins Spiel?«

Susannes ärgerliches »Lucca!« ging in einem Fluch unter. »Diese blöde Kuh!« Ruth schürzte verächtlich die Lippen. »Donata hat mich noch großzügig zum Flughafen gefahren, um mir auf dem Weg dahin unterzujubeln, dass ich nichts als ein netter Urlaubsfick gewesen wäre. Erst am Tag vorher hat sie mir das Feuerzeug geschenkt! Und dann war ich plötzlich nicht mehr gut genug!« Ruths Gesicht wurde zu einer starren Maske. »Und dann hat sie auf dem Rückweg zum Artemis diese kleine geile Schlampe mitgenommen, die gerade angekommen war. Sabine hat sie darum gebeten.« Ruth stand auf und blickte über die Schlucht.

Susannes Blick wurde wachsam und auch Lucca begriff, dass sie Ruth nicht so ohne weiteres von diesem Felsen herunterbekamen.

»Als ich zu Hause war, habe ich x-Mal versucht, Kontakt zu ihr aufzunehmen«, fuhr Ruth fort. »Habe sie angerufen, ihr gemailt, bin schließlich zu ihr nach Berlin gefahren. Aber sie wollte nichts mehr mit mir zu tun haben. Sie hat sogar ihre Telefonnummer ändern lassen, mir mit einer Anzeige gedroht und mich als Stalkerin bezeichnet! Als sie dieses Drecksluder nach wenigen Wochen bei sich einziehen ließ, war ich schließlich fertig mit ihr.« Ruth drehte sich wieder um und bedachte Lucca mit einem Blick, der ihr die Haare zu Berge stehen ließ. »Dann komme ich nichtsahnend hierher und wer ist da? Sie! Mit dieser unerträglichen Frau! Und Donata tut so, als hätte es zwischen uns keine gemeinsame Zeit gegeben, ja sogar so, als hätte sie mich noch nie vorher gesehen!« Ruth wirkte wie ein verzweifeltes kleines Kind, das die Welt nicht begreifen konnte.

»Sie war eben eine fiese Möpp, ich hab's ja gleich gewusst.« Lucca hoffte, dass der lockere Ton aufheiternd wirken würde. Ein naives Unterfangen.

»Ach, was weißt du schon!« Die Traurigkeit schien Ruth zu überwältigen, ein heftiges Schluchzen schüttelte sie. »Und dann kamst du ...«, sie sah seltsam entrückt zu Lucca, die mühsam auf die Beine kam. »Und ich Idiotin glaubte, ich könnte Donata eifersüchtig machen, wenn ich mit dir in die Kiste steige!« Sie ging erregt auf den Felsrand zu.

Susanne sandte Lucca einen warnenden Blick, jetzt besser zu schweigen.

»Aber das hat ja leider nicht funktioniert.« Ruth sah Lucca bedauernd an. »Du wolltest auch nichts von mir. Stattdessen hast du mit Sonja rumgemacht!«

Endlich begriff sogar Lucca, dass es nicht sehr schlau gewesen war, ein solches Gespräch überhaupt zu beginnen. »Wir klettern jetzt am besten runter, was meint ihr?« Sie setzte den Fuß auf und tat humpelnd einen ersten Schritt.

Doch Ruth schien nichts zu hören, sondern blieb starr stehen und atmete schwer. Dann redete sie weiter, wie zu sich selbst: »Die Wanderung habe ich nur mitgemacht, weil ich hoffte, mit Donata einen Moment allein reden zu können. Im Hotel ist sie mir entweder aus dem Weg gegangen oder sie war in Begleitung.« Das letzte Wort stieß sie höhnisch hervor. »Hier draußen wollte ich endlich Antworten auf meine Fragen hören. Und dann sah ich sie hier heraufklettern, und weit und breit keine Birgit oder eine andere debile Kuh in der Nähe. Da bin ich ihr hinterher.« Sie machte eine kleine Pause und schüttelte den Kopf. »Sie hatte überhaupt nicht mit mir gerechnet, glotzte mich einfach nur an.« Ruth schrumpfte in sich zusammen. »Sie hatte mich völlig aus ihrem Leben gestrichen. Sie hatte mich wirklich vergessen!« Verwirrung flackerte in ihren Augen.

Lucca sah fragend zu Susanne.

»Und dann ging alles sehr schnell.« Ruth lächelte seltsam. »Ich wollte doch bloß ihre Hand nehmen, aber sie zuckte zurück, als hätte ich Lepra oder die Pest. Dabei hat sie das Gleichgewicht verloren und ist nach hinten gefallen und abgestürzt. Es war ein Unfall, das müsst ihr mir glauben!« In ihrem Blick flackerte es.

Susanne standen deutliche Zweifel an der Geschichte geschrieben.

»Ich habe Donata geliebt!« Tränen liefen über Ruths Wangen. Plötzlich tat sie mit einen überraschenden Satz nach vorn, wobei sie Susanne, die sie festhalten wollte, mit aller Kraft gegen Lucca schubste, sodass beide gegen die Felswand krachten.

»Mach keinen Quatsch!« Susanne hatte sich blitzschnell wieder aufgerappelt.

»Ist es Quatsch, wenn ich bei ihr sein will?« Ruth fuhr herum. »Donata!«, gellte es aus ihrem Mund, als sie Anlauf nahm und über den Felsrand in den Abgrund sprang.

Ein dumpfes Aufklatschen beendete den unheimlichen Schrei.

»Oh nein, nicht schon wieder!« Aus Luccas Gesicht, das ohnehin noch sehr blass war, wich sämtliche Farbe, als sie ohnmächtig zur Seite kippte.

KAPITEL 8

Mikis Theodopulos wollte gerade sein Büro verlassen, als das Telefon auf seinem Schreibtisch klingelte.

Er überlegte kurz, ob er nicht schon weit genug weg war, um nicht mehr drangehen zu müssen, entschied sich aber dann doch pflichtbewusst dafür, den Hörer abzunehmen.

»Es gibt schon wieder eine Tote in dieser Schlucht. Eine Frau hat eben von dort angerufen. Der Rettungshubschrauber ist schon benachrichtigt. Wenn Sie wollen, können Sie mitfliegen, dann vertun Sie keine Zeit, mit dem Wagen in die Berge zu fahren.«

Polizeichef Jamanidis erwartete nicht wirklich eine Antwort auf seinen verkappten Befehl. Theodopulos, der verstanden hatte, begnügte sich mit einem »Ich mache mich auf den Weg aufs Dach«.

»Der Hubschrauber ist in wenigen Minuten bei Ihnen. Beeilen Sie sich.« Jamanidis legte auf.

*

Ruths Leiche war bereits abtransportiert worden, nun wurde Lucca medizinisch versorgt. Der Notarzt musste einen tiefen Schnitt am Zeigefinger nähen und tat dies in einer Art und Weise, dass Susanne, die ihr zur Beruhigung die Hand hielt, sich fragte, ob der Mann ein verhinderter Schönheitschirurg war. Aus den Knoten machte er eine regelrechte Wissenschaft. Fasziniert beobachtete sie ihn bei der Arbeit.

Als Mikis Theodopulos sich zu ihnen gesellte und aufatmend eine Zigarette anzündete, war Lucca wieder Herrin ihrer Sinne.

»Also habe ich doch Recht gehabt. Ich wusste die ganze Zeit, dass etwas nicht stimmt!« Er wandte sich an Susanne, mit der er bereits bei seiner Ankunft kurz gesprochen hatte. »Wissen Sie, worüber ich mich am meisten ärgere?«

Susanne schüttelte den Kopf und Lucca sah ihn in stummer Erwartung an.

»Ein Kollege der örtlichen Polizei war oben auf dem Felsen, hat das Feuerzeug gesehen, eine Notiz dazu für die Akte gemacht und es für die Spurensicherung liegen gelassen. Die Idioten haben es dann übersehen und als ich hier oben war, um mir selbst ein Bild zu machen, habe ich es auch nicht mehr gefunden. Erst als Dariakos und ich gemeinsam die Akte durchgegangen sind, ist uns das aufgefallen.« Theodopulos schüttelte über so viel Dilettantismus den Kopf.

»Es kann trotzdem ein Unfall gewesen sein, so wie Ruth es behauptet hat.« Susanne wollte die Möglichkeit nicht ganz außer Acht lassen und sie neben die Mordtheorie ihres griechischen Kollegen stellen.

»Donata Lorch ist auf dem Rücken aufgeschlagen. Das spricht zumindest dafür, dass sie miteinander gesprochen, vielleicht auch gestritten haben. Denkbar, dass Frau Sommer ihr dann in blinder Wut einen Stoß versetzt hat. Den Todesstoß, von Angesicht zu Angesicht.« Theodopulos war von seiner theatralischen Ausdrucksweise selbst beeindruckt.

»Die Wut der Verzweiflung …« Sie nickte ihm zu. »Vermutlich haben Sie Recht. Nach allem, was Ruth uns erzählt hat, konnte sie sich nicht damit abfinden, dass Donata sie aus ihrem Leben gestrichen hatte. Nun, mehr werden wir nicht erfahren und dürfen schon froh sein, dass es an diesem Felsen keine dritte Tote gab.«

»Ein Glück, dass Ihre Freundin aus Deutschland hier aufgetaucht ist«, wandte Theodopulos sich bestätigend an Lucca, die von einem Sanitäter in eine Decke gehüllt und mit Tee versorgt worden war. »Wer weiß, was sonst passiert wäre.«

Darüber wollte Susanne gar nicht nachdenken. »Unsere Frau Bork neigt manchmal zu Unüberlegtheiten.«

»Das haben Sie aber nett ausgedrückt.« Die deutsche Kollegin gefiel Theodopulos. Dann wandte er sich an Lucca. »Der Helikopter bringt Sie jetzt ins Krankenhaus, Frau Bork.« Er sah sie ehrlich mitfühlend an.

»Ich glaube nicht, dass das nötig ist.« Lucca, die eine panische Angst vor Krankenhäusern hatte, war davon überzeugt, dass man dort nur sterben konnte. »Ich werde mit Susanne fahren. Schließlich habe ich mir nichts gebrochen und eine Gehirnerschütterung konnte der Arzt auch nicht feststellen.«

»Frau Bork, Sie stehen immer noch unter den Auswirkungen eines Schocks. Es ist schlauer, eine Nacht unter Beobachtung zu bleiben. Ich frage mich, wie Sie es geschafft haben, den Arzt davon zu überzeugen, Sie nicht gleich mit nach San Ioannis zu nehmen.«

»Sie setzt immer ihren Dickkopf durch. Aber keine Sorge, ich werde auf sie achten«, versicherte ihm Susanne.

Theodopulos gab sich geschlagen. »Meinen Sie, dass Sie beide es morgen Nachmittag in mein Büro schaffen, damit wir das Protokoll aufnehmen können?«

»Ich glaube schon«, ihr Blick traf Lucca, »Frau Bork ist hart im Nehmen.«

»Wenn Sie merken, dass es morgen nicht geht, rufen Sie mich an. Das Protokoll läuft schließlich nicht weg.« Er sah nachdenklich von einer zur anderen. Dann reichte er beiden die Hand und verabschiedete sich. »Ich gebe Ihnen meine

Taschenlampe mit, damit Sie sich auf dem Weg zu Ihrem Motorrad nicht obendrein noch die Knochen brechen.«

Die Dämmerung war bereits angebrochen, es würde nicht mehr lange dauern, bis es dunkel geworden war. Susanne war daher froh über das nette Angebot und nahm die Lampe dankbar entgegen.

»Jetzt nichts wie weg hier.« Lucca zitterten zwar noch die Beine, wenn sie ging, aber sie wollte so schnell wie möglich vorankommen.

»Zum Motorrad ist es noch ein ordentliches Stück zu gehen. Meinst du, du schaffst das?« Susanne musterte sie besorgt. »Noch ist der Hubschrauber nicht losgeflogen.«

»Ich bin doch nicht aus Zucker!« Lucca versuchte ihre Schwäche zu überspielen.

»Na dann. Ich Tarzan, du Jane.« Susanne lachte und fasste sie stützend unter dem Arm.

Während sie langsam loszogen, sah Theodopulos ihnen skeptisch nach. Dann machte er sich auf seinen Weg zum Helikopter, der am unteren Ende der Schlucht stand, dort, wo das ausgetrocknete Flussbett breiter wurde und die Felsen sich zum Tal hin öffneten.

Begleitet von Selbstvorwürfen, in denen Susanne heftig bedauerte, sich auf Luccas unvernünftiges Flehen eingelassen zu haben, gelangten die beiden Frauen nach einigem Stolpern und mehreren Pausen schließlich zu der Geländemaschine. Verlassen stand sie am Ende des Pfades, den Susanne vor einigen Stunden hinaufgebrettert war in dem sicheren Gefühl, zu spät zu kommen, um ein Drama zu verhindern.

»Halte dich an mir fest. Es fehlt noch, dass du mir vom Sozius rutschst!« Susanne setzte Lucca ihren Helm auf, legte sich deren Arme fest um den Bauch und fuhr vorsichtig an.

*

Im Hotel Artemis herrschte tumultartige Aufregung, als Susanne schließlich mit der angeschlagenen Lucca vorfuhr.

Ulrike stand sofort neben dem Motorrad.

Vor einer halben Stunde war der Polizist, der ihnen die Nachricht von Ruths Tod übermittelt und sämtliche Sachen aus deren Zimmer beschlagnahmt hatte, mit seinem Jeep abgefahren.

»Wo wart ihr so lange? Was ist mit deiner Hand passiert?«

»Lass uns erst mal absteigen.« Susanne wies auf Lucca. »Sie kann deine Hilfe gut brauchen.«

»Was war los, was ist denn nur geschehen?« Ulrike überschlug sich fast. Ihre Augen waren sorgenvoll geweitet, als sie Lucca beim Absteigen half. »Der Polizist war nicht sehr gesprächig.«

»Schätzelein, immer langsam mit der jungen Frau. Ein Ouzo und ich erzähle dir mein ganzes Leben.« Lucca grinste mühsam bei dem Versuch, ihren Humor zurückzugewinnen.

Sabine kam gelaufen und hakte Lucca ebenfalls unter, die wie der leibhaftige Tod aussah. Kalkweiß im Gesicht, die Jeans an den Knien zerrissen, mit etlichen Schürfwunden, blutverschmiertem T-Shirt und einem monströsen Verband an der Hand, wirkte ihr Äußeres nicht sehr beruhigend.

Sonja und Vanessa sahen ihnen im Innenhof erwartungsvoll entgegen. Sie sprangen sofort auf, als das Grüppchen um die Ecke bog.

Lucca wurde von Sonja und Sabine sorgsam auf die Bank verfrachtet, während Vanessa einen nassen Waschlappen besorgte, mit dem sie ihr vorsichtig durchs Gesicht fuhr. »Du siehst aus, als könntest du eine kleine Erfrischung gebrauchen.« Vanessa lachte sie aufmunternd an.

»Danke, Herrin der Ziegen, das ist sehr lieb von dir«, bedankte Lucca sich erschöpft.

Sabine verschwand in der Küche, um kurze Zeit später

mit einer köstlich duftenden Moussaka wieder aufzutauchen. »Du musst etwas essen, Lucca, sonst kippst du uns noch um!« Sie hatte wieder einmal ihren strengen, aber überaus liebevollen Mutterton angeschlagen.

Susanne verfolgte staunend die Fürsorge, mit der die Frauen sich um Lucca kümmerten, als Ulrike auch ihr einen Teller auf den Tisch stellte.

»Willst du dich nicht setzen und mitessen, Rebekka? Wie kommt es eigentlich, dass du Lucca zurückbringst?«

»Ja, Bekki, das interessiert mich allerdings auch brennend.« Luccas Augen blitzten bereits wieder. »Was tust du überhaupt hier?«

Während Lucca sich über die Moussaka hermachte, gab Susanne eine knappe Antwort. »Ich bin gestern angekommen und seitdem damit beschäftigt, auf dich aufzupassen. Eine überaus lohnende Aufgabe.« Sie sah Lucca unter zusammengezogenen Brauen an.

Die anderen verstanden kein Wort. In ihren Augen brannten Fragezeichen.

»Wer hatte denn die glorreiche Idee?« Lucca hielt im Kauen inne.

»Anna«, lautete Susannes schlichte Antwort.

»Ihr kennt euch?!« Sonja sah verblüfft von einer zur anderen.

»Wir sind sogar befreundet. Susanne, äh, ich meine, Bekki, ist«, Lucca sah Ulrike mitfühlend an, »die Lebensgefährtin von Anna, einer meiner besten Freundinnen.«

»Nachdem du angerufen hast und wir von deinem Schlamassel hier erfuhren, hatte Anna keine ruhige Minute mehr. Sie war überzeugt, dass du einen Bodyguard brauchst, weil du es sonst noch fertigbringst, dich ermorden zu lassen. Supergirl«, sie deutete auf Lucca, »hat die dumme Angewohnheit, sich nicht nur in schwierige, sondern manchmal sogar lebensgefährliche Situationen zu manövrieren.«

»Lucca!« Sabine machte kugelrunde Augen und schenkte Wein nach.

»Ihr konntet doch gar nicht davon ausgehen, dass es hier in irgendeiner Form gefährlich werden könnte.« Lucca fand die Darstellung leicht übertrieben.

»Ich bin eigentlich erst nur darauf eingestiegen, um Anna zu beruhigen, aber als ich dann Akteneinsicht bekommen hatte, war auch ich der Meinung, dass es Sinn macht, dir ein wenig beizustehen. Deine Frau war davon leicht zu überzeugen.« Susanne griff nun auch beherzt zu ihrem Teller.

»Akteneinsicht?« Nicht nur für Vanessa wurde Susanne immer interessanter.

»Ich bin Kriminalbeamtin und hatte ... die glückliche Gelegenheit, an Informationen zu kommen.« Susanne wollte offensichtlich ihre Quelle nicht verraten. »Tja, und so habe ich mich seit meiner Ankunft hier bedeckt gehalten, ein Auge auf dich gehabt und festgestellt, dass ich nicht die Einzige war, die sich für dich und dein Treiben interessiert.« Susanne warf Lucca einen vielsagenden Blick zu. »Ruth hat dich gestern Nacht beobachtet, bis du ins Bett gegangen bist. Sie war es übrigens auch, die deinem Zimmer einen Besuch abstattete, als du noch unterwegs warst.«

»Vermutlich wollte sie die Fotos an sich nehmen.« Luccas Stimme klang bedrückt.

»Auf dem Weg in die Berge bin ich Ruth gefolgt. Für einen Moment dachte ich, meine Tarnung sei aufgeflogen«, setzte Susanne hinzu, »aber Ruth achtete nur auf dein Auto und hat mich und das Motorrad überhaupt nicht bemerkt.«

»Ihr seid mir zwei!« Sabine schien mittlerweile von Susanne mindestens so begeistert zu sein wie von Lucca.

»Wie ist Ruth denn ums Leben gekommen? Der Polizist hat überhaupt keine Details erzählt.« Sonja blickte fragend von Lucca zu Susanne.

»Nachdem sie Lucca gnadenlos am Abgrund hat baumeln

lassen, um die Herausgabe ihres Feuerzeugs zu erpressen, konnte ich sie schließlich überzeugen, Lucca wieder nach hochzuziehen. Aber sie selbst war leider nicht zu halten.«

»Du meinst, sie hat sich ...?« Sonja verstummte.

»... vom Felsen gestürzt«, ergänzte Lucca leise und fügte hinzu: »Wusstet ihr, dass sie mal Donatas Geliebte war?«

»Wer war Donatas Geliebte?« Die arglose Frage kam von Birgit, die von der Tragödie noch nichts mitbekommen hatte und in diesem Moment von ihrem Abendessen zurückkehrte.

»Ruth.« Alle sahen sie an.

»Aber das ist doch ... Schnee von gestern, nichts als eine kleine Liaison im letzten Sommer.« Birgit lächelte überheblich. »Sie wird ja wohl jetzt nicht mehr traurig darüber sein, dass Donata ihr den Laufpass gegeben hat?«

»Jetzt wohl kaum mehr. Ruth ist tot.« Lucca beobachtete die schlagartige Veränderung in Birgits Gesichtsausdruck.

»Tot?!«

»Ja, sie ist vom selben Felsen gesprungen, an dem auch Donatas Leben geendet hat.« Susanne gab ihrer Stimme einen sachlichen Klang.

»Das ist ja entsetzlich!« Birgit starrte sie erschrocken an. »Aber warum denn?«

»Unerwiderte Liebe, Scham, Eifersucht ... Es gibt da viel zu spekulieren.« Susanne vergegenwärtigte sich die Szene zwischen Lucca und Birgit am Strand, die sie gestern Abend aus der Dunkelheit heraus beobachtet hatte.

»Ich hätte nie gedacht, dass die Beziehung zu Donata für Ruth so viel Bedeutung gehabt hat.« Sabine war sehr nachdenklich geworden. »Ich weiß, dass sie eine heftige Affäre hatten, aber ...« Sie ließ den Satz unvollendet.

»Ich glaube, unser Schmuckstück hier muss ins Bett.« Susanne klopfte Lucca leicht auf den Oberschenkel, woraufhin diese die Augen wieder öffnete, die ihr vor wenigen Sekunden zugefallen waren.

»Komm, ich bring dich ins Bett.« Susanne grinste sie an. »Aus dem Bodyguard wird jetzt flugs ein Babysitter!«

Das Schmuckstück erhob sich äußerst schwerfällig, denn jeder Knochen tat ihr weh. »Aber zur Toilette gehe ich alleine!«, brachte sie noch mit schwerer Zunge heraus.

»Darüber bin ich ehrlich froh.« Susanne fasste Lucca am Arm. »Schlaft gut.« Sie winkte in die Runde. »Ach, unsere Heldin muss morgen zum Verbandswechsel. Gibt es hier in der Nähe eine Arztpraxis?«

»Ja, gar nicht so sehr weit von uns. Ich gebe dir morgen die Adresse.« Sabine sah ihnen nach.

»Sachen gibt's, die gibt's gar nicht.« Vanessa gähnte herzhaft. »Meint ihr, Ruth hat Donata umgebracht?«

Ulrike sah sie mit leeren Augen an, während sie wortlos mit den Schultern zuckte.

»Möglich ist alles.« Sonja erhob sich. »Wie auch immer, ich begebe mich auch in die Horizontale.«

»Wir sollten alle schlafen gehen.« Sabine räumte den Tisch ab und löschte das Licht. Als sie aus der Küche trat, saß Ulrike noch mit Birgit am Tisch. »Alles in Ordnung?«

Birgit starrte abwesend vor sich hin. »Ich fühle mich so merkwürdig zerrissen. Ich weiß ehrlich gesagt nicht, ob ich über ihren Tod froh oder traurig sein soll.«

»Über wessen Tod?« Ulrike sah sie aufmerksam an.

»Donatas.«

Sabine setzte sich zu ihnen und warf Ulrike einen vielsagenden Blick zu.

»Sie konnte so brutal und gemein sein.« Birgit seufzte. »Du kannst natürlich sagen, dass es genug Gelegenheiten gegeben hätte, mich von ihr zu trennen.« Sie sah Sabine in die Augen, als wollte sie sich an ihnen festhalten. »Wenn sie sagte, dass es ihr Leid tat und so etwas nie mehr vorkäme, sie mich nie mehr schlagen, mir nie mehr weh tun würde, dann weinte sie und ich konnte nicht anders, als ihr zu verzeihen und an das zu glauben, was sie mir versprach.« Tränen liefen über ihre Wangen. »Ihr ahnt gar nicht, wie oft ich das gehört habe! Ich schäme mich so schrecklich dafür, dass ich so schwach war!« Sie weinte still vor sich hin.

Ulrike legte tröstend den Arm um Birgits Schulter und hielt sie fest.

*

Lucca hatte sich die Zähne geputzt, lag nun in einem frischen T-Shirt auf ihrem Bett und stöhnte leise. »Dieser verflixte Finger puckert wie blöde.« Sie hob die linke Hand.

»Wo hast du denn die Schmerztabletten, die dir der Arzt gegeben hat?« Susanne setzte sich zu ihr.

»In meiner Jeans.« Lucca wollte sich aufrichten.

»Bleib liegen, ich hole sie dir.« Susanne fand die Tabletten und brachte zusätzlich ein Glas Wasser.

»Ein verrückter Tag.« Erschöpft schloss Lucca die Augen. »Wenn ich wüsste, wo mein Handy abgeblieben ist, könnte ich jetzt zu Hause Entwarnung geben.«

»Das habe ich schon übernommen, du kannst ganz beruhigt schlafen.« Susanne stand auf, um zu gehen.

»Kannst du nicht hier bei mir bleiben …? Ich möchte heute Nacht ungern allein sein.« Lucca hielt die Augen fest geschlossen.

»Okay, wenn es dir hilft«, antwortete Susanne flapsig, um ihre Rührung zu überspielen. Dann legte sie sich neben Lucca aufs Bett.

»Danke dir. Ich mag gar nicht daran denken, was passiert wäre, wenn du nicht aufgetaucht wärst!«

»Zäh und dickköpfig, wie du bist, würdest du vermutlich immer noch an der Felskante hängen.«

Lucca musste über die Antwort grinsen und war kurz darauf tief und fest eingeschlafen.

Susanne sah zu ihr herüber. So blass, wie sie in den Kissen lag, wirkte die Freundin im Moment sehr verletzlich. Nicht zum ersten Mal fragte sie sich, welche Frau hinter der coolen Fassade steckte. Sie selbst war in der Vergangenheit oft hin- und hergerissen gewesen, was ihre Einstellung zu Lucca betraf. Die Kabbeleien zwischen ihr und Anna wirkten manchmal aufgesetzt, manchmal waren sie jedoch von solcher Vehemenz, dass es einem Angst und Bange werden konnte. Wenn es aber hart auf hart kam, ließ keine die andere im Stich. Der gesamte Kreis ihrer Freundinnen bildete eine eingeschworene Gemeinschaft, auch wenn Mona, seit sie mit Dörte zusammenlebte, mehr Distanz hielt. Und die Beziehung mit Alana war eine Geschichte für sich. Was immer Lucca auch hier auf Lykra getrieben haben mochte, es würde nichts an ihrer Überzeugung ändern, dass keine andere Frau Alana das Wasser reichen konnte.

Eine Bewegung an der Terrassentür ließ Susanne aufsehen.

»Oh, du bist noch hier.« Sonja trat einen Schritt zurück.

»Ja, ich bleibe heute Nacht bei ihr.« Susanne war nicht anzumerken, was sie über den späten Besuch dachte. »Bodyguard, Babysitter und Krankenschwester. Full Service, sozusagen.«

Sonja lächelte wehmütig. »Bestell Lucca doch bitte herzliche Grüße von mir. Ich fahre morgen sehr früh. Wahrscheinlich sehen wir uns nicht mehr.«

Susanne nickte. »Das mache ich gern.«

»Dann wünsche ich euch eine gute Nacht.« Sonja verschwand genauso leise, wie sie gekommen war.

»Die Katze lässt das Mausen nicht.« Susanne betrachtete die schlafende Lucca mit einem Schmunzeln.

*

Das Klingen des Telefons ließ Alana und Anna wie elektrisiert hochschrecken. Alana meldete sich eiligst und war überglücklich, Susannes beruhigende Stimme zu hören.

»Der Vogel liegt schlafend im Nest. Nachdem ich euch vorhin nur ein kurz Info geschickt habe, hier also die hochoffizielle Nachricht: Alles in Ordnung.« Ein gewisser Stolz huschte über Susannes Miene.

»Du bist ein unbezahlbarer Schatz. Wie geht es euch?« Alana stellte den Apparat laut, damit Anna mithören konnte.

»Na ja, Lucca ist etwas malträtiert, aber so schnell nicht zu entstellen. Und kaputtzukriegen ist sie eh nicht.«

»Was hat sie sich denn angeschlagen?« Anna war sofort alarmiert.

»Sie hat versucht, sich einen Finger abzutrennen.« Susanne blickte auf die dick verbundene Hand, die Lucca vorsichtig neben sich auf die Bettdecke drapiert hatte.

»Und was ist mit dir?« Alana sah zu Anna hinüber, der die Sorge um ihre Partnerin im Gesicht geschrieben stand.

»Ich bin lediglich hundemüde und brauche Schlaf.«

»Wann kommt ihr zurück?«, rief Anna dazwischen. Jetzt, wo alles vorbei war, wollte sie, dass Susanne so schnell wie möglich wieder nach Hause fuhr.

»Ich habe noch nicht mit ihr darüber gesprochen, aber ich denke, dass wir spätestens in zwei oder drei Tagen zurückfliegen werden.«

»Und wie ist sonst so die Lage?«

Susanne verstand sofort, worauf Anna hinaus wollte. Doch ehe sie etwas antworten konnte, brachte Alana die Frage auf den Punkt: »Deine Liebste traut sich offensichtlich nicht direkt zu fragen, aber ich vermute, die Frauen stehen Schlange und mein Lucca-Schatz mal wieder Kopf.«

»Na, ganz so würde ich es nicht sagen wollen«, druckste Susanne, die an Sonja und an die Szene mit Vanessa in der Strandbar denken musste.

»Du hast ihr Leben gerettet, für alles andere bist du nicht verantwortlich.« Alana wollte nicht, dass sich Susanne als Luccas moralischer Schatten fühlte. »Macht euch lieber noch eine schöne Zeit und erholt euch von den Aufregungen.«

»Aber lass dich bloß nicht von Luccas Flausen anstecken!«, trompetete Anna. Die Phantasie ging mit ihr durch und sie sah Susanne bereits an Luccas Seite einen liederlichen Lebenswandel führen.

Susanne lachte am anderen Ende der Leitung. »Eine von uns wird sich melden, wenn wir einen Flug gebucht haben. Pass du lieber auf dich selber auf, mein Schatz! Die Versuchung lauert überall.«

Anna starrte verblüfft das Gerät an und nun war es Alana, die lachen musste. »Deine Frau ist im Moment sprachlos, ich werde ihr bezüglich der Versuchungen gleich mal etwas auf den Zahn fühlen. Das dürfte noch ein lustiger Abend werden, denn offensichtlich gibt es Dinge, von denen ich noch nichts weiß.« Sie zwinkerte Anna herausfordernd zu, der eine leichte Röte über die Wangen zog.

»Na, da bin ich ja beruhigt, dass es euch ohne Lucca und mich nicht langweilig wird. Wir melden uns morgen wieder.« Susanne beendete das Gespräch, indem sie für Anna einen Luftkuss durchs Telefon schickte.

Dann bugsierte sie eine dicke Katze, die sich häuslich niederlassen wollte, aus dem Zimmer, löschte das Licht und fiel endlich in den wohlverdienten Schlaf.

*

Als Lucca gegen Mittag erwachte, fand sie nichts als einen Zettel neben sich liegen.

Hallo Lucca,

nachdem ich jetzt lange genug deinem seligen Schlummer zugeschaut habe und du dich vehement weigerst, wieder wach zu werden, habe ich mich entschieden, Ulrikes Vorschlag anzunehmen und eine kleine Moped-Tour mit ihr zu machen.

(Lucca grinste von einem Ohr zum anderen, als sie diese Zeilen las.)

Ich sehe dein fettes Grinsen praktisch vor mir und ich sage nur, du bist auf dem Holzweg, denn es ist nicht das, was du denkst!

(Wer glaubt, wird selig, liebe Susanne, aber wer nicht glaubt, kommt auch in den Himmel. Luccas Grinsen wurde noch breiter.)

Falls du eine Krankenschwester brauchst, die dich wäscht, füttert und anzieht, es haben sich heute Morgen einige Interessentinnen gemeldet!

(Na, das fehlte ihr gerade noch! Lucca grinste nicht mehr.)

Theodopulos hat angerufen und um eine Terminverschiebung gebeten. Dafür kommt er morgen zu uns und wir müssen nicht nach San Ioannis. Für deinen Arztbesuch hat sich Sabine als Begleitung zur Verfügung gestellt, die uns übrigens Rückflüge für übermorgen organisiert hat. Sonja und Vanessa sind auf dem Weg in die Heimat und lassen dich ganz herzlich grüßen.

Bis später, Susanne

Lucca quälte sich aus dem Bett, putzte sich die Zähne und begnügte sich mit einer Katzenwäsche.

In der Küche traf sie auf Sabine, die sie erst vorwurfsvoll, dann mitfühlend ansah: »Ich hätte dir doch gern beim Aufstehen geholfen, Lucca.«

»Geht schon, kein Problem.«

»Bekki sagte, dass du eine unruhige Nacht hattest.«

»Bekki? Ach so, klar, Bekki.« Lucca sah sich nach Kaffee um und bekam prompt eine Tasse gereicht. »Du bist wie eine Mutter zu mir, danke.«

»Wenn ich das noch mal höre, springe ich aus meinem kurzen Hemd.« Sabine funkelte sie an.

Lucca war für einen Moment sprachlos.

»Wenn du gefrühstückt hast, bringe ich dich runter zur Ärztin.« Sabines Augen funkelten weiter.

»Äh, das ist super.« Lucca wusste nicht, wohin sie sehen sollte.

»In zehn Minuten geht es los!« Sabine wandte sich ab.

»Ich werde fertig sein.« Eilig nahm Lucca sich eine Scheibe Brot und Käse.

Nach einer kurzen Autofahrt fuhr Sabine mit gewohnter Rasanz vor einem Haus vor, das etwas zurückgesetzt an der Straße stand.

»Kann ich mich dem Arzt denn überhaupt verständlich machen?« Lucca sah besorgt zur offenstehenden Praxistür.

»Es ist ein deutsches Ärzteteam, ich nehme also an, dass sie dich verstehen werden. Englisch können sie sowieso. Ich kann dich aber auch gerne begleiten, wenn du möchtest.«

»Wolltest du nicht noch was besorgen? Vielleicht holst du mich einfach nachher wieder ab.« Lucca wurde es neben Sabine im Auto plötzlich eng.

»Okay. Ich fahre inzwischen zur Bank.«

»Dann bis gleich.« Lucca stieg steifbeinig aus und sah Sabine nach, die Kies aufschleudernd vom Parkplatz fuhr.

Vor dem Haus staute sich die Hitze. Benommen schob Lucca sich die Haare aus der Stirn. Dann betrat sie einen hellen Raum mit einem kleinen, verwaisten Tresen.

»Hallo, jemand da?« Umschau haltend drehte sie sich einmal im Kreis.

»Was kann ich für Sie tun?«

Lucca hörte zum zweiten Mal in zwei Tagen völlig überraschend eine ihr bekannte Stimme und schnellte herum. Sie blickte in blaue Augen, die sie höchst erstaunt anschauten.

»Frau Doktor Hanwaldt! Ich fasse es nicht! Das ist aber eine Freude, Sie zu sehen!«

»Ganz meinerseits.« Alexandra Hanwaldt trat näher.

Lucca strahlte die Ärztin an, die ihren Vater im Krankenhaus behandelt hatte, bevor er starb. »Sie auf Lykra?«

»Ich lebe seit einigen Monaten hier und betreibe gemeinsam mit einem Kollegen diese Praxis.« Sie bemerkte Luccas Verband und einige Pflaster, die ihre Ellbogen zierten. »Sie brauchen offensichtlich ärztliche Hilfe.« Sie deutete auf eine Tür. »Kommen Sie, ich werde mir das ansehen.«

»Was hat Sie denn hierher verschlagen, Frau Doktor?« Lucca folgte ihr in einen Behandlungsraum. »Ich dachte, jemand wie Sie macht an einer Universitäts- oder in einer teuren Spezialklinik Karriere ...« Sie unterbrach sich und hoffte, der Ärztin nicht zu nahe getreten zu sein.

»Tja, Frau Bork, das habe ich, ehrlich gesagt, auch früher gedacht. Doch dann kam alles ganz anders.« Doktor Hanwaldt wies auf eine Liege. »Jetzt wollen wir uns mal Ihre Blessuren ansehen. Was ist passiert?«

Lucca begriff, dass sie ein heikles Thema berührt hatte, und kam zu ihrer Krankengeschichte. »Unfreiwilliges Freeclimbing.« Sie hielt die verbundene Hand hoch. »Der Verband soll gewechselt werden.«

»Und die anderen Verletzungen?« Doktor Hanwaldt wies auf Arme und Ellbogen. »Im Gesicht haben Sie auch eine ziemliche Schramme. Wie sehen die Beine aus?«

»Ach, alles halb so wild.« Lucca wollte den Verbandswechsel so schnell wie möglich hinter sich bringen.

»Und was verbirgt sich hinter dem Verband?« Doktor Hanwaldt sah Lucca ernst an.

»Eine hoffentlich wunderhübsche Naht, die in Zukunft kaum zu sehen sein wird.«

»Dann werde ich mir das mal genauer anschauen.« Doktor Hanwaldt machte sich an die Arbeit und nahm den Verband ab.

Lucca sah die Ärztin, deren Hände sich angenehm kühl anfühlten, aufmerksam an. Seit ihrer letzten Begegnung in Deutschland hatten sich leichte Linien in das ebenmäßige Gesicht gezogen. Hatte die Medizinerin damals noch wie ein junges Mädchen gewirkt, war sie nun eine Frau mit Erfahrungen.

Welcher Kummer mochte sie hierher geführt haben? Lucca ging davon aus, dass Frau Doktor Hanwaldt nicht der Liebe wegen nach Lykra gekommen war.

Die Ärztin sah kurz auf und wandte sich dann wieder der Wunde zu. »Das sieht gut aus, keine Anzeichen für eine Entzündung und die Schwellung ist nicht besorgniserregend.«

»Sag ich doch, Unkraut vergeht nicht.« In Lucca gewann die Lockerheit wieder Oberhand.

»Dann werde ich Ihnen jetzt mal einen etwas sportlicheren Verband anlegen.« Die Ärztin suchte zusammen, was sie dafür brauchte.

»Dafür wäre ich Ihnen sehr dankbar.« Lucca seufzte theatralisch auf. »Diese Schiene war doch sehr sperrig.«

»Fertig.« Doktor Hanwaldt hatte die Naht mit einem großen gepolsterten Pflaster vollständig bedeckt.

»Das ist alles?«, fragte Lucca fast ein wenig enttäuscht.

»Ja, völlig ausreichend.« Die Ärztin lachte sie an und ging sich die Hände waschen.

»Na gut, wenn Sie es sagen.« Lucca erhob sich.

»Sind Sie noch länger hier? Ich frage wegen der Rechnung. Ich kann sie Ihnen ins Hotel schicken.«

»Übermorgen fliege ich nach Hause, ich würde gern sofort bezahlen.«

»Natürlich, kommen Sie mit nach vorn.«

Lucca folgte Alexandra Hanwaldt zum Tresen und blieb daneben stehen, während hinter der Ärztin der Computerbildschirm aufleuchtete.

»Für heute schließe ich die Praxis, mein Kollege übernimmt die Abendsprechstunde. Haben Sie nicht Lust, mit mir einen kleinen Imbiss zu nehmen, wo wir uns hier so überraschend wiederbegegnet sind? Ich bringe Sie später gern in Ihr Hotel zurück.«

Lucca sah nur den Rücken der Ärztin, die konzentriert die Computertastatur bearbeitete. »Imbiss hört sich gut an. Ich komme gerne mit.« In dem Moment fuhr vor dem Fenster bereits Sabine vor. »Das ist die Frau, die mich abholen will. Ich sage nur eben Bescheid, dass ich nicht mitfahre.«

Doktor Hanwaldt sah hoch. »Sie sind nicht allein hier?«

»Doch, bin ich. Die Chefin vom Hotel Artemis hat mich zu Ihnen gebracht.«

Lucca trat vor die Tür, als Sabine gerade ausgestiegen war, und ging zu ihr hinüber.

»Schon fertig? Das ist schön.«

»Hey! Du brauchst mich nicht mitzunehmen. Ich kenne Frau Doktor Hanwaldt aus Deutschland und bleibe noch etwas hier.« Lucca sah Sabine abbittend an.

»Wie verrückt, dass ihr euch kennt! Die Welt ist wirklich klein! Mir passt das eigentlich auch ganz gut in den Kram, denn ich habe gerade Johanna getroffen, die bei irgendwas meine Unterstützung braucht.« Sabine machte bereits kehrt. »Bis später«, rief sie über die Schulter und war auch schon wieder eingestiegen.

Doktor Hanwaldt schloss Fenster und Türen. »Mein Wagen steht hinter dem Haus.«

»Okay, Doc, ich folge Ihnen blind.«

»Wir können uns übrigens gern duzen«, die Ärztin drehte sich um. »Ich heiße Alexandra. Meine Freunde nennen mich Alex.« In ihrer Stimme lag ein Anflug von Unsicherheit.

»Alex.« Lucca sah ihr in die blauen Augen. »Passt gut zu dir.«

Leicht verlegen wandte Alexandra sich ab und ging hinaus zum Wagen. »Wir müssen nicht lange fahren. Ich brauche den fahrbaren Untersatz eigentlich nur für die Krankenbesuche und Fahrten in den Norden. Von meinem Haus aus kann ich zu Fuß herkommen.«

»Oh, bitte keine Wanderungen mehr, egal wie lang oder kurz!« Lucca ließ sich eilig auf den Beifahrersitz gleiten.

Alex lachte leise. »Man kann sich Verletzungen auch auf dem Weg ins Bad zuziehen!«

»Das wäre mir momentan durchaus zuzutrauen.« Lucca lehnte sich zurück und Alex fuhr los.

Nach nur fünf Minuten Fahrt über eine Schotterpiste, vorbei an Rebstöcken und Olivenbäumen, hielten sie vor einem kleinen Haus, das beschaulich und einladend im Schatten zweier uralter Bäume lag.

Aus seiner Hundehütte streckte ein verschlafener Wächter seinen Kopf, bevor er sich träge erhob und auf die Frauen zutrottete.

»Als Wachhund bist du eine echte Niete.« Alex streichelte ihm liebevoll über den Schädel, bevor er sich neugierig Lucca widmete.

»Ansonsten aber ein echtes Original!«

Erfreut über das Kompliment, leckte das imposante Tier Luccas Hand und sah sie treuherzig an.

»Allein seine Größe wirkt schon abschreckend, mehr muss er gar nicht tun.« Lucca erhielt als Antwort ein munteres Schwanzwedeln. »Du wohnst hier sehr abgeschieden.« Sie sah sich um.

»Ich bin hergekommen, weil ich neben meiner ärztlichen

Tätigkeit vor allem Ruhe gesucht habe. Die Aussteiger dies- und jenseits des Ortes haben mich sehr freundlich willkommen geheißen. Vorneweg Sabine.« Alex lachte. »Aber jetzt hat sich der Kontakt normalisiert und niemand ist mehr böse, wenn ich nicht auf den zahlreichen Klatsch- und Tratschevents mit angeschlossener Partnerbörse erscheine.« Sie sah Lucca an. »Wollen wir uns dort unter den Baum in den Schatten setzen?« Sie wies auf einen großen Tisch mit zwei gemütlich aussehenden Sesseln und einer Bank.

Lucca nickte und setzte sich in Bewegung.

Alex verschwand im Haus, um bald mit einem großen Krug Wasser zurückzukehren, in dem Zitronenscheiben und frische Minzblätter schwammen. Sie stellte Karaffe und Gläser auf dem Tisch ab, holte aus einem kleinen Schuppen noch Weintrauben und wusch sie unter einer Pumpe.

Lucca, die ihr zusah, fragte sich wieder, was eine Frau wie sie in diese Einsamkeit getrieben hatte.

Alex fing ihren Blick auf. »Du wunderst dich sicher gerade, wieso eine ehrgeizige deutsche Ärztin auf Lykra eine Touristenpraxis übernimmt.« Sie sah ernst aus, als sie Lucca von den Weintrauben anbot.

»So ungefähr, ja.«

»Weißt du«, Alex setzte sich in den Sessel ihr gegenüber und zog die Beine an, »eigentlich hat die unglückliche Geschichte mit deinem Vater diesen Weg eingeleitet.« Sie sah nachdenklich zu den Olivenbäumen. Lucca wartete ab, was sie erzählen würde.

Alex goss beiden Wasser nach, lehnte sich zurück und schloss die Augen. Das immer noch jugendliche Gesicht war nun von tiefer Traurigkeit gezeichnet. »Ich glaubte damals, bei der Obduktion deines Vaters würde festgestellt, dass seinem Körper etwas Wesentliches fehlte.« Sie sah Lucca an. »Ich bin der festen Überzeugung, dass der Grund für seinen Tod mangelnde Medikation war.« Alex hatte sich aufgerichtet.

»Wie ist das zu verstehen, Alex?« Lucca holten die Erinnerung wieder ein. »Aber die ganzen Pillen, die er genommen hat! Du meinst es waren … Placebos?«

»Ja, zumindest ein nicht unerheblicher Teil davon. Es war schon sehr merkwürdig, wie schnell die Witwe damals im Krankenhaus seine Sachen zusammengepackt hat und verschwunden war, ohne sich um Formalitäten zu kümmern und eine gewisse Zeit mit Trauer und Verabschiedung zu verbringen. Ich wollte eine Beobachtung überprüfen, die ich im Vorbeigehen gemacht hatte.«

Lucca sah sie gespannt an.

»Sie hatte die Tabletten aus dem Dosierer auf die Bettdecke geschüttet und ein Döschen aus ihrer Tasche genommen. Da mich damals eine Schwester zu einem Notfall rief, konnte ich sie nicht sofort zur Rede stellen. Dann war es zu spät.« Alex sah Lucca entschuldigend an. Als diese nichts hinzufügte, fuhr sie fort: »Ich hatte damals das Gefühl, dass sie den Chefarzt irgendwie in der Hand hatte, obwohl das ja eigentlich unmöglich ist.«

»Ich kann mir lebhaft vorstellen, welche Karte ihr Trumpf war.« Lucca dachte angewidert an die Machenschaften der Stiefmutter zurück. »Sie war eine berühmt-berüchtigte Gastgeberin ganz spezieller Partys.«

Ein fragender Blick von Alex, die nicht verstand, wovon Lucca sprach.

»Unappetitlich, Alex, kein Thema für einen so schönen Nachmittag wie heute.« Lucca nahm einen Schluck Wasser. »Ich möchte nicht mehr daran denken und schon gar nicht darüber sprechen, sonst schäme ich mich noch im Nachhinein für meinen Vater.«

Alex sah sie mitfühlend an. »Du hast vermutlich Recht, manches lässt man besser ruhen.«

Lucca nickte und starrte zum Himmel. Sie kämpfte erfolgreich gegen aufsteigende Tränen an.

»Das klingt auf jeden Fall so, als hättest auch du die Erfahrung machen müssen, dass dein Vater ein anderer war, als du bis dahin dachtest.« Alex blickte nachdenklich auf ihre Hände und sprach leise weiter. »Nachdem ich mich von dem Streit mit meinem Chef erholt hatte, krönte mein Vater meinen beruflichen Misserfolg mit der Mitteilung, dass er an Aids erkrankt sei. Es kam heraus, dass der ach so seriöse und angesehene Herr Professor Hanwaldt sich seit Jahren regelmäßig mit Bahnhofsstrichern vergnügte. Als eine Untersuchung bestätigte, dass er meine Mutter angesteckt hatte, brachten sie sich gemeinsam um.«

Lucca starrte sie sprachlos an.

»Sie haben sich in ihrem Ferienhaus auf Sylt vergiftet.«

Alex sah so traurig aus, dass Lucca sich vorbeugte und tröstend ihre Hand ausstreckte, die sofort ergriffen wurde.

»Kannst du verstehen, dass ich einfach nur weg wollte? Weit, weit weg?« Alex' Stimme zitterte.

»Bist du sofort hierher gekommen?«

»Nein. Als alles hinter mir lag, ging ich zunächst ein halbes Jahr lang für ›Ärzte ohne Grenzen‹ nach Afrika. Dort habe ich einen Kollegen kennengelernt, der mich für diese Praxis angeworben hat.« Alex lächelte. »Nun bin ich also hier. Und jetzt kannst du mir endlich sagen, wie es wirklich zu deiner Verletzung gekommen ist.« Sie blinzelte herausfordernd. »Ich kann natürlich auch eins und eins zusammenzählen. Zwei tote Frauen und das Artemis ...«

Lucca lachte. »Toller Titel für einen Roman. Untertitel: Die Göttin der Jagd.« Kopfschüttelnd fuhr sie fort: »Ich war wohl einfach zu neugierig oder zur falschen Zeit am falschen Ort, je nachdem, wie man es sieht.«

»Nun, die Gerüchteküche brodelt. Alle Patienten, die in den letzten Tagen hier waren, wussten etwas anderes. Ganz zu schweigen von dem, was die sogenannte Community zu berichten hat. Unerfüllte Wünsche, tödliche Begierden ...«

»Also Sex and Drugs and Rock'n'roll? Alles Quatsch, Alex, glaub kein Wort!« Lucca sah verlegen um sich. Alexandra nutzte dies zu einem Themenwechsel.

»Komm, ich zeige dir meinen ganzen Stolz.« Sie stand auf. »Meinen Wein.«

»Das hört sich gut an.« Lucca nahm die dargebotene Hand und war sofort auf den Beinen.

Nachdem sie sich vergewissert hatte, dass sie ihr damit keine Schmerzen verursachte, hängte Alex sich bei Lucca ein und führte sie auf einen schmalen Pfad zwischen Olivenbäumen. Sie wies nach vorn. »Da beginnt mein kleiner Weinberg. Der Ertrag reicht im Augenblick nur für mich und gute Freunde. Aber wer weiß«, sie sah Lucca verheißungsvoll an, »vielleicht hänge ich meinen Beruf in einigen Jahren an den Nagel und widme mich ganz dem Weinbau?«

Lucca sah sie zweifelnd an. Ob das eine gute Idee war?

»Sieh mich nicht so an«, Alex lachte. »Wer weiß, was die Zeit bringt. Vielleicht erzeuge ich mal den besten griechischen Wein!«

Bevor Lucca etwas erwidern konnte, schlug der Hund an und bellte wie wild.

»Doch ein Wachhund!«

»Das hat er noch nie gemacht.« Alex wunderte sich.

»Wir sollten nachsehen, meinst du nicht?« Lucca deutete eine Kehrtwende an.

»Das ist hoffentlich nicht meine Schwester!« Alex schien wenig begeistert zu sein. »Die treibt sich seit einigen Tagen in dieser Gegend herum und hat ihren Besuch angedroht.«

Sie gingen zum Haus zurück. Schon von weitem konnten sie erkennen, dass der Hund nicht gewillt war, eine Besucherin weiter auf das Grundstück zu lassen.

»Wie heißt eigentlich dein Superwachhund? Alex, du solltest ihn vielleicht langsam zurückrufen!« Lucca verstand nicht, warum sich Alex so viel Zeit ließ.

»Er heißt einfach Hund, er hat keinen anderen Namen.« Alex war stehengeblieben und sah sich das Spektakel in aller Ruhe an. »Das ist tatsächlich meine Schwester.« Sie seufzte vernehmlich und pfiff dann das Tier zurück, das freudig auf sie zugelaufen kam.

»Meine Güte, das hättest du auch schon eher machen können, statt dich an meiner Not zu weiden.« Eine Frau mit Rucksack stapfte auf das Haus zu.

»Jette!« Lucca war überrascht.

»Hey! Was treibt dich denn in diese Einöde zu meiner langweiligen Schwester?« Jette kam strahlend auf Lucca zu, um sie zu umarmen.

»Ihr kennt euch?!« Alex machte keinerlei Anstalten, ihre Schwester ebenso herzlich zu begrüßen.

»Ja, stell dir vor, Schwesterchen, sie hat mich gestern mit in die Berge genommen.« Jettes provozierender Ton gefiel Lucca nicht, sie sah zu Alex, die nach wie vor Abstand hielt.

»Die Welt ist klein und Lykra noch kleiner.« Alex stellte sich dicht neben Lucca.

Jette zog die Augenbrauen hoch. »Störe ich etwa?« Sie lächelte spöttisch und ließ sich in eine Hängematte fallen, die zwischen den Bäumen gespannt war.

»Überhaupt nicht, liebste Schwester.« Alex sah indigniert an ihr vorbei. Lucca fragte sich, in welches Spiel sie hier hineingezogen wurde und wer die junge Frau wirklich war, die sie als Anhalterin mitgenommen hatte. Der zwiespältige Eindruck, den sie gestern von ihr gewonnen hatte, verstärkte sich.

»Und nun lass uns endlich zu meinem Weinkeller gehen.« Alex überließ ihre Schwester sich selbst und zog Lucca hinters Haus zu einer Kellerluke, die sie öffnete. »Da unten liegen meine Schätze.« Eifrig zeigte sie hinunter. In ihrer Stimme klang jetzt Stolz mit. »Komm!«

Lucca folgte ihr über eine steile Treppe in einen großen,

kühlen Raum, an dessen Wänden Holz- und Metallfässer lagerten.

»Ich will keine Zeit mit Erklärungen vergeuden. Er spricht für sich selbst.« Alex nahm ein kleines Glas von einem der Fässer und ließ tiefroten Wein hineinlaufen. »Probiere!« Erwartungsvoll reichte sie es Lucca, die es nahm und gegen das schwache Licht hielt, das durch die Luke fiel. Die Sonne brachte die Farbe zum Leuchten. Lucca schwenkte das Glas und roch daran. Was ihr da in die Nase stieg, überraschte sie. Dieser Wein hatte eindeutig eine dominante fruchtige Note. Nachdem sie einen Schluck genommen hatte, meinte sie jede einzelne Traube zu schmecken.

Alex hatte sie genau beobachtet und lachte, als sie Luccas erstaunten Gesichtsausdruck wahrnahm. »Damit hattest du nicht gerechnet, stimmt's?«

Bevor Lucca antworten konnte, erschien Jettes Schatten in der Luke. »He, wollt ihr ewig in dem modrigen Keller bleiben? Ich habe Hunger!«

Alex nahm Lucca stirnrunzelnd das Glas ab, ohne ihrer Schwester zu antworten. Sie ließ aus einem zweiten Fass Wein in einen Krug laufen und versicherte Lucca: »Den anderen heben wir uns für später auf.« Dann stieg sie mit dem Krug die schmale Treppe hoch. Oben blieb sie vor Jette stehen. »Du kannst es immer noch nicht ertragen, wenn sich mal nicht alles um dich dreht.«

»Das musst du gerade sagen!« Von Alex beiseite geschoben, wandte Jette sich nun an Lucca. »Weißt du, bei uns zu Hause hat sich immer nur alles um unser Schlauköpfchen gedreht.« Sie schickte Alex, die den Weinkrug auf den Tisch gestellt hatte und soeben ins Haus verschwand, bitterböse Blicke nach.

»Lass mal gut sein. Ich bin nicht scharf auf euren Familienklinsch.« Lucca ließ sich in einen Sessel fallen.

Alex erschien mit Weingläsern, von denen sie lediglich zwei

füllte. Eins davon reichte sie Lucca. »Drinnen ist was zu essen. Du bedienst dich ja gerne selbst«, sagte sie, an ihre Schwester gerichtet, und setzte sich neben Lucca, der sie zuprostete.

Der Wein hatte eindeutig nicht die Klasse desjenigen, den sie vor wenigen Minuten im Keller gekostet hatten.

Jette zögerte. Es war ihr deutlich anzumerken, das sie überlegte, was sie tun sollte. Schließlich schickte sie einen trotzigen Blick in den Himmel und stand auf. »Man sieht sich.« Damit schnappte sie sich ohne jedes weitere Wort ihren Rucksack und stapfte vom Grundstück. Ihren Abgang begleitete kein Hundegebell. Alex sah ihr schweigend nach, bis sie zwischen den Olivenbäumen verschwunden war.

»Ihr beiden seid ja sehr herzlich miteinander.«

»Am allerbesten verstehen wir uns, wenn wir uns nicht sehen«, bestätigte Alex mit gehobenen Augenbrauen.

*

Sabine saß unter der Pergola und zählte die Häupter ihrer Lieben. Fehlten noch Lucca, Susanne und Ulrike. Wieso waren sie noch nicht zurück? Geistesabwesend streichelte sie Aphrodite immer über dieselbe Stelle, bis die Katze sich mit protestierendem Miauen auf einen freien Stuhl zurückzog.

Endlich hörte sie das tiefe Brummen des Motorrads und stand neugierig auf, um die Ankunft vom Küchenfester aus zu beobachten.

Susanne hatte die Maschine bereits aufgebockt, nahm den Helm ab und drehte sich zu Ulrike um, die sich von ihrem eigenen befreite.

»Danke, Bekki, das war ein toller Tag.« Ulrike machte einen überraschenden Schritt auf Susanne zu und küsste sie auf den Mund.

»Gerne«, murmelte Susanne kurz angebunden und war auch schon am Eingang.

»Tja, so schaffst du es nie«, murmelte Sabine wie zu sich selbst. Die Freundin hatte sich eine sehr deutliche Abfuhr eingehandelt und stand nun da wie ein begossener Pudel. Kurz darauf folgte Ulrike Susanne ins Haus. Als beide im Innenhof um die Ecke bogen, saß Sabine bereits wieder unter der Pergola und streichelte die Katze.

»Hallo, da seid ihr ja wieder! So wie ihr ausseht, war es ein schöner Tag.« Sie lächelte von einer zur anderen.

»Verschwitzt und halb verdurstet.« Susanne ging in die Küche, um Wasser und Wein zu holen.

Ulrike sah aus zusammengekniffenen Augen zu Sabine hinüber. Ob deren zufriedener Blick damit zu tun haben könnte, dass sie die missglückte Kussaktion vor dem Tor mitbekommen hatte?

»Setzt dich und erzähl, was ihr gemacht habt.« Sabine klopfte einladend auf den Stuhl neben sich.

»Ich gehe mich erst einmal duschen. An mir haftet sämtlicher Staub Lykras. Wobei …« Ulrike zögerte, entschied sich dann aber für den Wein, den Susanne ihr anbot.

»Wo ist Lucca?« Susanne sah sich um.

»Keine Ahnung. Ich habe sie mittags zu Dr. Hanwaldt gebracht. Es stellte sich heraus, dass sie sich aus Deutschland kennen. Lucca wollte den Nachmittag mit Alexandra verbringen.« Sabine hielt den Blick auf die Katze gesenkt.

»Sie kennt Alexandra?«, staunte Ulrike.

»Offenbar sogar gut. Sie schien sich sehr gefreut zu haben, sie zu treffen.« Sabine konnte es nicht lassen, die arme Ulrike hochzupeitschen.

»Aber gleich ist es dunkel.« Ulrike sah auf ihre Armbanduhr. »Wie kommt sie denn zurück?«

»Alexandra will sie zurückbringen, wenn …« Sabine ließ bewusst den Satz unvollendet und Susanne zeigte Erbarmen.

»Lucca ist schon ein großes Mädchen, sie wird den Weg finden. Egal, ob mit oder ohne Begleitung.« Sie sah belustigt von ihrem Glas auf. »Nicht wahr, Sabine?«

Diese nickte vehement. »Aber sicher.«

»Du könntest Lucca doch vielleicht mit dem Motorrad abholen!«, startete Ulrike einen letzten erfolglosen Versuch, erntete aber nur ein müdes Abwinken.

»Der Babysitter-Dienst ist beendet.«

*

Alex und Lucca lagen nebeneinander in der großen Hängematte und sahen in den Sternenhimmel. Die Luft war immer noch sehr warm und die Zikaden sangen ihre Lieder.

Nachdem Jette den Rückzug angetreten hatte, war die Atmosphäre zusehends entspannter geworden. Die beiden Frauen hatten sich angeregt über Gott und die Welt unerhalten. Lucca erzählte von Alana und Sophia, Alex berichtete von Afrika und den ersten Monaten auf Lykra. Gemeinsam bereiteten sie ein Essen zu, Alex beendete die abgebrochene Führung durch den Weinkeller, danach ging es mit dem Hund durch die weitläufige Olivenplantage.

Nun schaukelten sie schon eine ganze Weile sacht hin und her. Alex, die mit leisem Schubsen die Matte in Bewegung gehalten hatte, drehte den Kopf zu Lucca.

»Ich habe den Tag mit dir genossen. Danke!«

»Aber ich habe doch gar nichts gemacht.«

»Du hast dich von Jette nicht vertreiben lassen.« Alex sah sie ernst an.

»Da hat nicht viel gefehlt, ehrlich gesagt.« Lucca lächelte.

»Sie muss alles Schöne zerstören. Sie gibt erst Ruhe, wenn alles in Trümmern liegt.« Alexandra stockte. »Als ich von einem Ärzte-Kongress in Wien früher nach Hause kam als geplant, weil sich der Flug verschoben hatte, habe ich meine Schwester mit meinem Mann im Bett erwischt. – Und weißt du, was das Schlimmste daran war? Sie interessierte sich überhaupt nicht für ihn, sie hat ihn nur benutzt, um mich zu verletzen. Harald war natürlich anderer Meinung und ist Hals über Kopf ausgezogen, nur um festzustellen, dass seine Attraktivität für Jette damit auf den Nullpunkt sank.«

»Blödmann«, murmelte Lucca. »Sei froh, dass du die Dumpfbacke losgeworden bist.«

»Genau.« Alex musste wider Erwarten lächeln.

Sie schwiegen eine Weile und sanken dann entspannt in den Schlaf.

*

Susanne saß mit ihrem Müsli im Schatten und überlegte, ob es zeitlich noch Sinn machte, sich auf Luccas Fährte zu setzen, denn Theodopulos würde jeden Moment im Artemis eintreffen. Bevor sie einen Entschluss fassen konnte, sah sie, dass sich ein Wagen näherte und auf dem Parkplatz vor dem Tor anhielt. Außer Lucca stieg eine unbekannte Frau aus. Die beiden verabschiedeten sich freundschaftlich voneinander, dann fuhr der Wagen wieder davon.

Wenig später erschien Lucca gutgelaunt im Hof, entdeckte Susanne und setzte sich neben sie. »Ich komme hoffentlich nicht zu spät?«

»Nein, alles im grünen Bereich.« Susanne schüttelte den Kopf. »Aber es wird vermutlich nicht mehr lange dauern, bis er hier auftaucht.«

»Dann haben wir es geschafft und es heißt nix wie nach Hause.« Lucca sah sich um. »Ganz schön still hier.«

»Das ist die Ruhe vor dem Sturm.« Susanne grinste schief. »Wenn Ulrike dich erwischt, wird sie dich mit Fragen bombardieren. Es kursieren die wüstesten Phantasien, was deine Abend- und Nachtgestaltung betrifft!«

»Tatsächlich?« Lucca hob fragend die Brauen. »Ich stand unter ärztlicher Aufsicht, was sollte da passieren?!«

»Das musst du dich schon selber fragen, ich habe mir dazu keine Gedanken gemacht.« Susanne sah Lucca offen an.

»Prima. Dafür gab es auch keinen Grund.« Lucca wollte lieber aufstehen und sich noch etwas verdrücken.

»Da kommt die Inquisition, bleib lieber hier bei mir«, flüsterte Susanne verschwörerisch, die sah, wie Ulrike direkt auf sie zusteuerte.

»Der Verbandswechsel hat aber lange gedauert!« Ulrike kam direkt zur Sache.

»Bis heute Morgen.« Lucca schenkte ihr ein entwaffnendes Lächeln. »War sehr neckisch. Wir haben uns mit Mullpäckchen beworfen und in Jod gebadet. Total aufregend!«

»Nimm mich ruhig auf den Arm! Aber ist es denn ein Wunder, wenn man sich Sorgen um dich macht? Zwei Leichen reichen!« Ulrike knuffte sie in die Seite. »Sabine und ich wollen gerne heute Abend mit euch essen gehen. Ein Abschiedsessen sozusagen. Habt ihr Lust?« Im nächsten Moment hörten sie, wie sich ein Auto näherte. »Da kommt Theo. Jetzt aber mal mit dem nötigen Ernst an die Sache, Mädels.«

Lucca sprang auf die Füße.

»Du bewegst dich ja schon wieder wie eine junge Göttin. Was hat die Frau Doktor mit dir gemacht?« Ulrike versuchte erst gar nicht, ihre Neugier im Zaum zu halten.

»Nur das Beste.« Lucca hielt demonstrativ die linke Hand hoch. »Kaum noch was zu sehen!«

Das war nun so gar nicht die Antwort, die sie erwartet hatte, aber Ulrike musste sich damit zufrieden geben, denn Theodopulos kam zielstrebig auf die Frauen zu.

Susanne holte noch eine Tasse Kaffee, wofür sich der Polizist artig bedankte.

»Das gehört Ihnen.« Theodopulos legte ein Handy vor Lucca auf den Tisch. »Wir haben es unter den Sachen von Ruth Sommer gefunden.«

»Sie hatte es mir gestohlen?« Lucca blickte verdutzt auf das Gerät.

»Vielleicht war es eine Art Trophäe?« Susanne überlegte. »Möglicherweise wollte sie ein Stück von dir besitzen, wenn sie dich schon nicht haben konnte.«

Theodopulos' Miene verriet nichts von seinen Gedanken. »Ein Ersatzobjekt, wenn Sie so wollen.« Er sah Lucca kurz an, um seiner Tasche dann einen Ordner mit dem vorgefertigten Protokoll zu entnehmen. »Ich habe alles soweit vorbereitet. Wenn Sie es sich bitte durchlesen und unterschreiben wollen.« Er reichte beiden Frauen das Schreiben, in das sie sich sofort vertieften, während Theodopulos sich seinem Kaffee widmete und Aphrodite entgegensah, die zaudernd stehen geblieben war und ihn musterte.

»Würden Sie bitte die Katze verscheuchen?«, wandte er sich an Susanne, die gerade ihre Unterschrift unter das Schriftstück gesetzt hatte. Ob Angst oder Allergie Ursache dieses Wunsches sein mochte, sie stand jedenfalls auf, um das kugelige Ungetüm mit einem Leckerchen wegzulocken.

»Danke.« Theodopulos strahlte Susanne erleichtert an, als sie wieder an den Tisch zurückkehrte.

»Keine Ursache.«

»Dann will ich Sie nicht länger aufhalten.« Er packte seinen Ordner wieder ein und stand auf.

»Und dafür sind Sie extra gekommen?« Lucca wunderte sich.

»Nicht nur, ehrlich gesagt. Wir hatten in der letzten Nacht einen Zugriff auf einen Drogenkurier hier in der Nähe geplant, doch der Vogel war bereits ausgeflogen!« Theodopulos zuckte mit den Schultern. »Na ja, immer kann sie uns nicht an der Nase herumführen. Irgendwann erwischen wir sie.« Er lächelte.

»Sie?« Lucca kam ein Gedanke.

»Ja, diese Frau scheint sich einen Spaß daraus zu machen, uns an der Nase herumzuführen. Eigentlich war der Zugriff eine todsichere Sache, aber wir haben sie ein weiteres Mal verfehlt.« Theodopulos verabschiedete sich endgültig und es kehrte wieder beschauliche Ruhe ein.

»Kennst du den Drogenkurier?« Susanne war Lucca Interesse an Theodopulos' Bericht aufgefallen.

»Ich befürchte, ja.« Lucca sah sie ernst an, stand auf und nahm ihr Handy. »Wann geht morgen unser Flug?«

Susanne akzeptierte, dass die Freundin nicht weiter über ihren sichtlichen Verdacht reden wollte, und gab ihr bereitwillig Auskunft. »Um neun Uhr dreißig.«

»Dann werde ich mal meine Sachen zusammenpacken.« Kaum hatte Lucca den Platz geräumt, um auf ihr Zimmer zu gehen, nahm Aphrodite erneut Susanne ins Visier, in der Hoffnung auf ein weiteres exquisites Leckerchen.

»Wollen wir nicht lieber noch etwas mit dem Moped durch die Gegend fahren?« Susanne sah die Freundin aufmunternd an. »Deine schmutzigen Klamotten laufen nicht weg.«

»Das ist eine ausgesprochen gute Idee. Ich muss nur am späten Nachmittag noch mal zu Alex.« Lucca hielt ihre Hand hoch. »Letzter Verbandswechsel.«

»Kein Problem.« Susanne klimperte bereits mit dem Zündschlüssel.

*

Doktor Alexandra Hanwaldt hatte gerade einen Patienten verabschiedet, als Lucca in Begleitung von Susanne zur Tür hereinkam. »Hallo! Ihr hattet offensichtlich einen schönen Tag?«

Staubig und zufrieden baute sich Lucca vor ihr auf und wies auf den Verband. »Aus Weiß mach Schwarz! Das ist übrigens Susanne, mein Schutzengel.« Lucca wies auf ihre Freundin, die sich im Hintergrund gehalten hatte.

»Hallo, Doktor Hanwaldt.« Sie trat heran und reichte der Ärztin die Hand.

»Alex, bitte.« Alex lächelte Susanne an. »Du bist also die Verstärkung? Dabei steht doch gar kein Fäden ziehen auf dem Programm!«

Lucca versuchte, böse zu gucken.

»Eine Memme erkenne ich auf sichere Entfernung.« Alex legte ihr die Hand abbittend auf den Arm. »Schlechter Scherz. Lass mich mal sehen.«

Während Susanne den Wartebereich vorzog, folgte Lucca der Ärztin in den Behandlungsraum. Dort nahm Alex geschickt das gepolsterte Pflaster ab.

»Wie es aussieht, ist hinter Jette die Polizei her.« Lucca sprach sehr leise.

Alex sah nicht auf, antwortete aber ebenso leise. »Ich weiß, und ein Teil von mir hofft, dass sie endlich erwischt wird. Sie hört sonst nie auf.«

»Sie wird dich mit hineinziehen, wenn du nicht aufpasst.« Lucca machte sich Sorgen.

»Mein Name ist sauber und wird es auch bleiben.« Alex sah von der Wunde hoch und sprach laut weiter: »So, fertig. Alles wieder wie neu.« Sie begleitete Lucca zur Tür. »Fäden ziehen in sieben bis zehn Tagen.«

»Ich freu mich schon drauf.« Lucca umarmte die Ärztin zum Abschied. »Leb wohl, Alex! Wir sehen uns.«

»Komm wieder vorbei, wenn du auf der Insel bist.«

Im Rückspiegel sah Lucca, wie Alex vor die Tür trat und dem Motorrad nachschaute, bis es hinter der nächsten Kurve verschwunden war.

*

Das Abschiedsessen führte zu Irini, die aus diesem besonderen Anlass ihren Kochkünsten freien Lauf ließ.

In entspannter Atmosphäre wurde viel gelacht und über die aufregende Zeit geredet, die die Frauen miteinander verbracht hatten. Während Ulrike sich noch nicht geschlagen gab und Susanne mehr oder weniger deutlich schmachtende Blicke zuwarf, akzeptierte Sabine, dass ihre Chance vertan war, und genoss das letzte Beisammensein ohne Wehmut.

Weit nach Mitternacht kehrten sie ins Artemis zurück.

Lucca teilte ihr Bett in der letzten Nacht einträchtig mit Aphrodite.

EPILOG

Alana hatte mit Annas Unterstützung die Terrasse mit Girlanden geschmückt und den Grill geputzt. Nun lagen sie beide erschöpft auf den Sonnenliegen und aßen mit Sophia Eis, worüber besonders der Rüdler sich freute, der akribisch darauf achtete, ob Sophia kleckerte. Seine Zunge fuhr dann eifrig über die verklebten Finger des Kindes, das ihm freundschaftlich das Eishörnchen vor die Schnauze hielt.

Anna hatte klein beigegeben und endlich aufgehört, Alana darauf hinzuweisen, dass sie es für unhygienisch und ungesund hielt, wenn Hund und Kind sich ein Eis teilten.

Greyhound Amy lag bereits seit den frühen Morgenstunden vor der Haustür und ließ die Einfahrt nicht aus den Augen.

Plötzlich schoss Siegfried wie ein Pfeil davon.

Der Rüdler blieb Sophia, die hinter den Hunden herkrabbelte, auf der Spur. Dann erst hörte Alana ein Auto auf dem Kies und stand auch auf, um vor das Haus zu gehen.

Sobald Lucca ausgestiegen war, sprang Siegfried mit einem Satz auf ihren Arm. Das Windspiel zappelte wie ein wildgewordener Hering. Amy hatte sich aufgesetzt und kam dann hüpfend auf Lucca zu, die sich hinkniete und die Hündin umarmte. Amy schmiegte ihren Kopf an Luccas Schultern, schloss die Augen und seufzte zufrieden.

Und dann kam Sophia, die schneller krabbelte, als man ihr zugetraut hätte.

»Lutta!« Sie zog sich an Lucca hoch, die sie sofort auf den Arm nahm und küsste.

In den nächsten zwei Minuten gab Sophia ein wildes Kauderwelsch von sich, in dem regelmäßig die Worte »Lutta« und »Lüdü« vorkamen; beim Letzteren wedelte der Rüdler jedes Mal freundlich mit dem Schwanz. Dann wollte Sophia wieder auf den Boden gesetzt werden, um Luccas Reisetasche zu inspizieren, die Susanne aus dem Kofferraum genommen hatte.

Lucca sah sich nach Alana um, die das Abklingen der tierischen Aufregung abgewartet hatte. »Und nun zum Höhepunkt der Begrüßungsorgie.« Hingebungsvoll schloss Lucca Alana in die Arme; sie küssten sich lange. »Bin ich froh, wieder zu Hause zu sein!«

»In Zukunft gibst du dich nur noch mit Frauen ab, die dich nicht umbringen wollen! Ich bin um Jahre gealtert.« Alana nahm vorsichtig Luccas verletzte Hand.

»Das sieht man dir, ehrlich gesagt, überhaupt nicht an.«

»Mach dich nicht lustig über mich, ich meine es ernst.« Alana fixierte Lucca, die längst nicht so unbefangen schien wie sonst. »Muss ich etwas wissen, Lucca?«

»Ich bin nicht schwanger, und du?« Damit hatte sie den Ball zurückgegeben.

»Nein. Diesmal nicht.«

»Dann ist doch alles in bester Ordnung!« Lucca begrüßte nun endlich auch Anna mit einer herzlichen Umarmung. »Wir werden euch gleich alles haarklein erzählen, aber erst muss ich noch die Geschenke verteilen. Komm, Baby Soffi, wir gehen auf die Terrasse, dort helfe ich dir.« Lucca nahm die Reisetasche, an deren Reißverschluss Sophia sich bereits emsig versuchte, wobei sie ärgerliche Quietscher von sich gab. Hinter dem Haus kam auch Santiago zur Begrüßung ans Gatter getrabt.

Sophia bekam ein T-Shirt mit der Aufschrift *Born to be*

wild, das ihr allerdings etliche Nummern zu groß war. Ihrer Begeisterung tat das keinen Abbruch. Vollends beeindruckt war sie über ein Widderhorn, das Lucca hervorzauberte.

»Das habe ich Vanessa, der Herrin der Ziegen, abgeschwatzt, die es im Zauberwald gefunden hat.«

Sophia sah das Horn aufmerksam an, nahm es vorsichtig in die Händchen und studierte es eingehend.

Dann tauchten nacheinander eine Flasche Ouzo, zwei Salatbestecke aus Olivenholz, ein kleiner Kanister Olivenöl und ein Glas Honig aus den Tiefen der Tasche auf.

»Wie hast du es angestellt, dass alles unversehrt geblieben ist?« Anna staunte und freute sich über eines der Bestecke.

»Können, Anna, schlichtes Können.«

»Dein Leben hat am seidenen Faden gehangen, aber du bist noch genauso bescheuert wie vorher!«, brummte Anna missbilligend.

Lucca nahm sie lachend in den Arm, dann schenkte sie großzügig Ouzo in die auf dem Tisch stehenden Wassergläser ein und prostete Susanne zu. »Auf meinen Schutzengel Bekki-Su!«

»Auf wen?«, fragte Anna misstrauisch.

»Ich glaube, deine Frau hat uns auch einiges zu erzählen!« Lucca blinzelte Susanne zu.

Der Nachmittag verging damit, dass beide abwechselnd von ihrem Abenteuer berichteten, wobei sie manch ein Detail ausschmückten, andere dafür völlig unter den Tisch fallen ließen. Als sie zu Ende gekommen waren, stellte Alana fest: »Ich glaube, da haben sich die Richtigen gefunden. Münchhausen und Eulenspiegel sind gar nichts gegen euch!«

Mehr **CRiMiNA …**

Renate Henstedt
Caretta. Ein Lesbos-Krimi
238 Seiten. 978-3-89741-349-8
Als eine seit langem gesuchte Mörderin in Istanbul wiederauftaucht, wittert die Journalistin Jennifer Arends ihre Chance auf eine große Story. Mit einem befreundeten Gerichtsreporter reist sie in die Türkei und folgt der Spur der Flüchtigen, entlang der Route der Meeresschildkröten, durch die Ägäis nach Lesbos. – Auf der griechischen Insel verliebt sich derweil die Biologin Kristina in eine geheimnisvolle Fremde …

Carolin Schairer
Todesursache: ungeklärt
250 Seiten. 978-3-89741-366-5
Kaum hat die Ärztin Gesine Hofmann das Großstadtleben gegen eine Landpraxis in Niederbayern eingetauscht, erhängt sich eine Frau im Geräteschuppen. Und das offenbar nicht einmal freiwillig … Gemeinsam mit ihrer jungen Nachbarin Holly taucht Gesine in den Strudel der Ermittlungen ein. Bald zeigt sich, dass hinter der Kulisse der idyllischen Gemeinde ein erbitterter Kampf tobt. Honoratioren geraten in Mordverdacht, ein Ökofreak hütet dunkle Geheimnisse. Wer hat hier eigentlich nichts zu verbergen? …

Carolin Schairer
Wir werden niemals darüber reden
304 Seiten. 978-3-89741-347-4
Ein alter Bauernhof im Süddeutschen birgt düstere Geheimnisse. Nach dem Tod der Bäuerin kommen sie ans Licht. Als ihre Enkel Isabell und Jan zur Beerdigung der Großmutter zurück-

kehren, beginnt eine harte Reise in die Vergangenheit, an deren Ende Isabell weiß, warum sie Angst vor dem Leben allgemein und vor Puppenaugen im speziellen hat …

Bettina Isabel Rocha
Antipasti und eine Prise Schuld

304 Seiten. 978-3-89741-354-2

Im beschaulichen Bad Honnef wird eine Frau ermordet – und ausgerechnet Margot Meerapfels beste Freundin Thea findet die Leiche im Wald. Die Spur weist in dunkle Vergangenheit, die Kripo ist ratlos. Da lässt Frühpensionärin Margot ihre Vorliebe für Garten, Kochlöffel und italienische Opern ruhen und nimmt gemeinsam mit Thea den Fall selbst in die Hand.

Trix Niederhauser
Denn vom Trauern kommt der Tod

304 Seiten. 978-3-89741-353-5

Brunhilde Schwarz ist über achtzig und sieht aus wie eine nette alte Dame. Sie lebt im Heim, strickt Socken, erfreut sich an den Konzerten der Flötengruppe und wirkt mitunter leicht verwirrt – aber im Kostüm der Harmlosigkeit steckt ein Racheengel!

Katarina Struik
Falscher Zauber

280 Seiten. 978-3-89741-361-0

Kronstein, metropolennah: Ein altes Haus brennt, eine alte Frau stirbt in den Flammen … Als eine junge Journalistin vom örtlichen Provinzblatt ein magisches Zeichen am Brandort entdeckt, wittert sie Mord – und eine echte Enthüllungsstory! Gemeinsam mit ihren Freundinnen geht sie dem »Fall« nach. Schnell zeigt sich, dass es im Umfeld der Toten nicht nur moderne Hexen, sondern auch Satanisten, erzreaktionäre Dackelbesitzer und einen Haufen Neureiche gibt, die offenbar über Leichen gehen …